Natasha Friend

№ 9677
oder
Wie mein Vater an fünf Kinder
von sechs Frauen kam

Für meine McGiffert-Cousins und -Cousinen.
Wenn's euch nicht gäbe, müsste man euch erfinden.

NATASHA FRIEND

№ 9677 ODER WIE MEIN VATER AN FÜNF KINDER VON SECHS FRAUEN KAM

Aus dem Englischen von
Jessika Komina und Sandra Knuffinke

magellan

HOLLIS

Pams Bild über dem Kamin war wie Phineas Nigellus Blacks Porträt im Schulleiterbüro von Hogwarts. Stets beobachtete es einen, beurteilte einen. Pam war allgegenwärtig, ein Geist in Jeans, der über dem Schrotthaufen von Hollis Darby-Barnes' Leben schwebte.

Pams Augen: goldbraun wie die eines Sibirischen Tigers.

Hollis' Augen: kackbraun wie die eines Mistkäfers.

Pams Haare: die fedrige Stufenfrisur einer Achtzigerjahre-Eiskunstläuferin.

Hollis' Haare: ein schiefgegangenes Mixerexperiment. Oder eine Hommage an Bon Jovis Dauerwellenzeit.

Am liebsten hätte Hollis Pam von der Wand gerissen und in den Kamin geworfen. Und Pams Katze gleich hinterher. Das Vieh hieß Yvette. Es war fünfzehn – ein Jahr älter als Hollis – und hatte – anders als Hollis – weißes Flauschfell, ein platt gedrücktes Gesicht und ein Haarbällchenproblem.

Hollis erinnerte sich kaum noch an Pam. Sie war nicht leiblich mit ihr verwandt und verspürte nicht die geringste emotionale Verbindung zu ihr. Trotzdem bestand Hollis' Mutter darauf, dass Hollis Pams Nachnamen führte: Barnes. Was Hollis, unter haufenweise anderem, ziemlich ankotzte.

Außerdem kotzte sie an, dass ihre Mutter noch immer Pams Bademantel trug. Es kotzte sie an, dass ihre Mutter Pam als Hollis' »Mom« bezeichnete. Es kotzte sie an, dass ihre Mutter – obwohl Pam schon seit sieben Jahren tot war – noch kein einziges Date gehabt hatte. Und am allermeisten kotzte es sie an, dass ihre Mutter noch immer nicht Pams Hotmail-Account gelöscht hatte, denn a) war Pam tot und b) wer zum Teufel hatte heute noch einen Hotmail-Account?

»Warum?«, fragte Hollis jedes Mal, wenn ihre Mutter als PjBarnesie_373@hotmail.com eine Onlinebestellung aufgab.

Worauf ihre Mutter immer dieselbe Antwort parat hatte: »Pam war die Liebe meines Lebens. Mir geht es einfach besser, wenn ich weiß, dass sie noch hier ist.«

»Aber sie *ist* ja nicht mehr hier«, erwiderte Hollis dann.

»Wenn ich ein Päckchen mit Pams Namen drauf in Empfang nehmen kann, habe ich jedenfalls das Gefühl.«

Es war aussichtslos. Natürlich nervte es Hollis, dass Pams Andenken in der Luft hing wie ein muffiger Geruch. Aber was sollte sie denn noch machen? Ihre Mutter war alles, was sie hatte. Und sie war auch gar keine so üble Mom. Sie nahm keine Drogen. Sie schleppte keine Perversen in Bars ab. Sie lief nicht rum wie eine Stripperin. Und als Immobilienmaklerin verdiente sie ganz gut. Leigh Darby stand jeden Morgen auf, duschte, föhnte sich die Haare glatt und zog einen Hosenanzug an. Sie machte Hollis eine Schüssel Froot Loops fertig, und dann ging sie zur Arbeit, lächelte und sagte Sachen wie »gemütliche Dreizimmerwohnung« und »Arbeitsplatten aus hochwertigem Granit«.

Wenn sie nach Hause kam, schlüpfte sie in Pams Bademantel und redete mit dem Porträt über dem Kamin. »Ach, Schatz, du glaubst nicht, wie mir die Füße wehtun.« Oder: »Stell dir vor, Schatz, ich habe heute ein Haus verkauft!« Ob ihre Mutter Pam jemals von der Wand nehmen und endlich weiterleben würde? Wohl eher nicht. Wahrscheinlich würde sie in vier Jahren, wenn Hollis aufs College ging, noch genauso hier vor sich hin gammeln. Und zwar zusammen mit Yvette. Diese Katze weigerte sich einfach, den Löffel abzugeben.

Gott, war das alles erbärmlich. Sogar noch erbärmlicher als die Tatsache, dass heute der einunddreißigste Dezember war und Hollis absolut null Silvesterpläne hatte.

»Liebes?«

Hollis sah mit ausdruckslosem Blick von ihren Froot Loops hoch.

»Pam hat gerade eine E-Mail bekommen.«

Das deprimierte Hollis noch mehr. *Und* kotzte sie an. »Dir ist schon klar, dass Tote keine E-Mails kriegen können, oder?«

»Sie ist von Milo Robinson-Clark.«

Moment mal. »Was?«

Hollis' Mutter lächelte. »Milo Robinson-Clark möchte gern Kontakt mit dir aufnehmen.«

Milo Robinson-Clark. Milo Robinson-Clark. Wieso kam ihr dieser Name so … oh. Ein Bild von einem kleinen, dunkelhaarigen Jungen auf der anderen Seite einer

Wippe schob sich in Hollis' Gedächtnis. Er trug einen Overall wie ein Mini-Lokführer und hatte einen roten Saftschnurrbart.

»Dieser Junge von damals, als Pam ein Treffen –«

Hollis' Mutter nickte eifrig. »Genau.«

»Und seine Mütter, wie hießen die noch m…«

»Suzanne und Frankie.«

»Ach ja«, murmelte Hollis. Und dann: »Oh Mann.«

Milo Robinson-Clark e-mailte einer Toten. Er e-mailte einer Toten, um Kontakt mit einem Mädchen aufzunehmen, mit dem er vor tausend Jahren mal auf einer Wippe gesessen hatte. Wieso sollte er das tun? Höchstens weil er gar nicht wusste, dass Pam tot war, aber selbst dann …

»Wie ist dir dabei zumute?«, fragte ihre Mutter. Sie klang wie diese dämliche Trauerbegleiterin, zu der sie Hollis nach Pams Tod geschickt hatte. *Mal mir ein Bild von deinen Gefühlen, Hollis. Lass diese Puppe ein Gespräch mit deinem Herzen führen, Hollis. Wie ist dir dabei zumute, Hollis?*

Tja, wie war Hollis wohl zumute angesichts der Tatsache, dass der Sohn ihres Samenspenders plötzlich in Pams Hotmail-Posteingang aufgetaucht war? Komisch. Von Kopf bis Fuß komisch. Hollis erinnerte sich kaum an die Begegnung mit Milo Robinson-Clark. Da war sie schließlich gerade mal wie alt gewesen – sechs? Irgendwo gab es davon ein Foto.

Die Idee dazu hatte Pam gehabt. Direkt nachdem bei ihr Eierstockkrebs diagnostiziert worden war, hatte sie Milos Mütter über irgendein Lesben-Netzwerk oder eine

Samenspende-Website ausfindig gemacht. Wie genau das vonstattengegangen war, wusste Hollis nicht, nur dass jeder Samenspender eine Identifikationsnummer zugeteilt bekommen hatte und die von ihrem und Milos Spender dieselbe wär, also mussten Pam und Leigh und Suzanne und Frankie einander auf diesem Weg gefunden haben. Sie hatten sich zu sechst verabredet, zu einer Art schrägem Familientreffen. Hollis erinnerte sich an einen Spielplatz. Ein Picknick. Und ganz vage an Brownies.

Kurz danach hatte sich Pams Gesundheitszustand rapide verschlechtert, und das war's dann. Ab diesem Zeitpunkt war Hollis' Mom komplett damit beschäftigt gewesen, sich um Pam zu kümmern, und danach damit, um sie zu trauern, und Hollis hatte ihren Halbbruder nie wiedergesehen.

Halbbruder. Oh Mann.

Wieder mal dämmerte es Hollis, wie absurd ihre gesamte Existenz war. Da wurstelte sie sich mehr oder weniger erfolgreich durchs Leben – Schule, Hausaufgaben, essen, schlafen, lesen –, und dann, wie aus dem Nichts, traf sie plötzlich der Blitz.

Ich wurde in einer Petrischale gezeugt.

Mein Vater ist irgendwo da draußen.

Ich habe einen Halbbruder.

»Oh Mann«, murmelte Hollis wieder. »Was will er denn?«

Ihre Mutter schüttelte den Kopf. »Schreibt er nicht.«

»Das *schreibt er nicht*?«

»Nein, hier.«

»Was?«

Ihre Mutter hielt ein Blatt Papier hoch. »Die E-Mail. Ich habe sie ausgedruckt.«

Hollis zog sich der Magen zusammen.

»›Liebe Pam‹«, begann ihre Mutter vorzulesen. Ohne zu zögern.

»›Mein Name ist Milo Robinson-Clark.‹«

Ohne Rücksicht.

»›Meine Mom Suzanne hat mir Ihre E-Mail-Adresse gegeben.‹«

Ohne einen Gedanken daran zu verschwenden, ob Hollis das alles überhaupt hören wollte.

»›Sie erinnern sich vielleicht nicht mehr an mich, aber wir haben uns vor siebeneinhalb Jahren in Brooklyn kennengelernt, wo ich noch immer wohne. Ihre Tochter Hollis und ich stammen vom selben Samenspender ab. Und das ist auch der Grund, warum ich Ihnen schreibe. Es wäre schön, wenn Sie meine Nachricht an Hollis weiterleiten und ihr sagen könnten, dass ich mich freuen würde, von ihr zu hören. Sie kann mir mailen oder übers Handy schreiben oder mich anrufen, was immer ihr am liebsten ist. Oder ich maile oder schreibe ihr oder rufe sie an, wenn Sie mir ihre Kontaktdaten geben. Vielen Dank. Ich hoffe, Ihnen und Leigh geht es gut. Milo.‹« Hollis' Mutter sah auf. »Na?«

Hollis starrte sie an.

»Was sagst du dazu?«

»Was ich dazu *sage*?«

»Willst du …« Ihre Mutter brach kurz ab. »Soll ich

ihm deine E-Mail-Adresse oder deine Handynummer geben, damit er dich erreichen kann?«

Hollis griff nach ihrem Löffel und schaufelte sich einen Riesenberg Froot Loops in den Mund. Kaute, schluckte, schaufelte weiter.

»Mir egal«, nuschelte sie schließlich, begleitet von einem Schwall bunter Bröckchen, die über den Tisch flogen.

Hollis' Mutter konnte solche Antworten nicht ausstehen. Sie nannte so etwas eine passiv-aggressive Gesprächsvermeidungsstrategie, aber diesmal schimpfte sie nicht. Diesmal verstand sie es absurderweise als *Mir ist alles recht, mach, was du willst.* Und so kam es, dass zehn Stunden später – als ihre Mutter gerade Essen vom Chinesen holte und Hollis auf ihrem Bett lag und an die Decke starrte – das Handy in ihrer Sweatshirttasche ein *Ping* von sich gab.

Sie warf einen Blick auf das Display: unbekannte Nummer, 917er-Vorwahl. Sie las: **Hey. Ich bins, milo**

Fast hätte sie losgeprustet. Das klang so lässig – als hätten sie sich nicht bloß ein einziges Mal, vor tausend Jahren, auf einer Wippe in Brooklyn gegenübergesessen. Als wäre es keine komplett absurde Aktion, dass das zweite Kind ihres Samenspenders sich plötzlich bei ihr meldete.

Hey, schrieb Hollis trotzdem zurück.

Guten rutsch

Dir auch

Wie gehts dir?

Ganz ok

Und deinen Moms?

Hm, leigh auch. Pam ist tot

Sorry. Wusst ich nicht

Schon ok. Ist 7 jahre her

Wenn man näher darüber nachdachte, so befand Hollis, war es ganz schön unhöflich von ihrer Mutter gewesen, Suzanne und Frankie nicht über Pams Tod zu benachrichtigen. Es gab doch bestimmt irgendeine ungeschriebene Benimmregel, die verlangte, dass man die lesbischen Mütter des Halbbruders seiner leiblichen Tochter informierte, wenn die eigene lesbische Lebenspartnerin gestorben war.

Wieder unterdrückte Hollis ein Schnauben. Mann, war das alles irre.

Ganz schön irre das alles oder?, schrieb Milo Robinson-Clark.

Hollis setzte sich kerzengerade auf. Wie gruselig war das denn? Als hätte er ihre Gedanken gelesen, was natürlich nicht sein konnte, denn wie sollte er das gemacht haben?

Ich finds nicht irre

Nicht?

Nö

Tja, dann wirds das jetzt, muss dir näml was erzählen

Ok

Bereit?

Yep

Ich will unsren samenspender finden

Hollis stockte der Atem.

Sie starrte auf ihr Handy. Dann las sie die letzte Nachricht noch mal, um sicherzugehen, dass sie nichts falsch verstanden hatte.

Wieso?

Hat gesundheitl gründe

Alles ok bei dir?

Ja

Brauchst du ne niere?

Nein

Knochenmark?

Nein

???

Ist kompliziert

Hollis wartete ab. Wenn Milo Robinson-Clark ihr von seinem mysteriösen gesundheitlichen Problem erzählen wollte, dann würde er das schon tun. Aber ganz offensichtlich war dem nicht so, denn als Nächstes schrieb er: **Bist du dabei?**

Wobei?

Suche nach dem spender

Moment, was?! Im Ernst jetzt? Hollis' Herz klopfte mit einem Mal so heftig, dass sie sich wieder hinlegen musste. Normalerweise tat sie ihr Bestes, nicht über dieses Thema nachzudenken, die Gedanken gar nicht erst zuzulassen. *Ich bin ein Freak. Ein Experiment aus dem Labor. Nur ein halber Mensch.* Meistens gelang ihr das auch einigermaßen gut. Manchmal allerdings, ganz selten, stellte sie sich vor, wie es wäre, ihren Spender aufzuspüren, einen Treffpunkt auszumachen und ihm dann – gleich nach dem ersten »Hi, ich bin Hollis« – eine reinzuhauen.

Hollis war nämlich stinksauer auf den Typen. Sie kannte ihn zwar nicht, aber das machte es nicht besser. Selbst wenn er das Ganze aus purer Gutherzigkeit getan hatte, um ein paar Lesben zu Babys zu verhelfen. Hollis war nichts als ein Produkt, sie war »fabriziert« worden, schnell, kalt und unpersönlich. Ihre Existenz hatte rein gar nichts mit Liebe zu tun. Und wenn man schon nicht aus Liebe ein Baby zeugte, wie wäre es dann wenigstens mit einem One-Night-Stand mit dem scharfen Fremden aus dem Waschsalon? Dabei gab es wenigstens irgendeine Form von menschlichem Kontakt. Eine Verbindung. Wie unfair war es dagegen, einfach loszuziehen und in einen Becher abzuspritzen, das Geld einzustecken und nicht mal darüber nachzudenken, wo die eigene DNA landete und wer am Ende damit rumlaufen musste?

Hollis' Handy machte *ping*. **Komm schon! Will das nicht alleine machen**

Milo Robinson-Clark wollte also nicht allein nach ihrem Samenspender suchen. Er wollte, dass Hollis mitmachte. Er bot ihr die einmalige Chance, ihren genetischen Vater zu treffen und Antworten auf all ihre Fragen zu bekommen. So eine Gelegenheit auszuschlagen, wäre doch absolut hirnverbrannt, oder?

Nein. Sorry, aber nein – so was von nein. Die Wut, die normalerweise still und leise unter Hollis' Haut vor sich hin brodelte, kochte über und riss alles Gute und Schöne mit sich.

Ohne mich

Nachdem Hollis die beiden Wörter getippt hatte, schleuderte sie wie zur Bekräftigung ihr Handy quer durchs Zimmer und zerbrach dabei einen Bilderrahmen. Wonach ihr ein bisschen besser zumute war. Aber nicht viel.

MILO

Wie erklärte man das am besten?

Sein Immunsystem litt unter paranoider Schizophrenie.

Eine Erdnuss war nicht einfach bloß eine Erdnuss, sie war ein Feind, auf dessen Eindringen es nur eine Reaktion gab: Angriff! Angriff!

Er war ein fünfzehnjähriger Kriegsgefangener.

Okay, das war vielleicht doch ein bisschen zu dramatisch. Milo saß ja nicht wirklich im Gefängnis. Er hatte nur ein paar Allergien. Hin und wieder – wenn auch nicht furchtbar oft – musste er wegen einer allergischen Reaktion ins Krankenhaus. Einmal in der sechsten Klasse zum Beispiel, als er auf dem Campingausflug einen Kokosriegel gegessen hatte. Zuvor hatte er seine Lehrerin gefragt und die wiederum die Mutter, die die Riegel gebacken hatte. Listen waren überprüft und nochmals gegengecheckt worden. Milo war *versichert* worden, die Riegel seien für ihn in Ordnung. Das mit dem Kokos wusste damals nämlich noch niemand. Er hatte noch nie zuvor Kokos gegessen und war auch nicht darauf getestet worden. Er hatte keine Ahnung, dass er dagegen allergisch war, bis zu dem Moment, als er in den Riegel biss und sein Hals zuschwoll.

Dieser Krankenhausaufenthalt war völlig verrückt

gewesen. Noch immer schwirrten ihm alle möglichen Details durch den Kopf: der Seesternring am Finger der Schwester, der antiseptische Geschmack der Magensonde, die sie ihm in den Hals rammten, die tonnenschwere Last auf seiner Brust, als er nach Luft rang und einfach keine bekam. Ob er ein Licht gesehen hatte, am Ende eines Tunnels? Falls ja, konnte er sich nicht mehr daran erinnern. Aber als er aufwachte und Suzanne und Frankie ihn weinend und lachend zugleich an sich drückten, wurde ihm klar, dass es knapp gewesen sein musste. Dem Arzt zufolge war Milo für drei Minuten klinisch tot gewesen.

Ganz so schlimm war es natürlich nicht immer. Manchmal brauchte er einen Inhalator, weil sich seine Brust wie zugeschnürt anfühlte, oder eine Adrenalinspritze, weil sein Mund plötzlich so kribbelte und seine Lippen ballonartig anschwollen. Daran war Milo gewöhnt. Auch an das Notfallarmband, das er immer tragen musste. An das ständige Überprüfen von Zutatenlisten. Daran, dass er das Haus nicht ohne Antihistaminikum und EpiPen im Gepäck verlassen konnte. Dass er in Lebensgefahr schwebte, sobald er etwas Falsches aß.

Immer noch besser als tot – das war Milo auch klar. Aber manchmal wollte er einfach Pizza und Pommes essen wie ein normaler Teenager. Er wollte nicht immer der dürrste Typ in der Jungenumkleide sein. Seit er zehn Jahre alt war, nannten die anderen ihn Twiggy. Oder Skeletor. Oder Jack the Gerippe. Ach, es gab so viele tolle Spitznamen.

Milo wusste auch, dass er nicht allein war. Seine Mütter – die als Homosexuelle im Mittleren Westen aufgewachsen waren – hatten sich in ihrem Leben Beschimpfungen ohne Ende anhören dürfen. Sie hatten ihm oft davon erzählt. *Kampflesbe! Leckschwester!* Alles in allem, da war sich Milo sicher, hatten sie mehr leiden müssen als er. Aber trotzdem, konnte es ihm wirklich jemand verübeln, wenn er sich ein leichteres Leben wünschte?

Das TGF-Beta-Gen. Das hatte Milos Allergologe Dr. Daignault bei ihrem letzten Termin erwähnt. Laut einer neuen Studie in einem Wissenschaftsmagazin war offenbar eine einzige genetische Abweichung, der »Transforming Growth Factor«, kurz TGF, oder transformierende Wachstumsfaktor Beta die Erklärung für so ziemlich alles von Heuschnupfen über Lebensmittelallergien bis hin zu Asthma. Ein einzelnes mutiertes Gen war also möglicherweise für Milos marodes Immunsystem verantwortlich – ein mutiertes Gen, das er nicht von Frankie hatte, weil sie beide überhaupt keine DNA miteinander teilten, und auch nicht von Suzanne, die gegen rein gar nichts allergisch war.

»Was ist mit Milos leiblichem Vater?«, hatte Dr. Daignault gefragt, als Milo und seine Mütter auf den harten orangefarbenen Stühlen in seinem Sprechzimmer saßen. »Wissen Sie, ob der gegen irgendetwas allergisch ist?«

»Laktose«, hatte Suzanne geantwortet. »Und Ambrosiapollen.«

»Sonst nichts?«

»Nicht, dass wir wüssten.«

»Haben Sie schon mal darüber nachgedacht, Milos

Vater zu fragen, ob er sich zu einem Gentest bereit erklären würde? Vielleicht wäre das keine schlechte Idee.«

Seinen Vater um einen Gentest bitten? Das war wieder einer dieser seltsamen Momente, in denen Milo das Wort »Vater« hörte und sich daran erinnerte, dass er tatsächlich so was hatte. Nicht bloß einen Samenspender, sondern einen *Vater*.

Suzanne und Frankie waren immer ehrlich zu ihm gewesen, was Milos Zeugung anging, selbst als er noch ganz klein war. »Ein netter, großzügiger Mann hat uns Samen geschenkt, aus denen du gewachsen bist!« Klang ein bisschen nach »Hans und die Bohnenranke«: ein mysteriöser Typ, magische Samen. Ein Märchen. Lange hatte sich Milo deswegen seinen Spender als Riesen im Himmel vorgestellt, der auf seiner goldenen Harfe zupfte. Ziemlich albern, das war ihm klar. Kindisch. Genauso kindisch, wie durch Park Slope zu spazieren und sich bei jedem Vater, der ihm begegnete, zu fragen, ob es seiner sein könnte. Es war ja auch völlig unlogisch. Erstens stammte das Sperma, aus dem Milo entstanden war, aus einer Samenbank in Minnesota – wo Frankie studiert hatte und Milos Vater vermutlich immer noch lebte –, was bedeutete, dass es ziemlich unwahrscheinlich war, ihm hier in Brooklyn zu begegnen. Außerdem hatte Milo nie ein Foto von ihm gesehen. Hatte er einen Bart? Eine Brille? Sie könnten auf der Straße aneinander vorbeilaufen und nicht mal merken, dass sie miteinander verwandt waren.

Es gab ein Babyalbum. Bilder von der schwangeren Suzanne, die in einem Liegestuhl saß und ein Glas Limonade auf ihrem runden Bauch balancierte. Damals hatte sie noch anders ausgesehen. Weicher irgendwie. Ihre Haare waren noch nicht grau, sondern lang und kastanienbraun, und sie trug sie zu einem dicken Zopf geflochten. Ihr Gesicht, jetzt so hager und kantig, war damals rundlicher. Sogar seine Geburt war dokumentiert, mit Bildern von einem schleimbedeckten Milo – darauf hätte er gut verzichten können –, gefolgt von etwa einer Million Aufnahmen von seinen beiden Müttern, die ihn auf dem Arm hielten, ihn küssten, fütterten oder ein Bäuerchen machen ließen. Frankie sah darauf genauso aus wie heute. Klein und stämmig, mit feuerrotem, raspelkurz geschnittenem Haar, das über der Stirn stachelig zu Berge stand. Es gab eine Fotoserie, in der Frankie Milo an ihre Brust drückte und sein kleiner, kahler Kopf unter ihrem Kinn ruhte. Milo sah sich die Bilder gern an, aber sie waren nicht der Grund, warum das Album solche Anziehungskraft auf ihn ausübte. Es war die Tasche, die hinten im Einband klebte. Und darin befand sich die persönliche Akte von Samenspender N° 9677.

Abstammung: schottisch-italienisch

Größe: 1,83 m

Augenfarbe: Haselnussbraun

Milo musste dieses Blatt Papier an die tausend Mal gelesen haben. Dieser Mann war sein *Vater.* Er wog, der Akte zufolge, zweiundsiebzig Kilo. Hatte, wie Milo, dunkles, dichtes und gelocktes Haar. Hieß das, er musste auch alle vier Wochen zum Friseur, wenn er nicht aussehen wollte wie ein Atompilz? Das waren die Kleinigkeiten, über die Milo nachdachte. Die großen Fragen – das TGF-Beta-Gen, ob sein Vater als Junge auch so dünn gewesen war oder ein Nerd oder unbeliebt bei Mädchen, ob er sich jemals fragte, was aus seinem Sperma geworden war – stapelten sich in Milos Hirn wie Bauklötze, die jeden Moment zusammenzukrachen drohten. Es waren so unglaublich viele.

Suzanne und Frankie waren offen wie immer. Alles, was sie je über Milos Spender gewusst hatten, hatten sie Milo gesagt. Es gab nichts, was verborgen blieb. Nichts, dessen man sich hätte schämen müssen. Im Gegenteil, seine Moms waren stolz auf ihre Entscheidung. Jedes Jahr am Vatertag schickten sie der Twin-Cities-Kryobank eine Dankeskarte und außerdem einen Blumenstrauß an Dr. Caroll, die Frauenärztin, die die Befruchtung bei Suzanne vorgenommen hatte. Wenn an Milos Grundschule Familientag war, tauchten sie mit einem selbst gebastelten Infoplakat über Samenspenden auf. Sogar ein Foto von Hollis Darby-Barnes, Milos Halbschwester, war darauf zu finden. Hollis Darby-Barnes, der Milo, aus Gründen, die ihm selbst noch nicht ganz klar waren, gerade geschrieben hatte.

Die Idee war ihm aus heiterem Himmel gekommen. Nicht mal wegen dem, was Dr. Daignault gesagt hatte, sondern weil Milo wütend auf Frankie war, die ihm verboten hatte, zu JJ Rabinowitz' Silvesterparty zu gehen. Frankie war eine waschechte Helikoptermutti und JJ ein schon geradezu professioneller Nichtsnutz, der gestern seinen offenen Rucksack mit einem Tütchen Marihuana darin auf Milos Bett liegen lassen hatte, wo Frankie ihn natürlich prompt fand.

Frankie hatte sofort versucht, JJs Eltern anzurufen, aber die waren gerade in Europa. Also spülte sie das Gras in der Toilette runter und Milos und JJs Freundschaft gleich mit.

»Tut mir leid, Kumpel«, hatte Frankie gesagt, nachdem JJ gegangen war. »Ich mach hier nur meinen Job als verantwortungsbewusste Mutter.« Sie wollte Milo in den Arm nehmen, um ihm zu beweisen, dass sie trotz allem auf seiner Seite war, aber der Schaden, den sie angerichtet hatte, war nicht wiedergutzumachen. Die Silvesterparty bei JJ war gestorben – das hieß, die Party würde natürlich stattfinden, nur eben ohne Milo.

»Warum bestrafst du *mich* dafür, dass JJ Gras dabeihat?«, beklagte er sich.

»Ich bestrafe dich doch nicht«, erwiderte Frankie. »Ich will dich nur beschützen. JJ hat sein Leben wirklich nicht sonderlich gut im Griff.«

Ganz falsch lag Frankie damit nicht. Wie oft war JJ dieses Jahr schon stoned zur Schule gekommen? Aber darum ging es ja jetzt gar nicht.

»Du vertraust mir nicht«, warf Milo ihr vor. »Du denkst, ich könnte nicht selbst entscheiden, ob ich bei so was mitmache.«

»Klar vertraue ich dir, aber ich bin nun mal deine Mutter und nicht deine Freundin. Es ist meine Aufgabe, auf dich aufzupassen.«

Frankie glaubte tatsächlich an das Geschwafel, das sie

von sich gab, aber das half Milo auch nicht weiter. Er war so wütend, dass er es ihr am liebsten an den Kopf geworfen hätte – das Einzige, von dem er wusste, dass er ihr damit wehtun konnte: *Du bist nicht meine echte Mutter, auf dich brauche ich nicht zu hören.* Wenn er ganz ehrlich war, dachte er das manchmal wirklich. Suzanne war seine Mutter. Ihre Eizelle war es gewesen. In ihr war er gewachsen. Also hätte ihr Wort doch eigentlich mehr gelten sollen. Suzanne hätte Milo zu JJs Party gehen lassen, wenn sie nicht mit Frankie verheiratet gewesen wäre. Ach was, wahrscheinlich hätte sie sogar mitgefeiert.

Aber Frankie zuliebe musste Suzanne an Silvester zu Hause hocken und Scrabble spielen. Milo konnte sie in der Küche rufen hören: »Atmo ist ja wohl kein Wort!«

»Und ob«, widersprach Frankie ruhig. »Und dafür kriege ich siebenundzwanzig Punkte.«

»Blödsinn!«

»Wir können gern nachschlagen, wenn du willst.«

»Milo!«, schrie Suzanne.

Milo hörte seine Mutter, antwortete jedoch nicht. Wenn er sie ignorierte, bestand die Chance, dass sie einfach das Wörterbuch holen ging und ihn in Ruhe ließ. Er hatte auch so genug, worüber er nachgrübeln musste. Zum Beispiel die Frage, wie Hollis auf seine letzte Nachricht antworten würde. **Komm schon! Will das nicht alleine machen** Klang das sehr erbärmlich? Ein bisschen schon.

»Milo!« Suzanne brüllte jetzt.

Seufzend steckte Milo sein Handy in die Tasche.

Suzanne war mies drauf. Sie hatte im Cubbyhole tanzen gehen wollen, um »anständig das neue Jahr einzuläuten«, so anständig, wie Milo es gern auf JJs Party gemacht hätte. Milo war klar, dass Suzanne nicht wegen des Wörtchens »Atmo« so einen Aufstand machte, sondern weil sie längst auf der Theke hätte breakdancen können. Aber nein, seit Frankie von JJs Party wusste, wollte sie plötzlich einen ruhigen Abend zu Hause machen, und Suzanne schlug Frankie nun mal selten etwas ab. Wenn Frankie verlangte, dass sie früher ins Bett ging, dann ging Suzanne früher ins Bett. Wenn Frankie verlangte, dass sie mehr Grünzeug aß, dann aß Suzanne mehr Grünzeug. Frankie war nicht bloß Suzannes Ehefrau und Milos Mom, vielmehr war sie ihrer beider Aufseherin.

Nicht mal mit logischen Argumenten, wie Milo es gestern versucht hatte – *Ich verspreche auch, auf JJs Party kein Bier zu trinken, wenn du mich hingehen lässt. Du weißt genau, dass du dich darauf verlassen kannst, ich bin ja sowieso allergisch gegen Gluten* –, kam man bei Frankie weiter. So war sie schon immer gewesen. Eine überfürsorgliche Glucke. Oder, wie JJ es ausgedrückt hätte, eine totale Spaßbremse.

»Irgendwann wirst du mir dafür dankbar sein«, meinte Frankie.

Na klar. Nicht zum ersten Mal in seinem Leben wünschte sich Milo, er hätte einen Bruder oder eine Schwester, ganz egal, Hauptsache jemanden, zu dem man sich umdrehen und sagen konnte: »Nicht zu fassen, dieser Schwachsinn, was?«

Stattdessen hatte ihr English Springer Spaniel Pete

herhalten müssen. »Nicht zu fassen, dieser Schwachsinn, was, Pete?« Aber Pete hatte Milo bloß gewohnt verdattert angeguckt.

Und da kam ihm die Idee. Genau in diesem Moment.

Milo hatte sich an Suzannes Schreibtisch gesetzt, ihren Computer angeschaltet und Pamela Barnes' E-Mail-Adresse herausgesucht. *Sie erinnern sich vielleicht nicht mehr an mich, aber wir haben uns vor siebeneinhalb Jahren in Brooklyn kennengelernt, wo ich noch immer wohne …* Er hatte seine Nachricht getippt und abgesendet. Nicht besonders gut durchdacht für eine derartig lebensverändernde Entscheidung, aber egal. Er hatte es gemacht und jetzt nahm die Sache ihren Lauf.

Gerade als Milo unterwegs in die Küche war, um Suzanne davon zu unterrichten, dass »Atmo« als Abkürzung für »Atmosphäre« durchaus ein gültiges Scrabble-Wort war, machte es in seiner Tasche *ping*. Er zog sein Handy hervor.

Ohne mich, lautete die Antwort.

Tja, was hatte er auch erwartet? *Bin dabei*, mit einer Reihe Daumen-hoch-Emojis? Es war schließlich nicht so, als könnte er Hollis Darby-Barnes besonders gut einschätzen. Sie hatten sich ein einziges Mal gesehen, als Milo in der zweiten Klasse war. Trotzdem, hier ging es immerhin um ihren gemeinsamen Samenspender. Ihren *Vater*. Zu behaupten, Milo wäre nicht enttäuscht, wäre gelogen gewesen. Außerdem … na ja, war sie denn nicht mal ein kleines bisschen neugierig?

»Milooo!« Wieder Suzanne.

Da konnte er lange warten, dass sie die Klappe hielt. Suzanne war wie der Löwe im Zoo in der Bronx, der aus purer Langeweile brüllte und brüllte. Sie ertrug es einfach nicht, eingesperrt zu sein. Sie musste raus zu den anderen Löwen in die afrikanische Steppe.

Das ist doch alles Mist, dachte Milo. *Heute ist Silvester.*

Zur Hölle mit seinen Moms.

Zur Hölle mit Hollis Darby-Barnes.

Er ging jetzt feiern.

HOLLIS

Mitten in der Nacht summte ihr Handy. Ihr Blick wanderte zum Wecker auf ihrem Nachttisch. Null Uhr sieben. Das neue Jahr war gerade mal sieben Minuten alt und es ging schon wieder los.

Brrrt, brrrt.

Hollis musste gar nicht nachsehen, sie wusste auch so, wer es war. Ein paar Mädchen aus der Schule – nicht Shay oder Gianna, mit denen Hollis in der Mittagspause zusammensaß und sich manchmal am Wochenende traf. Diese anderen Mädchen waren nicht ihre Freundinnen, definitiv nicht. Sie riefen oft spätnachts an. Normalerweise schaltete Hollis vor dem Schlafengehen ihr Handy aus, um ihre Ruhe zu haben. Was immer sie ihr diesmal zu sagen hatten – *Frohes neues Jahr, du Nutte!* oder *2016 wird das ultimative Schlampenjahr!* –, es würde im Dunkeln wesentlich schlimmer klingen als bei Tag. In letzter Zeit löschte Hollis die Mailboxnachrichten, ohne sie auch nur abzuhören. Nachschub gab es sowieso mehr als genug. Per WhatsApp, Twitter, Instagram. Ständiger Beschuss.

Brrrt, brrrt.

Sie würde es einfach nicht beachten. Ihre Mutter störte das Vibrieren sicher nicht. Leigh pennte tief und fest auf der Couch vor dem Kamin, wo sie jedes Silvester verbrachte und das neue Jahr mit Pam und ihrer dämlichen Katze einläutete.

Brrrt, brrrt, brrrt.

Oh Mann. Hatten die denn heute Abend nichts Besseres vor?

Hollis schnappte sich ihr Handy und hielt es sich ohne einen Blick aufs Display ans Ohr. »Was?« *Schlampe, Nutte, Hure.* Eins von den dreien würde es sein. Diese Mädels waren nicht sonderlich originell. Hollis würde sie weitaus mehr respektieren, wenn sie ihr mal ein paar extravagantere Schimpfwörter um die Ohren hauen würden. *Flittchen, Dirne, Kokotte, Metze.* Es gab so viele bessere –

»Hollis?«

Eine Jungenstimme. Und zwar nicht Gunnars. Sie konnte sie nicht einordnen.

»Wer ist da?«, fragte sie.

»Was?« Hintergrundlärm. Ziemlich viel.

»Wer ist da?«, wiederholte sie lauter.

»Milo.«

Hollis durchlief eine Welle von – ja, wovon eigentlich? Überraschung? Erleichterung? Sie war sich nicht sicher. »Wo bist du?«, fragte sie.

»Party. Große Party. Hollis?«

»Bist du betrunken?«

»Bisschen.«

»Aber deine mysteriöse Krankheit – darfst du da überhaupt Alkohol?«

»Wahrscheinlich nicht. Aber hör doch mal zu –«

»Ich höre.«

»Ich hab geforscht.«

»Okay?« Durst. Sie hatte immer noch den Geschmack von Shrimps mit Morcheln im Mund, ein Überbleibsel des schnarchigsten Silvesterabends aller Zeiten.

»Hollis?«, sagte Milo Robinson-Clark. »Wir sind nicht die Einzigen.«

Das war das Problem mit chinesischem Essen. Zuerst war es lecker, aber dann hatte man noch stundenlang – Moment. »Was?«

»Es gibt da so eine Website.« Milo schrie fast, aber im Hintergrund war es immer noch so laut, dass Hollis ihn kaum verstand, also drückte sie sich das Telefon fester ans Ohr. »Projekt Samenspender-Kinder.«

»Was?«, fragte Hollis. Nicht, weil sie ihn nicht gehört hatte. Das hatte sie nämlich, aber *was genau erzählte er ihr da gerade*?

»Er hat fünf Kinder. Es gibt fünf von uns.«

MILO

Er wachte in seinem Bett auf, noch immer in den Klamotten vom Abend zuvor. Alles an ihm schien noch ordnungsgemäß zu funktionieren, mit Ausnahme seiner Zunge, die sich anfühlte, als trüge sie einen Pullover. *Der Wodka.* Er hatte eine Flasche Wodka zu der Party mitgenommen, als Wiedergutmachung, weil Frankie JJs Gras das Klo runtergespült hatte. Wie viele hatte er getrunken … drei? Oder vier? Zuerst hatte es grauenhaft geschmeckt, wie Batteriesäure, aber dann hatte sich eine Wärme in seiner Brust ausgebreitet, seinem Bauch, seinem ganzen Körper – bis in jede Zelle, jede Haarspitze –, und mit einem Mal, als er gerade auf JJs Couchtisch stand, umgeben von Tanzenden, begriff er, dass *das* der Grund war, warum die Leute tranken.

Es klopfte an seiner Zimmertür. Milo geriet in Panik. Er hatte sich erst aus der Wohnung geschlichen, als seine Moms schon schliefen, aber wann war er nach Hause gekommen? Und *wie*? Die Erinnerung daran war verschwommen. Und selbst wenn Suzanne und Frankie nichts von alldem mitbekommen hatten, war Milo immer noch komplett angezogen. Sehr verdächtig. Und falls das noch nicht reichte, würde die verschwundene Flasche ihm das Genick brechen. Er hatte sie aus dem Fach über dem Kühlschrank genommen – einen ganzen Liter Grey

Goose – und keinen Gedanken daran verschwendet, wie er sie ersetzen sollte. Er hatte Suzannes Wodka *geklaut*.

Pete, der am Fußende seines Betts geschlafen hatte, sah betrübt zu ihm hoch. Pete wusste Bescheid.

Milo hatte in seinem ganzen Leben noch nichts gestohlen. Er hatte sich noch nie heimlich rausgeschlichen. Er hatte noch nie Alkohol getrunken. JJ schon. JJ war ein Meister im Mistbauen, aber Milo doch nicht. Wie hatte es dazu kommen können? Tatsache war, bis zu dieser Woche war Milo noch nicht mal auf eine Party eingeladen gewesen. Okay, nein, das stimmte nicht ganz: als er jünger war, natürlich schon – auf die Art Kindergeburtstage, zu denen die Eltern die ganze Klasse einluden und am Ende jeden mit einem Ballon wieder nach Hause schickten. Aber in der siebten Klasse hatte das alles aufgehört. Plötzlich bildeten sich Grüppchen. Sportmannschaften. Leute, mit denen sich Milo in der Grundschule noch regelmäßig getroffen hatte, hingen jetzt mit anderen rum. Es war nicht über Nacht passiert, aber im Nachhinein kam es ihm fast so vor. An einem Tag hatte er noch Freunde gehabt und am nächsten … war er der dürre Freak, der in der Cafeteria vor einem Teller Roter Bete saß, während alle anderen sich über ihre Pizzabagels hermachten.

JJ war neu an der Schule und erst dieses Jahr von der Buckley herübergewechselt. Außerdem war JJ groß, gut aussehend und steinreich. Warum er sich ausgerechnet Milo als Laborpartner ausgesucht hatte, war diesem genauso schleierhaft wie allen anderen. Aber so war es. Und dann hatte er ihn auch noch für Silvester eingeladen –

Milos erste Highschoolparty, von der er sich ganz sicher nicht durch so was Albernes wie eine Gluckenmutter abhalten ließ.

»Milo?« Frankie.

Die Tür ging auf. Pete hob erwartungsvoll den flauschigen Kopf. *Leckerchen? Spaziergang?*

Scheiße, dachte Milo. *Scheiße, Scheiße, Scheiße.*

Denn nicht nur Frankie kam ins Zimmer, sondern Suzanne gleich mit. Seine beiden Mütter im Schlafanzug. Frankie in ihrem braunen Fleecebademantel und Suzanne in irgendeinem gemusterten Seidenteilchen, die nackten Füße nach außen gedreht, als wäre sie im Begriff, eine Ballettstunde zu geben. Frankie nahm sich Milos Schreibtischstuhl und setzte sich. Suzanne hockte sich auf seine Bettkante und zog die langen Flamingobeine an.

»Hallo, Pete«, sagte Suzanne und tätschelte dem Hund die Schnauze. Und dann zu Milo: »Na, du.«

Milo nickte nur. Er traute seiner Stimme nicht.

Frankie griff in ihre Bademanteltasche und holte Milos Handy hervor.

»Willst du uns vielleicht verraten, was mit dir los ist?«, fragte sie.

Tja, wo sollte er da anfangen?

Tatsache war, dass Milo seit Ewigkeiten kein ernst zu nehmendes Gespräch mehr mit einer seiner Moms geführt hatte. Jedenfalls nicht über irgendwas Wichtiges. Und er würde ganz sicher nicht jetzt damit anfangen. Was sollte das auch bringen? Suzanne und Frankie wollten ja wohl kaum hören, dass er sich zum Sport in einer Toilettenkabine umzog, um den Kommentaren über seine Hühnerbrust zu entgehen. Sie wollten nicht hören, dass er jedes Mal einen Steifen bekam, wenn ihm Hayley Christenson auf dem Flur begegnete. Erweckte Milo etwa den Eindruck, dass er Interesse am zigsten »offenen Gespräch« über Pubertät hatte? An weiteren »Selbstbefriedigung ist etwas ganz Natürliches«-Vorträgen am Abendbrottisch? Wohl kaum. Was Milo vielmehr brauchte, war ein Mann zum Reden. Nicht Dr. Daignault. Nicht Charles, den schwulen Freund seiner Mütter, der Milo mal auf ein Eis eingeladen und dabei – ganz offensichtlich auf Suzannes und Frankies Wunsch hin – eine ziemlich verkrampfte Unterhaltung über die männliche Anatomie angeleiert hatte. Milo brauchte einen Vater. Er hatte ein schlechtes Gewissen, dass er so was auch nur dachte, denn obwohl seine beiden Mütter ihn manchmal in den Wahnsinn trieben, liebte er sie und wollte ihnen nicht das Gefühl geben, sie seien unzulänglich.

Milo versuchte, unter der Decke mit den Schultern zu zucken, ohne dass dabei seine Kleider hervorblitzten. »Nichts. Mit mir ist gar nichts los.«

»Reden wir doch mal über diese Nachrichten«, sagte Frankie, Milos Handy noch immer in der Hand.

Milo schloss die Augen. So hatte nun mal der Deal gelautet, als sie ihm das Handy erlaubt hatten: nur mit uneingeschränktem elterlichem Zugriff. Sie hatten sein Passwort. Und sein Einverständnis, dass sie alles, was über dieses Handy lief, überwachen durften. Er hatte sogar einen *Vertrag* unterschrieben.

»Nachrichten?«, wiederholte er, um Zeit zu schinden. Sein Magen vollführte ein paar wilde Hüpfer. Hatte er gestern Nacht irgendwelchen Mist gemacht? Der ganzen Schule versehentlich ein Nacktfoto geschickt? Oder, schlimmer noch, hatte sich jemand auf der Party sein Handy geschnappt und irgendwas damit angestellt? Das lag leider vollkommen im Bereich des Möglichen.

»Die 612er-Vorwahl«, sagte Frankie.

Die 612er-Vorwahl? Milo öffnete die Augen. Sein Mund war so was von trocken. Er hätte alles getan für ein Glas Wasser.

»Ach, Schatz.« Suzanne legte die Hand auf die Bettdecke und drückte Milos Bein. »Warum hast du uns denn nicht gesagt, dass du Kontakt zu Hollis Darby-Barnes hast?«

Fast hätte Milo laut losgelacht. Da schob er die schlimmste Panik, seine Moms könnten das mit der Party herausgefunden haben – dass er sich rausgeschlichen und den Wodka genommen hatte oder dass er in betrunkenem Zustand irgendwas Idiotisches mit seinem Handy angestellt hatte –, dabei ging es die ganze Zeit nur um Hollis Darby-Barnes. Sie hatten gesehen, dass er sie gebeten hatte, ihm bei der Suche nach ihrem Samenspender zu helfen, sowie ihre Antwort, die … noch mal wie gelautet hatte? Moment … im hinterletzten Winkel von Milos Hirn begann sich eine Erinnerung zu regen. JJs Zimmer … JJs Laptop … Projekt Samenspender-Kinder. War er letzte Nacht wirklich auf dieser Website gewesen und hatte seine Daten eingegeben?

»Er hat fünf Kinder«, krächzte Milo seinen Müttern zu.

Frankie warf ihm einen verwirrten Blick zu. »Wer?«

»Mein Samenspender.«

Suzanne ließ sein Bein los. »Du hast schon angefangen, nach ihm zu suchen?«

»Ja«, sagte Milo. »Hab ich.«

Sie hatten schon mal darüber gesprochen. Gleich nach dem Termin bei Dr. Daignault waren sie zu dritt bei Taco Pacifico essen gegangen – einem der wenigen Restaurants in Brooklyn, in dem es auch was für Milo gab – und hatten über die Möglichkeit diskutiert, seinen Samenspender ausfindig zu machen. Suzanne war ziemlich cool geblieben, Frankie dagegen …

»*Keine schlechte Idee?* Er denkt, es wäre *keine schlechte Idee*, einen Mann, den wir nicht mal kennen, um einen Gentest zu bitten?«

»Es geht nur darum, Informationen zu sammeln, Frankie«, hatte Suzanne ruhig erwidert. »Mehr schlägt Dr. Daignault doch gar nicht vor.«

»Die Büchse der Pandora zu öffnen, das schlägt er vor.«

»Ist doch schnell gemacht. Einmal mit dem Wattestäbchen über die Wangeninnenseite und fertig.«

»Darum geht es ja wohl nicht.«

»Ma«, hatte Milo zu Frankie gesagt. »Hast du denn gar nicht zugehört, was Dr. Daignault gesagt hat? Es gibt eine ganze Studie über dieses Gen. Vielleicht hat mein Spender diese Mutation.«

»Und wenn?«

»Dann würde das erklären, warum ich allergisch gegen alles bin.«

»Und dann?«, entgegnete Frankie stur.

»Dann … ich weiß auch nicht … es könnte mir helfen.«

»Und wie?«

»Was?« Milo war irritiert.

»Was genau hättest du davon, wenn du wüsstest, dass er dieses abweichende Gen in sich trägt? *Falls* das überhaupt so ist.«

Darauf hatte Milo keine Antwort. Und selbst wenn, hätte Frankie sowieso nicht zugehört. Sie war bereits voll in Fahrt.

»Erklär mir doch bitte mal, inwiefern du davon profitieren solltest, wenn du deinen Samenspender findest. Ach, Schätzchen, wenn ich wüsste, dass es so wäre, würde ich natürlich sofort sagen, los, den Typen schnappen wir uns. Ich würde ihn höchstpersönlich am Boden halten und ihm die Speichelprobe entnehmen. Aber es ist ja nun mal nicht so, als würde dadurch eine Antiallergietablette für dich vom Himmel fallen.«

»Das ist mir auch klar«, hatte Milo gesagt.

»Es dauert Jahre, ein Medikament zu entwickeln.«

»Ich weiß.«

»Selbst wenn du ihn findest, wirst du nicht im nächsten Moment in ein Erdnussbutterbrot beißen können.«

An diesem Punkt war Suzanne dazwischengegangen und hatte verkündet, Frankie brauche mal ein bisschen frische Luft. Und danach eine Margarita. Aber später am Abend, als Milo im Bett lag, konnte er seine Mütter weiterdebattieren hören.

FRANKIE: Er ist zu jung!
SUZANNE: Süße, er ist doch kein kleines Kind mehr. Es ist seine Entscheidung.
FRANKIE: Die kann er treffen, wenn er achtzehn ist.
SUZANNE: Um sein Alter geht es doch gar nicht, Frank. Sondern um seine Gesundheit. Es ist sein gutes Recht zu erfahren, woher er kommt.
FRANKIE: Du hast leicht reden, du bist ja auch seine leibliche Mutter.
SUZANNE: Das ist jetzt nicht dein Ernst, oder?
FRANKIE: Doch, irgendwie schon.
SUZANNE: Du bist genauso seine Mutter wie ich. Und das weißt du.
FRANKIE: Bin ich das?
SUZANNE: Ach komm, Frankie. Jetzt schieb dein Ego mal kurz beiseite. Es ist *seine Entscheidung*. Du warst einverstanden, als wir uns damals für einen Spender entschieden haben. Dir war klar, dass dieser Tag irgendwann kommen würde.
FRANKIE: Und jetzt? Soll das heißen, wir lassen unseren fünfzehnjährigen Sohn einfach so Kontakt zu einem vollkommen Fremden aufnehmen, nur für den unwahrscheinlichen Fall, dass dieser Mann eine Genmutation hat? Eine Mutation, über die ein paar Wissenschaftler in einer einzigen Studie die Theorie aufgestellt haben, dass

sie irgendwas mit Lebensmittelallergien zu tun haben könnte?
SUZANNE: Ganz genau, das heißt es.

Jetzt saßen die beiden in Milos Zimmer und sahen ihn an. Frankie vom Drehstuhl aus und Suzanne von der Bettkante. Milo starrte an die Decke und vermied jeden Blickkontakt. Frankie wusste nicht, was Suzanne und Milo wussten. Sie hatte keine Ahnung, dass Suzanne Milo, als er dreizehn war, vom Projekt Samenspender-Kinder erzählt hatte. Sie hatte ihm erklärt, wie die Seite funktionierte und dass er ein offizielles Mitglied war. Benutzername und Passwort würden nur ihm allein gehören – wann immer er bereit war. Suzanne hatte Milo einen Briefumschlag überreicht und ihn gebeten, es Frankie erst zu sagen, wenn er sich wirklich entschieden hatte, auf die Suche nach seinem Spender zu gehen. Bis dahin, meinte sie, gebe es keinen Grund, Frankie unnötig wehzutun.

Na klar, dachte Milo jetzt. *Frankie* wehtun. Und wen interessierte es, was *ihm* wehtat? Dass er sein Leben ohne Vater verbringen musste? Fünfzehn Jahre ohne einen Mann zum Reden. Ohne jemanden, der ihm zeigte, wie man eine Krawatte band, wie man sich rasierte oder ein Mädchen ansprach.

Eine Weile hatte Milo den Umschlag in seiner Sockenschublade aufbewahrt, bis ihm auffiel, dass Frankie manchmal ein bisschen umräumte, wenn sie seine Wäsche einsortierte. Also hatte er den Umschlag zweimal zusammengefaltet und in sein Portemonnaie gesteckt.

Über ein Jahr hatte er ihn mit sich herumgetragen und nie geöffnet. Bis gestern Nacht, auf JJs Party, nach einer unbestimmbaren Menge Wodka.

Milo zwang sich, den Blick von der Decke zu lösen, und sah seine Moms an. Er wusste nicht, was er sagen sollte. Oder eigentlich schon, aber er traute sich nicht, es auszusprechen. Ganz tief drinnen wusste Milo, warum er gestern Nacht auf der PSK-Website gewesen war. Ob er wirklich auf Heilung all seiner Allergien hoffte? Nein. Was genau würde es ihm bringen, wenn er wüsste, dass Spender N° 9677 dieses mutierte Gen in sich trug? Möglicherweise gar nichts. Möglicherweise hatte er nur einen Vorwand gebraucht, um nach ihm zu suchen.

Da. Jetzt hatte er es sich eingestanden. Er wollte seinen Vater finden. Würde Frankie damit klarkommen? Wohl eher nicht. Suzanne würde es wahrscheinlich irgendwie wegstecken, aber Frankie nicht.

Milos Kopf fing an zu wummern. Sein Mund war eine Wüste. Alles, was er wollte, war ein Schluck Wasser.

»Ich brauche was zu trinken«, krächzte er.

»Das geht uns wohl allen so«, erwiderte Frankie trocken.

HOLLIS

Schicksal. Karma. Vorsehung. Alles völliger Nonsens, aber Hollis' Mutter war felsenfest davon überzeugt, dass Milo Robinson-Clarks E-Mail an PjBarnesie_373@hotmail.com Pams Werk war. Pam, die Hollis und ihren Halbbruder noch aus dem Jenseits zusammenzubringen versuchte – genau wie sie es einst im Leben getan hatte.

Das musste Hollis zumindest am Neujahrsmorgen feststellen, als sie in die Küche geschlurft kam, wo schon ihre Mutter wartete.

»Frohes neues Jahr«, sagte Leigh. Sie lächelte, was an und für sich schon auffällig war. Sie war komplett angezogen. Und – noch eigenartiger – sie hatte irgendwas Wabbeliges aus Eiern fabriziert.

Der Anblick von Töpfen auf dem Herd war derart selten, dass Hollis einen richtigen Schreck bekam. Ihre Mutter kochte nie. Pam war Köchin gewesen, darum hatte sie früher immer das Essen gemacht. Sie hatte ihr eigenes Restaurant namens Figs in Maple Grove geführt. Dort hatten Leigh und sie sich auch kennengelernt. Nach Pams Tod hatte sich Hollis' Mutter nicht mehr für gutes Essen interessiert. Natürlich ließ sie Hollis nicht hungern, aber sie bestellten fast immer etwas bei irgendeinem Imbiss, und zum Frühstück gab es für gewöhnlich nichts als Cornflakes und Konsorten.

Holly beäugte den Eierschleim. »Was ist denn …« murmelte sie.

»Pam liebt Eier Benedict.«

Hollis warf ihrer Mutter einen entnervten Blick zu. Merkte sie eigentlich noch, dass sie in der Gegenwartsform sprach? Das kotzte Hollis an, aber sie hatte nicht genug Energie für einen Streit. Und einen zu schwachen Magen für diese Eier. Nach den Shrimps von gestern Abend und der Bombe, die Milo Robinson-Clark hatte platzen lassen, war ihr die ganze Zeit leicht übel. Und sie wurde einfach diesen Knoblauchgeschmack im Mund nicht los.

»Setz dich«, sagte Leigh und vollführte eine einladende Geste wie eine Gameshow-Moderatorin. »Iss was.«

Zögernd nahm Hollis auf einer Stuhlkante Platz. Mit ihrer Mutter stimmte was nicht, so viel war sicher. Ob sie getrunken hatte? Hollis hielt nach Indizien Ausschau, fand aber keine. Vielleicht hatte sie endlich angefangen, ihre Gute-Laune-Pillen zu nehmen. Der Gedanke brachte Hollis zur Weißglut. Obwohl, warum eigentlich? Schließlich hatte sie ihre Mutter jahrelang angefleht, die Medikamente zu nehmen, die ihre Therapeutin ihr verschrieben hatte – nicht die, bei der Hollis einmal gewesen war, sondern jemand anders.

»Ich bin nicht depressiv«, hatte Leigh immer nur behauptet, wenn Hollis' Onkel Drew, der in North Carolina als Psychiater arbeitete, das Thema anschnitt. »Ich trauere nur.«

Tja, im Moment trauerte sie jedenfalls definitiv nicht,

sondern verspeiste mit Appetit ihre Portion Eier Benedict und lächelte Hollis über den Tisch hinweg an.

Hollis zog ein finsteres Gesicht.

»Was guckst du denn so?«, fragte ihre Mutter.

»Warum bist du so komisch?«

»Ich bin nicht komisch.«

»Doch«, sagte Hollis. »Bist du wohl.«

»Heb mal deinen Teller hoch.«

»Wieso?«

»Mach einfach.«

Hollis merkte, wie sie die Augen verdrehte – was natürlich das reinste Teenieklischee war, aber sie war nun mal todmüde, sorry, und außerdem: Was sollte das überhaupt alles?

»Na los«, drängte Leigh.

Seufzend hob Hollis ihren Teller hoch.

Darunter lagen drei Fotos. Das eine von Milo und ihr mit ihren Saftschnurrbärten auf der Wippe, an das Hollis sich noch erinnerte, und zwei weitere. Gruppenbilder mit Hollis, Milo und den vier Müttern. Leigh war so jung und hübsch, dass Hollis sie kaum wiedererkannte. Leicht gebräunt und mit blonden Strähnchen im Haar. Sie lächelte zu Hollis hoch, die auf Pams Schultern saß und ihrerseits Milo breit angrinste, den eine seiner Mütter in die Luft hob. Hollis war sich nicht sicher, welche – Suzanne oder Frankie.

»Hm«, machte Hollis.

»Deine Familie.«

»Was?«

»All diese Leute da, das ist deine Familie. Das hat Pam versucht, uns mitzuteilen.«

Geht das schon wieder los?, dachte Hollis. Ihre Mutter suchte ununterbrochen nach Beweisen dafür, dass Pam noch unter ihnen weilte, und dichtete dabei noch dem größten Zufall eine tiefere Bedeutung an.

»Die E-Mail«, sagte ihre Mutter. »Das war ein Zeichen.«

Na sicher doch.

»Die ist nicht ohne Grund in Pams Hotmail-Account gelandet.«

Klaro.

»Pam wollte dich und Milo wieder zusammenbringen.«

»Mom«, sagte Hollis mühsam beherrscht. »Ich weiß langsam nicht mehr, wie ich dir das schonend beibringen soll, darum sage ich's jetzt einfach … Pam ist tot.«

»Aber doch nur in rein körperlicher Hinsicht.«

»In *jeglicher* Hinsicht.«

»Wahre Liebe stirbt nie.«

»Und Einhörner gibt es wirklich.«

Aber mit Sarkasmus kam man bei Hollis' Mutter nicht weiter. Solche Bemerkungen perlten einfach von ihr ab.

»Pam hat diesen Besuch damals arrangiert«, erklärte Leigh. »Sie hat das alles auf die Beine gestellt.«

»Ich weiß.«

»Es war ihr extrem wichtig.«

»Ich weiß.«

»Wir haben uns so sehr gewünscht, dir einen Bruder

oder eine Schwester schenken zu können. Wir wollten denselben Samenspender nehmen, und diesmal sollte Pam das Kind austragen, aber dann ist sie krank geworden.«

»Ich weiß, Mom.«

Wenn Hollis für jedes Mal, das sie sich diese Geschichte anhören musste, einen Dollar bekommen hätte, dann hätte sie sich davon ein Boot kaufen und in See stechen können, nur weg aus dieser Küche. Sich irgendwo eine Insel suchen. Viel hätte sie nicht gebraucht, nur ein bisschen Essen und ihre Lieblingsbücher und –

»Er hatte haselnussbraune Augen.«

»Was?«

»Dein Spender. Wir haben ihn uns ausgesucht, weil er haselnussbraune Augen hatte, genau wie Pam. Außerdem war er klug. Und groß.«

Hollis starrte ihre Mutter verständnislos an. »Warum erzählst du mir das alles?«

»Ich will einfach, dass du informiert bist.«

»Warum?«

»Ich dachte, du würdest vielleicht gern etwas mehr über ihn erfahren.«

»Tja, würde ich *nicht*«, fauchte Hollis. »Ich will überhaupt nichts über diesen Wichser wissen.«

Wichser. Die Ironie daran entging Hollis keineswegs. Wenn sie nicht so wütend gewesen wäre, hätte sie vielleicht gelacht.

Ihr ganzer Körper prickelte vor Zorn. Am liebsten hätte sie die Eier Benedict einmal quer durch die Küche geschleudert, wenn sich ihr nicht schon von dem Gewabbel auf dem Teller allein der Magen umgedreht hätte.

Leighs Augen – blau, nicht haselnussbraun – weiteten sich.

»Tut mir leid«, murmelte Hollis.

»Nein, nein, das ist gut. Ich möchte ja wissen, wie dir zumute ist.«

»Er hat fünf Kinder.« Hollis spießte mit der Gabel ein Stück Toast auf. »Der Arsch.«

»Ich weiß.«

Hollis sah auf. »Was?«

»Ich habe mit Suzanne gesprochen. Sie hat mir alles erzählt.«

»Was?«

»Ich musste gestern ständig an diese E-Mail denken – wenn ich Pammys Account geschlossen hätte, dann hätte Milo uns nie erreicht. Nichts geschieht einfach so, Hollis. Es hat immer alles einen Grund. Das war kein Zufall. Er hat uns nur durch Pam gefunden.«

Sie klang so aufgeregt. Hollis konnte sich nicht erinnern, wann sie ihre Mutter das letzte Mal so erlebt hatte. Sie pinkelte ihr ja ungern die Wunderkerzen aus, aber das hier war das einundzwanzigste Jahrhundert. Milo hätte sie auf so vielen anderen Wegen ausfindig machen können. Google. Facebook. Telefonbuch. Aber ihre Mutter war völlig auf dem Pam-Trip. Und wenn sie auf dem Pam-Trip war, dann war sie nicht aufzuhalten.

»Also habe ich angefangen zu überlegen: Was würde Pam jetzt von mir erwarten? Und da kam mir die Idee: Sie würde wollen, dass ich Suzanne und Frankie anrufe. Und genau das habe ich gemacht. Direkt heute früh. Sie haben uns zu sich nach Brooklyn eingeladen. Und dann dachte ich: Wie würde Pam auf diese Einladung reagieren? Sie würde wollen, dass ich uns einen Flug buche –«

Moment mal. »Was?«

»Sie würde wollen, dass ich uns einen Flug buche. Und genau das habe ich gemacht.«

Hollis starrte ihre Mutter an. »Im Ernst jetzt?«

»Heute um zwei geht's los. Und Sonntagnachmittag fliegen wir wieder zurück.«

Da saß ihre Mutter und strahlte sie an. Fehlte nur noch, dass sie in die Hände klatschte. Sie hatte ihnen einfach so einen Flug gebucht, obwohl sie seit Pams Tod in keinem Flugzeug mehr gesessen hatten. Sie verreisten *nie*. Nicht mal nach North Carolina zu Onkel Drew und seinen Kindern. Und jetzt, urplötzlich, sollten sie nach Brooklyn zu drei Leuten, die sie kaum kannten? *Jetzt* kam ihre Mutter auf die Idee, dass Hollis eine Familie brauchte?

»Na, was sagst du?« Leigh wartete auf eine Reaktion.

Ich glaub, es hackt! Das war Hollis' Reaktion. Sie war müde, und ihr war schlecht, was zum Teil an Pams Katze lag, die ihrer Mutter auf den Schoß gesprungen war und sich mal wieder ein Haarbällchen zurechtleckte.

»Und was ist mit Yvette?«, fragte Hollis.

»Die kann ich doch mitnehmen. Im Handgepäck.«

»Mom.«

»Was ist?«

»Bitte nimm die Katze nicht mit.«

»Okay.«

Okay? Hollis starrte ungläubig über den Tisch. Ihre Mutter liebte diese Katze, als wäre sie die Reinkarnation Pams. »Ehrlich?«

»Das ist deine Reise«, sagte ihre Mutter. »Du entscheidest.«

MILO

Man musste schon ein Samenspender-Kind sein, um nachzuvollziehen, wie er sich in diesem Moment fühlte. Oder zumindest adoptiert, überlegte Milo. Bei der Geburt vertauscht oder auf der Türschwelle eines Waisenhauses zurückgelassen. Aber wie viele dieser Menschen bekamen tatsächlich die Chance, zum Flughafen zu fahren und dort ihre Halbschwester abzuholen? Nicht viele, da ging er jede Wette ein. Es war völlig surreal.

Hollis und ihre Mutter mussten jeden Moment ankommen, aber Milos Moms waren nicht gerade damit beschäftigt, den roten Teppich auszurollen – sie stritten immer noch.

Am Morgen war alles noch in Ordnung gewesen. Der Anruf von Hollis' Mom war in Ordnung gewesen. Aber kurz nachdem Suzanne aufgelegt und Frankie vom Projekt Samenspender-Kinder erzählt hatte, waren die beiden einander fast an die Gurgel gegangen. Während der gesamten Taxifahrt zum Flughafen hatte Frankie Suzanne Verrat vorgeworfen und Suzanne Frankie Selbstsucht.

FRANKIE: Du hast mich belogen, Suzanne.
SUZANNE: Ich habe dich nicht *belogen*, Frankie. Ich habe dir nur nichts gesagt.
FRANKIE: Das ist doch dasselbe.

SUZANNE: Quatsch. Diese Information war für Milo bestimmt. Die betraf dich gar nicht. Nicht alles betrifft dich.
FRANKIE: Du findest, die Möglichkeit, dass unser Sohn seinen Samenspender und seine Halbgeschwister findet, *betrifft mich nicht*?
SUZANNE: Das habe ich nicht gesagt. Ich meinte, die *Information* betraf dich nicht, *zu dem Zeitpunkt*, als ich sie Milo gegeben habe. Was er damit anfängt, war allein seine Entscheidung. Und jetzt, da er sich dafür entschieden hat, sie zu nutzen, habe ich es dir ja gesagt.
FRANKIE: Na, herzlichen Dank, dass du so nett bist, mich einzubeziehen, als würde ich tatsächlich auch zu dieser Familie gehören.
SUZANNE: Das ist jetzt nicht dein Ernst, oder?

Inzwischen standen sie an der Gepäckausgabe und noch immer war keine Versöhnung in Sicht. Milo tat sein Bestes, um zu vermitteln.

»Lass es gut sein«, sagte er und: »Das versteht sie doch auch.«, »Passiert ist passiert.«, »Jetzt sind wir ja alle informiert.«, »Das geht uns alle gemeinsam an.«, »Ihr seid beide meine Familie.« Und schließlich: »Klappe jetzt, ich glaube, das sind sie.«

»Na endlich. Wo wir Gäste ja auch gerade so gut gebrauchen können«, setzte Frankie noch ein letztes Mal nach.

»Leigh hat ihre Partnerin verloren«, zischte Suzanne. »Und Hollis ihre Mom. Ich wollte nur nett sein.«

»Ich verstehe einfach nicht, warum es unbedingt jetzt sein muss. Ging das nicht auch ein andermal?«

»Klar doch.« Suzanne lächelte und winkte. »Dann schicke ich sie eben wieder nach Hause.«

Ein Mädchen und seine Mutter kamen die Rolltreppe herunter. Das Mädchen wirkte ziemlich angespannt, so wie sie ihre dichten dunklen Augenbrauen zusammenzog und ihre Messenger-Bag an sich drückte wie ein Schnuffeltuch. Ihre Haare dagegen wirkten regelrecht begeistert, hier zu sein. Sie sprangen in sämtliche Richtungen unter ihrer schwarzen Mütze hervor. Dick, dunkel und wild.

Milo kannte diese Haare. Er sah sie jeden Morgen im Spiegel.

»Suzanne?«, fragte die Mutter, die als Erste von der Rolltreppe trat. Sie war dürr und bleich, mit einem schlappen Pferdeschwanz und müden Augen. »Frankie?«

»Hallo, Leigh!«

Milo sah zu, wie seine Moms nacheinander Hollis' Mom umarmten.

»Das mit Pam tut uns so leid«, sagte Suzanne.

»So leid«, bekräftigte Frankie und drückte Leighs Hand.

»Danke.« Hollis' Mom nickte. Milo konnte feine Fältchen um ihre Augen und tiefere Furchen links und rechts ihres Munds ausmachen. »Pammy wäre jetzt nirgendwo lieber als hier.«

Milo sah, wie Hollis verächtlich den Mund verzog.

»Mi«, sagte Suzanne sanft. »Du erinnerst dich doch noch an Leigh?«

»Klar.« Milo trat vor und gab ihr die Hand. Aus dem Augenwinkel sah er, wie Hollis wieder den Mund verzog. Oder vielleicht tat sie es auch nicht *wieder*, sondern hatte gar nicht erst aufgehört.

»Hollis.« Suzanne breitete strahlend die Arme aus. »Herzlich willkommen, meine Liebe!«

»Willkommen!«, echote Frankie genauso fröhlich.

Seine Moms zogen eine Show ab, als hätten sie nicht gerade den gesamten Nachmittag mit Zanken verbracht. Als wäre das hier nicht das krampfigste Familientreffen aller Zeiten.

»Danke«, sagte Hollis, die keinerlei Anstalten machte, irgendwen zu umarmen. Sie blieb einfach am Fuß der Rolltreppe stehen und umklammerte ihre Tasche.

»Hey«, sagte Milo und nickte zur Begrüßung.

»Hey.« Hollis gähnte und gab dabei den Blick auf ihr Zungenpiercing frei. Einer von diesen silbernen Stäben. Passend zu den beiden in ihrem Ohr.

Hollis' Look – die Mütze, die löchrige Jeans, die Piercings – war in New York nichts Besonderes, aber Milo fragte sich, was wohl die Leute in Saint Paul, Minnesota, davon hielten. War Hollis eine Außenseiterin? Eine Rebellin? Ein Freak?

»Sie sehen sich ähnlich«, murmelte Hollis' Mom, und Suzanne antwortete: »Definitiv.«

»Das Wunder der DNA«, fügte Frankie jovial hinzu. »Habt ihr schwer zu tragen?«

Hollis schnaubte. »Tja, jeder wohl sein Päckchen, würd ich sagen.«

»Hollis.« Ihre Mutter machte ein gequältes Gesicht, als verursachte ihre Tochter ihr Kopfschmerzen.

»Was denn? War doch nett doppeldeutig.«

»Wir reisen mit leichtem Gepäck«, sagte Leigh und tätschelte das schwarze Rollköfferchen neben sich. »Das ist alles.«

»Wunderbar.« Frankies Lächeln war so breit und künstlich, dass Milo kaum hinsehen konnte.

»Ich rufe uns ein Taxi«, erbot sich Suzanne. »In Ordnung, Schatz?«

»In Ordnung, Schatz.«

Milo sah, wie seine Mütter einen Blick wechselten, der besagte: *Unser Streit ist noch längst nicht zu Ende, aber solange wir Gäste haben, tun wir anstandshalber so, als wären wir in den Flitterwochen.*

HOLLIS

Zum allerersten Mal in ihrem Leben betrat Hollis das Zimmer ihres Halbbruders und kam sich dabei ziemlich komisch und unbeholfen vor, denn a) war sie noch nie im Zimmer eines Highschooljungen gewesen und b) war das hier nicht irgendein Highschooljunge, sondern ihr eigen Fleisch und Blut. Nur dass Milo und sie eben nicht zusammen aufgewachsen waren. Im Grunde waren sie komplett Fremde, und trotzdem stand sie jetzt hier in seinem Reich, seinem Refugium, umgeben von seinen Sachen. Sitzsack. Jonglierstäbe. Lavalampe. Ein Haufen dreckiger Wäsche in der Ecke. Gerahmte Fotos – unter anderem eins von Milo mit schwarzem Talar und Doktorhut, flankiert von seinen Moms. Vermutlich beim Mittelschulabschluss.

Hollis betrachtete das Bild genauer. Rein äußerlich hatten die drei auf dem Bild nichts gemeinsam. Suzanne war so groß und hager wie Professor McGonagall aus »Harry Potter«, wenn Professor McGonagall denn jemals lächeln würde. Auf jeden Fall wirkte sie mehr wie eine gutmütige Schuldirektorin als wie eine Softwareentwicklerin, auch wenn Letzteres offenbar ihr Beruf war. Auf den ersten Blick sah Milo ihr nicht sonderlich ähnlich. Vielleicht hatte er ihre Augen geerbt, aber da war Hollis sich nicht sicher. Jedenfalls hatten sie definitiv nicht dieselbe Nase. Und Frankie war … Professor Umbridge, klein und stämmig. Nein. Das war ein unfairer Vergleich. Frankie hatte eine tausendmal coolere Frisur als Professor Umbridge. Ein roter Igelschnitt, vorne stachelig hochgegelt. Und außerdem, darauf hätte Hollis gewettet, würde Frankie ganz sicher niemals in einem Umbridge-Kleid rumlaufen. Sie war Jeansfan, genau wie Hollis. Und gebaut wie eine Wrestlerin. Sie sah aus, als könnte sie einen in null Komma nichts aufs Kreuz legen, wenn es drauf ankam. Hollis überlegte, ob es bei einer Sozialarbeiterin wohl jemals drauf ankam. Vielleicht verpasste sie ja Versagervätern so lange Arschtritte, bis sie endlich brav Unterhalt zahlten.

»Das war nach der achten Klasse«, erklärte Milo, der plötzlich neben Hollis stand. Sein zotteliger Köter kam ebenfalls angetappst und sah aus feuchten Augen zu ihr hoch.

»Oh.« Sie nickte. »Mhm.«

»Hollis, das ist Pete. Pete, Hollis.«

Hollis musterte den Hund. Der Hund musterte Hollis.

Sie sah auf die Uhr. Sie war erst seit zwanzig Minuten hier in diesem, wie Milo es nannte, »Stadthaus-Apartment«, was wohl Brooklynisch für »eng und vollgestopft« war. Frankie hatte als Erstes darauf bestanden, ein Foto von Hollis, Leigh, Milo und Suzanne zu machen, also hatten sie sich auf die Couch gequetscht. Und dann hatte Suzanne darauf bestanden, dass die drei Mütter zusammen Tee tranken, während Milo Hollis sein Zimmer zeigte. Okay, der Punkt war abgehakt. Und jetzt war ihnen der Gesprächsstoff ausgegangen, Milos Hund glotzte sie an, und es gab keine Möglichkeit zur Flucht, also würde sie irgendwas in seinem Zimmer finden müssen, auf das sie sich konzentrieren konnte, damit sie nicht komplett durchdrehte.

Warum drehe ich überhaupt durch?

Hollis trat vor die Bücherregale am Fenster. Bücher waren ihre Rettung. Waren sie schon immer gewesen. Wie beschissen das Leben auch sein mochte, was immer sie runterzog, sie hatte ihre Bücher.

Hollis legte den Kopf schief. Ging in die Hocke. Strich wie eine Blinde mit den Fingern über die Buchrücken.

Und dann sah sie es, zwischen »Harry Potter und der Stein der Weisen« und »Der goldene Kompass«, nicht ganz so zerfleddert wie ihre eigene geliebte Ausgabe, aber doch ziemlich verschlissen. Ihr war sofort klar, dass er es mindestens dreimal gelesen hatte, und zwar nicht nur weil das über die Ferien Hausaufgabe gewesen war, sondern weil ihn dieses Buch von der allerersten Seite bis zum perfekten letzten Satz genauso sehr berührte wie sie. Und plötzlich war sie so ergriffen von diesem Gedanken, dass sie völlig vergaß, wo sie sich befand – im Zimmer eines Fremden –, das Buch aus dem Regal nahm und es auf der flachen Hand hielt wie eine Offenbarung.

»Mein Lieblingsbuch«, sagte Hollis.

»›Gatsby‹?« Milo zog die Augenbrauen hoch, die in diesem kurzen Moment, wie Hollis auffiel, genauso aussahen wie ihre eigenen.

»Ja.«

»›Zu einem Unfall braucht's immer zwei‹«, sagte er, und sie erkannte gleich, dass er Jordan Baker zitierte.

»Hasst du sorglose Leute?«

»Na sicher«, sagte er.

»Ich auch.«

Und dann folgte eine Unterhaltung, wie sie sich nur zwischen zwei Bücherliebhabern entspinnen konnte. Es spielte keine Rolle, dass »Der große Gatsby« nicht auch sein Lieblingsbuch war. Hollis wusste auch den »Fänger im Roggen« zu schätzen. Und Tolkien. Milo und sie hatten nicht etwa denselben Geschmack – Gott bewahre, Hollis' Hass auf »Farm der Tiere« war glühend wie tausend Sonnen –, aber selbst wenn sie nicht einer Meinung waren, fand sie seine durchaus interessant.

»Im Ernst, ein Cartoon?«

»Eine Politsatire.«

»Sprechende Schweine?«

»Ja, aber als *herrschende Klasse* … Ist doch genial. So was hätte nie funktioniert, wenn Orwell sich für eine andere Tierart entschieden hätte. Denk mal drüber nach.«

Irgendwann entstand eine Pause und Milo zog den »Hobbit« aus dem Regal. »Pass auf. Ich weiß, du bist nicht so wirklich überzeugt von meiner Idee, unseren Spender und seine anderen Kinder ausfindig zu machen. Aber das hier ist meine Heldenreise, wenn man so will, okay? Klingt ziemlich übertrieben, ich weiß, aber so ist es halt. Und dich hätte ich dabei gern als meine Begleiterin.«

»Auf deiner Heldenreise.«

»Genau.«

»Du willst, dass ich das Auenland verlasse und es mit dem verdammten Drachen aufnehme?«

»Könnte man so ausdrücken.« Er grinste.

»Weil du sonst stirbst?«

»Ich sterbe nicht.«

»Dann wegen deiner mysteriösen Krankheit.«

»Wenn das dich dazu bewegt, mir zu helfen«, sagte er, »dann ja.«

Das Abendessen beantwortete Hollis' Frage – oder zumindest eine davon. Es gab Hühnchenbrust mit Reis und Spargel, grünen Salat und Trauben.

»Wir essen hier ziemlich schlicht«, sagte Suzanne, als alle um den Holztisch saßen und die Schüsseln herumreichten. »Wegen Milos Lebensmittelallergien.«

»Wogegen bist du denn allergisch?«, erkundigte sich Hollis.

Milo zuckte mit den Schultern. »Alles Mögliche.« Sein dickes, lockiges Haar, das dasselbe dunkle Sirupbraun hatte wie ihr eigenes, federte, als er die Salatschüssel hochhob. Seine Arme waren, wie Hollis auffiel, nachdem er sein Sweatshirt ausgezogen hatte, genauso blass wie ihre, nur dünner.

»Milchprodukte«, antwortete Frankie. »Eier. Weizen. Gluten.«

»So ziemlich alle Nüsse«, fügte Suzanne hinzu, während sie sich Reis auf den Teller häufte. »Fisch und Meeresfrüchte. Soja. Kasein. Jegliche Arten von Melonen.«

»Kartoffeln, Tomaten, Kokos … hab ich was vergessen?«

»Zitrusfrüchte.«

»Ach ja«, sagte Frankie. »Zitrusfrüchte.«

»Meine Güte«, staunte Hollis' Mutter, die Gabel halb erhoben. »An die Sache mit den Nüssen erinnere ich mich ja noch von unserem letzten Besuch … aber mir war nicht klar, dass es so eine lange Liste ist.«

»Ist es«, sagte Suzanne. »Er muss wirklich sehr vorsichtig sein.«

Hollis wandte sich Milo zu. »Was passiert denn dann?«

»Wenn ich irgendwas davon esse?«

»Ja.«

»Kommt drauf an.«

»Worauf?«

»Wie viel ich esse und wie schnell ich behandelt werde.«

»Vor ungefähr drei Jahren war es mal wirklich knapp«, sagte Frankie. »Er war auf einem Campingausflug und hat was mit Kokos gegessen. Von der Allergie wussten wir damals noch nicht …«

Frankie erzählte die ganze Geschichte, und als sie fertig war, starrte Hollis Milo an. »Du wärst fast gestorben?«

»Yep.«

»Das ist dein gesundheitliches Problem? Dass du sterben könntest, wenn du irgendwas von diesen Sachen isst?«

»So in etwa.«

Er wirkte so lässig mit seinem Modest-Mouse-Shirt und den Ohrhörern, die um seinen Hals baumelten. Wie er sich Trauben in den Mund warf wie andere Teenies Käseflips.

»Und unser Spender?«, fragte Hollis. »Kann der dir da helfen?«

Milo kaute erst zu Ende, bevor er antwortete. »Ist noch nicht ganz raus.«

Was Suzannes Stichwort war, Hollis und Leigh von dem Zeitschriftenartikel und der Empfehlung von Milos Allergologen zu erzählen.

»Im Grunde«, sagte Suzanne, »sind wir auf der Suche nach irgendeiner Erklärung dafür, warum Milos Allergien so stark ausgeprägt sind. Die könnte sein Spender eventuell liefern.«

»Was ist mit dir?«, fragte Hollis' Mutter.

Suzanne schüttelte den Kopf. »Ich bin gegen nichts allergisch.«

»Aber der Spender … ich erinnere mich da an etwas aus seiner Akte … er verträgt keine – was war das noch, irgendwelche Pollen?«

»Ambrosiapollen«, präzisierte Suzanne. »Und Laktose … Natürlich würden wir gern mehr herausfinden. *Falls* er nichts gegen eine Kontaktaufnahme hat. Und *falls* er bereit ist, sich testen zu lassen. Im Idealfall würde Milo sich gern mal mit ihm treffen und darüber sprechen.«

Hollis' Mutter nickte langsam. »Wow.«

»Ich weiß. Ziemlich knifflig.«

»Pfft«, machte Frankie.

»Was denn?«, fragte Suzanne.

»*Knifflig?*«

»Gefällt dir meine Wortwahl etwa nicht?«

»Wir sprechen hier von Gefühlen, Suzanne, nicht von einem Fünfhundert-Teile-Puzzle. Gefühle, von echten Menschen.«

»Das ist mir bewusst.«

»Ach ja?«

»Frankie.« Suzanne sah sich demonstrativ am Tisch um. »Komm schon.«

»Können wir vielleicht einfach essen?«, bat Milo. »Bitte?«

Frankies Miene schien regelrecht in sich zusammenzufallen. »Entschuldigt mich«, sagte sie leise, wischte sich den Mund mit ihrer Serviette ab und warf sie neben ihren Teller. »Ich muss mal kurz raus an die frische Luft.«

»Alles in Ordnung?«, fragte Hollis' Mutter, aber Frankie war schon aus der Tür. »Ist alles in Ordnung mit ihr?«

»Sie beruhigt sich schon wieder.« Suzanne goss sich mehr Wein ein und schenkte auch Leigh nach. »Frankie ist … ein bisschen empfindlich, was diese ganze Spendergeschichte angeht. Rein theoretisch ist sie damit einverstanden, aber sobald es konkret wird … zum Beispiel, als Milo euch von sich aus kontaktiert hat … und mit der Suche angefangen …«

Hollis' Mutter nickte. »Verstehe«, sagte sie. Dann fügte sie hinzu: »Pam war genauso.«

»Im Ernst?«

»Ganz am Anfang, ja.«

Hollis beobachtete, wie ihre Mom einen Schluck Wein nahm, dann noch einen. Leigh trank eigentlich überhaupt keinen Alkohol mehr. Wenn sie so weitermachte, war es nicht nur möglich, sondern ziemlich wahrscheinlich, dass sie jegliche Zurückhaltung über Bord warf und den ganzen Abend lang nur noch von Pam faselte. Genauso wie es offenbar möglich war, dass Milo die ganze Schüssel Trauben allein wegputzte. Fasziniert sah Hollis zu. Er machte wirklich kurzen Prozess mit den Dingern.

»Als Hollis noch ein Baby war«, berichtete Leigh, »hat Pam öfter geklagt, dass sie sich als nicht leiblicher Elternteil so unsichtbar vorkam. Sie fand es toll, Mutter zu werden, aber sie fühlte sich auch von dem ganzen Prozess ausgeschlossen, verstehst du?«

Suzanne saß mit roten Wangen da und nickte eifrig. »Ja.«

»Sie hatte wohl Angst, dass Hollis sich irgendwann entschließen könnte, ihren Spender oder ihre Geschwister ausfindig zu machen. Als würde sie dann sofort ersetzt werden.«

»Genau.«

»Aber dann kam die Diagnose«, sagte Leigh leise, »und das hat ihre Einstellung völlig verändert. Sie wusste, dass ihr nicht mehr viel Zeit blieb, und wollte Hollis helfen, Kontakt zu ihrer restlichen Familie aufzunehmen … und das will sie immer noch.« Hollis' Mutter erhob das Weinglas und prostete der Decke zu. »Wir sind hier, Pammy. Wir mögen eine ganze Weile gebraucht haben, aber jetzt sind wir hier. Wie du es dir gewünscht hast.«

Hätte Hollis einen Presslufthammer gehabt, dann hätte sie neben ihrem Stuhl ein Loch in den Boden gerissen und wäre abgetaucht. Sie wünschte, sie hätte Milo schon vorhin in seinem Zimmer davon erzählt. Wenn er es gewusst hätte – nicht nur von der werbeplakatgroßen Pam über dem Kamin, sondern auch der Taschen-Pam, die ihre Mom in ihrem Portemonnaie mit sich herumtrug und im Flugzeug hervorzog wie Katholiken einen Rosenkranz oder Andachtsbildchen –, dann wäre er jetzt vielleicht nicht an einer Weintraube erstickt. Denn das tat er, wurde Hollis klar, als Milo zuerst mit den Fäusten auf den Tisch hämmerte und sich dann mit beiden Händen an den Hals griff: die universelle Hilfe-ich-kriege-keine-Luft-mehr-Geste.

Suzanne schrie auf und rannte um den Tisch herum, um das Heimlich-Manöver durchzuführen. Hollis' Mutter ließ ihr Weinglas fallen, das auf dem Boden zersplitterte. Der Hund sprang bellend unter dem Tisch hervor. Die Traube flog in hohem Bogen aus Milos Mund auf die Platte mit Hühnchen und Reis.

Hufgetrappel im Flur. Frankie kam auf ihren klobigen braunen Clogs in die Küche galoppiert. »Alles okay?« Ihre Wangen waren rosig und sie keuchte leise. »Was ist passiert?«

»Alles gut«, sagte Suzanne. »Milo bekam nur kurz keine Luft.«

»*Was?* Hat er eine allergische Reaktion?«

Wuff, wuff, wuff.

»Mir geht's gut, Ma«, sagte Milo.

Aber Frankie war schon in voller Fahrt. Sie preschte durch die Küche, schnappte sich eine Art Plastikröhrchen aus einer Schublade, riss die Kappe herunter und stürzte zurück zu Milo.

»Ma, ich brauche keinen EpiPen. Es war nur eine Traube.«

»Eine Traube?«

Der Hund bellte weiter.

»Beruhig dich, Pete«, sagte Milo. Er klaubte die Traube von der Platte, wischte ein paar Reiskörner ab und hielt sie Frankie vor die Nase. »Mom hat mir das Leben gerettet.«

»Was?«

»Mit dem Heimlich-Manöver.«

Frankie drehte sich zu Suzanne um. »Im Ernst?«

»Da siehst du, was passiert, wenn du mal kurz an die frische Luft gehst«, witzelte Suzanne. »Du verpasst den ganzen Spaß.«

»Und bei meiner nächsten Nummer«, verkündete Milo, »springe ich mit gefesselten Händen vom Dach.«

Frankie warf ihm einen finsteren Blick zu. »Das ist nicht zum Lachen.«

»Ein bisschen schon.«

»Nein«, beharrte Frankie kopfschüttelnd. »Kein bisschen. Ich bin deine Mutter, und du bist mein Kind, und allein der Gedanke, dass dir irgendetwas zustößt …« Ihre Stimme brach. »Ach Scheiße«, fluchte sie und wandte sich vom Tisch ab.

Pete bellte.

»Frankie«, sagte Suzanne.

»Schon gut.«

»Quatsch.«

»Doch, ehrlich.«

»Ganz offensichtlich ja nicht.«

Hollis war ein großer Fan von gut gemachten dramatischen Szenen, und das hier – der Erstickungsanfall, das Heimlich-Manöver, das zersplitterte Glas, der bellende Hund, die unterschwellige Ehekrise – war schon ziemlich anständig. Für einen Augenblick vergaß sie sogar, dass sie eine Megaschlampe war, ihre Mutter mit Geistern redete und dass sie Milos Recherchen zufolge irgendwo drei weitere Halbgeschwister mit womöglich noch verrückteren Familien hatte. Für einen Augenblick vergaß sie das alles und genoss einfach die Show.

MILO

Am nächsten Morgen klingelte es an der Tür. Und klingelte. Und klingelte wieder.

Als Milo endlich aufmachte, stand draußen JJ mit einer Jumbopackung Lakritzschnüre in der einen und einer braunen Papiertüte in der anderen Hand. Er sah aus wie ein schwedischer Holzfäller – breite Schultern, rote Wangen, blonder Haarwust. Die Sonne war gerade erst aufgegangen, aber JJ wirkte schon bereit, einen Mammutbaum zu erklimmen. Milo trug noch seine Pyjamahose und war kaum bei Bewusstsein.

»Frohes neues Jahr, Mann.« JJ grinste.

Milo blinzelte. »Wir haben schon den zweiten Januar.«

»Na und? Ist doch immer noch neu, das Jahr. Außerdem bringe ich gute Gaben.« JJ drückte Milo die Tüte in die Hand. »Damit kannst du die Hausbar deiner Moms wieder auffüllen.«

»Was ist das?« Milo zog eine klare Glasflasche hervor und schob sie dann hastig wieder zurück. »*Wodka?*«

Ein Glück, dass er als Erster an der Tür gewesen war. Frankie machte gerade in der Küche Frühstück. Sie würde an die Decke gehen, wenn sie das hier sähe.

»Und das ist nicht irgendein Wodka, sondern High Roller. Hat mein Dad von irgendeinem Filmproduzenten geschenkt gekriegt.« JJ grinste. »Echtes Edelgesöff.«

»Aber der, den ich geklaut habe, war Grey Goose. Das ist ja nicht mal –«

»Mi?«

»Verdammt.« Gerade noch rechtzeitig, bevor Frankie den Kopf aus der Wohnung in den Hausflur steckte, stopfte sich Milo die Tüte in die Jogginghose.

JJ hob einen karojackenumhüllten Arm zum Gruß. »Frohes neues Jahr, Mrs Robinson-Clark!«

Ms Clark, dachte Milo, sagte jedoch nichts.

Frankies Stirn umwölkte sich. »Rein oder raus. Wir haben minus sechs Grad, da geht uns ja hier die ganze Wärme flöten.«

»Klar doch«, sagte JJ, machte einen riesigen Schritt nach vorn und schlug mit einem Rums die Tür hinter sich zu.

Frankies finsterer Blick wanderte von JJ zu Milo. »Ist vielleicht noch ein bisschen früh für Besuch, meinst du nicht, Mi?« Ganz offensichtlich hatte sie den Verdacht, dass hier gerade ein Drogendeal über die Bühne ging, und suchte nun den Ort des Verbrechens nach Indizien ab.

»Ich war gerade in der Gegend«, erklärte JJ fröhlich. »Und ich hab Ihnen was mitgebracht.« Er trat zwei weitere Schritte vor und überreichte Frankie die Tüte Lakritzschnüre. »Als Friedensangebot. Tut mir echt leid mit dem Gras … mmh, riecht es hier etwa nach Bananenbrot?«

»Muffins«, sagte Milo und verlagerte sein Gewicht, damit die Wodkaflasche nicht runterfiel. »Frankie macht super Muffins.«

»Das glaub ich sofort.«

Frankie schnaubte verächtlich, während JJ schon an ihr vorbei in die Küche schlenderte. Milo hörte sie vor sich hin murren: »Klar, mach's dir doch gemütlich.« Sie drehte sich zu ihm um: »Muss das jetzt sein?«

»Was denn? Er stand halt plötzlich vor der Tür.«

Sie runzelte die Stirn. »Wir haben Gäste.«

»Ich weiß.«

»Die schlafen noch. Im Wohnzimmer.«

»Was soll ich denn machen, ihn rausschmeißen?«

Sie stieß einen tiefen Seufzer aus. »Nimm ihn einfach mit in dein Zimmer.«

»Okay«, sagte Milo.

»Aber wenn er wieder Marihuana dabeihat, dann schwöre ich …«

»Hat er nicht.«

»Das hoffe ich für ihn.«

»Ma«, sagte Milo, die Wodkaflasche zwischen die Oberschenkel geklemmt, und sah seiner Mutter eindringlich in die Augen. »Hat er nicht. Vertrau mir.«

»*Du* bist es ja auch nicht, dem ich nicht vertraue.«

»Okay, seh ich ein.«

Milo wartete, bis sie wieder in der Küche verschwunden war. Dann riss er die Tür der Abstellkammer auf, stopfte die Tüte in einen von Suzannes Gummistiefeln und vergrub ihn unter einem Stapel Strandtücher – wie ein Verbrecher. Dabei war es nicht mal sein Alkohol. Und er hatte auch nicht vor, ihn zu trinken. Genau das würde er zu Suzanne sagen, wenn sie ihn auffliegen ließ. Aber Suzanne würde niemals so was tun. Im Gegensatz zu Frankie. Es gäbe überhaupt keinen Grund für all diese Heimlichkeiten, wenn Frankie sich um ihren eigenen Kram kümmern würde. Echt jetzt. Was für eine Mutter durchwühlte denn die Rucksäcke der Freunde ihres Sohns und spülte dann deren Privateigentum die Toilette runter?

»Alter.«

Milo knallte so hastig die Tür zu, dass er sich den Finger darin klemmte.

»Diese Muffins sind der Ham…«

»Au!« Gleißender Schmerz. »Fffffiiiiees!«

»Alles klar?«, nuschelte JJ.

Milo konnte nicht antworten. Er konnte gar nichts außer auf der Stelle hüpfen, seinen Finger umklammern und schimpfen.

»Was ist los?« Frankie kam angeprescht. »Jemand verletzt?«

JJ deutete auf Milo. »Hat sich den Finger in der Tür geklemmt.«

»Ich hole einen Eisbeutel.«

»Und einen Muffin!«, rief JJ ihr hinterher, während sie schon wieder in die Küche rannte. »Der Mann braucht einen Muffin.«

»Aua, verdammt«, wimmerte Milo und hielt sich den Finger.

»Den Nagel wirst du wohl verlieren.«

Milo sah hoch zu Hollis, die durch die offene Tür spähte.

»Ist mir auch mal passiert«, erklärte sie und trat in den

Flur. »Da hab ich mir den Finger in einer Schublade eingeklemmt. Der Nagel wurde erst ganz schwarz und dann ist er irgendwann abgefallen. Hat Monate gedauert, bis der nachgewachsen war.« Sie lehnte sich ans Geländer der Treppe, die zum Apartment über ihnen führte, und Milos ungläubiger Blick landete nicht etwa auf ihren Zebrastreifen-Leggings oder ihrem T-Shirt mit dem Aufdruck »Intellectual Badass«, sondern ihrem Haar, das aussah wie explodierte Stahlwolle.

JJ riss die Augen auf, vermutlich weil Hollis fast ihr T-Shirt sprengte. »Was enthältst du mir da vor?«

»Häh?« Milo starrte wieder auf seinen pochenden Finger.

»Wer ist denn dieses zauberhafte Wesen? Deine Süße?«

Milos Kopf ruckte hoch.

»Nein!«, riefen er und Hollis im Chor.

»Das ist meine Schwester«, antwortete Milo.

»Seit wann hast du denn eine Schwester?«

»*Halb*schwester«, präzisierte Hollis.

»Seit wann hast du denn eine *Halb*schwester?«

»Wir haben uns erst ein Mal gesehen«, versuchte Milo zu erklären.

JJ zog die Augenbrauen hoch.

Milo probierte es anders. »Wir haben denselben Samenspender.«

»Ohne Scheiß?«, fragte JJ.

»Ohne Scheiß.«

»Du hast mir nie erzählt, dass du einen Samenspender hast.«

»Ich hab dir erzählt, dass ich zwei Mütter habe.«

JJ grinste. »Cool.« Er schritt auf Hollis zu und streckte ihr eine Hand hin, in die locker eine Wassermelone gepasst hätte. »Rabinowitz. JJ Rabinowitz.«

Hollis schmunzelte.

»Und du bist …?«

»Hollis Darby.«

Milo fiel auf, dass sie das »Barnes« wegließ, aber bevor er einen Kommentar dazu abgeben konnte, tauchte Frankie mit einem Beutel Tiefkühlerbsen auf, den sie um seinen Finger zu wickeln versuchte.

»Schüttelst du mir jetzt die Hand, Hollis Darby?«

»Hinsetzen«, kommandierte Frankie.

Milo setzte sich hin.

»Ich weiß nicht«, erwiderte Hollis. »Verrätst du mir, wofür das JJ steht, JJ Rabinowitz?«

Frankie drückte von unten gegen Milos Ellbogen. »Hochhalten.«

Milo hielt den Arm hoch.

Mit einem Blick über die Schulter sagte Frankie: »Guten Morgen, Hollis.«

»Guten Morgen.«

»Willst du das echt wissen?«, fragte JJ.

»Sonst hätte ich nicht gefragt«, antwortete Hollis.

Während der Backofentimer schrillte und Frankie zurück in die Küche wetzte, ging Milo auf, dass JJ ihm noch nie seinen richtigen Namen gesagt hatte, ihm selbst allerdings auch nicht in den Sinn gekommen war, danach zu fragen.

»Jonah Jedediah.«

Hollis schnaubte. *»Jonah Jedediah Rabinowitz?«*

»Derselbige.«

»Du siehst gar nicht jüdisch aus.«

»Wie sehe ich denn aus?«

»Als solltest du auf einem Footballfeld in Nebraska Mais schälen.«

JJ gluckste. »Überaus scharfsinnig beobachtet, Hollis Darby«, sagte er und dann, nach einer kurzen Pause: »Ich bin adoptiert.«

Hollis nickte. »Verstehe.«

Milos hockte mit seinem Erbsenbeutel auf dem Boden und wartete darauf, dass JJ das Ganze noch weiter ausführte, aber für diesen schien das Thema erledigt zu sein. Hollis lehnte nickend am Geländer. Kühlen, Arm hochhalten, nicken, rumstehen. Das Gespräch drohte, qualvoll zu verenden.

»Wie wär's mit Frühstück?«, fragte Milo.

»Das ist doch endlich mal ein Wort«, sagte JJ.

»Hollis?«

Hollis zuckte mit den Schultern. »Also, ich könnte was vertragen.«

»Oh Gott!« Hollis spie entsetzt über dem Papierkorb aus und wischte sich dann mit dem Handrücken den Mund ab. »Was ist *das* denn?«

»Das«, erläuterte Milo, »ist ein Bananenmuffin. Ohne Weizen, ohne Milchprodukte, ohne Ei, ohne Soja und ohne Nüsse.«

Kopfschüttelnd richtete sich Hollis wieder auf. »Wie überlebst du das nur? *Wovon* überlebst du?«

»Viel Salat«, sagte Milo. »Fleisch. Reis. Äpfel und Birnen. Rote Bete.«

»Rote Bete?«

»Kann ich bezeugen«, verkündete JJ, der neben Pete auf Milos Bett lümmelte und sich dort weiter mit Muffins vollstopfte.

Hollis wandte sich ihm zu. »Holst du zwischendurch überhaupt mal Luft?«

»Ich bin noch mitten im Wachstum«, erwiderte JJ und sprühregnete dabei sein T-Shirt mit Krümeln voll. »Ich brauche was Nahrhaftes.«

Wenn Milo richtig mitgezählt hatte, war JJ inzwischen mindestens beim vierten Muffin. Und hatte sich parallel auch noch durch eine Schüssel von Frankies selbst gemachtem Blaubeermüsli und Speck von einem ganzen Schwein gepflügt. Der Typ war eine menschliche Müllpresse.

»Geben deine Eltern dir nichts zu essen?«, fragte Hollis.

JJ zuckte mit den Schultern. »Die sind viel unterwegs.« Was er verschwieg, war, dass seine Mom als Schauspielerin arbeitete und sein Dad als Regisseur und er in Brooklyn Heights in einer Stadtvilla lebte, die dermaßen mit Kunst vollgestopft war, dass sie locker als Museum durchgegangen wäre, und in deren Hightech-Kühlschrank sich solche Mengen an Essen befanden, dass alle fünf Stadtteile New Yorks eine Woche lang davon satt würden.

»Einzelkind?«, fragte Hollis.

»Yep.«

»Ich auch.«

»Hey«, protestierte Milo. »Vergisst du da nicht was Wichtiges?«

Hollis hob die Hände. »Ist ja nicht so, als wären wir zusammen aufgewachsen.«

»Okay, aber ein Einzelkind bist du trotzdem nicht.«

»Praktisch schon.«

»Gut, aber *unpraktisch* hast du noch mich und drei andere Geschwister.«

»Bitte was?« JJ setzte sich kerzengerade auf, wobei sich Myriaden von Krümeln auf Milos Bett verteilten.

Hollis schüttelte den Kopf. »Die würde ich nicht als Geschwister betrachten.«

»Als was denn dann?«, wollte Milo wissen.

»Ich betrachte sie gar nicht.«

»Äh«, schaltete sich JJ ein. »Können wir noch mal kurz zurückspulen?«

Aber dazu war Milo gerade nicht bereit. »Und als was genau betrachtest du dann mich?«

»Du bist was anderes«, sagte Hollis.

»Inwiefern?«

»Keine Ahnung.« Sie nahm sich den Zauberwürfel von Milos Schreibtisch und drehte ein paarmal daran. »Wir haben uns schon vor so langer Zeit kennengelernt.«

»Das heißt, wenn du die anderen vor genauso langer Zeit kennengelernt hättest, dann würdest du sie auch als Geschwister betrachten?«

»Nein.« Hollis schüttelte den Kopf, legte den Würfel weg. »Vielleicht. Ich weiß nicht.«

Das lief ja großartig.

»Hey«, sagte JJ.

»Bist du denn gar nicht neugierig?«, fragte Milo.

»*Ich* bin neugierig!« JJ sprang vom Bett und fuchtelte so wild mit den Armen, dass er Pete aufscheuchte. »Kann mir vielleicht endlich mal einer erklären, wovon ihr hier redet?«

Nachdem Milo JJ alles über das TGF-Beta-Gen und das Profil erzählt hatte, das er sich an Silvester von seinem Computer aus bei Projekt Samenspender-Kinder eingerichtet hatte, rechnete er fest damit, dass sein Kumpel ihn für völlig durchgeknallt halten und sich verdünnisieren würde.

Aber so war es nicht.

JJ musterte Milo ein paar Sekunden lang eindringlich. Dann nickte er. »Und was machen wir jetzt?«

»Ja, was machen wir jetzt?« Milo sah Hollis an, die während seiner Erklärungen ununterbrochen auf und ab gelaufen und jetzt endlich mit einem Buch auf seinem Sitzsack zur Ruhe gekommen war.

»Frag mich nicht.« Anstatt Milos Blick auszuweichen, erwiderte sie ihn geradezu trotzig. »Das ist deine Heldenreise.«

»Loggen wir uns ein?«

»Aber hallo«, sagte JJ. »Klar loggen wir uns ein.«

HOLLIS

Die Nachricht kam, während Hollis auf einem Sitzsack in Milos Zimmer saß und zusah, wie ihr Halbbruder sich bei Projekt Samenspender-Kinder einloggte.

Du bis ne pothässliche schlampe u läufs rum wien sack müll. Du wirs nie nen richtigen freund haben. Er benutz dich nur und iwann schmeist er dich mitm andern müll weg

Wow. Da brauchte jemand dringend Nachhilfe in Rechtschreibung. Oder zumindest genug Hirn, um die Autokorrektur einzuschalten.

»Na, wer schreibt?« JJs Golden-Retriever-Kopf ruckte herum, als er das *Ping* hörte. »Dein Freund?«

»Wohl kaum.«

Hollis hatte keinen Freund. Sie hatte nur Malory Keener und ihre Size-zero-Schwadron, die ihr mal wieder ihre tägliche Dosis Liebenswürdigkeiten sandten.

»Kein Freund?«

Gunnar zählte nicht. Hollis wusste nicht genau, als was er zählte, aber als ihr Freund ganz sicher nicht. Zumindest im knallharten sozialen System ihrer Highschool hätte es statistisch unmöglich sein müssen, dass jemand wie Hollis Darby-Barnes etwas mit einem Jungen wie Gunnar Mott anfing. Und es war auch eine ziemliche Meisterleistung, einem Mädchen wie Malory Keener das Rampenlicht zu stehlen. Trotzdem hatte Hollis, Schlampe aller Schlampen, beides an einem einzigen Abend geschafft. Das war zwar schon am vierten Dezember gewesen, aber der Effekt hielt noch immer an.

Hollis hatte keine Ahnung, warum Gunnar ständig mehr wollte. Na ja, doch, schon. Hollis' Figur entwickelte seit Kurzem kardashianhafte Kurven und Gunnar hatte nun mal Augen im Kopf. Die weitaus interessantere Frage war doch, warum *sie* ständig mehr wollte. Klar, Malory hatte es nicht besser verdient gehabt. Und klar, Gunnar sah super aus, auf so eine 08/15-Wirf-mal-den-Football-rüber-Art. Trotzdem war Hollis nicht in ihn verliebt oder so. Sie redeten ja kaum miteinander. Es war … schwer zu erklären. Aber jedes Mal, wenn er sie unter der Sportplatztribüne gegen die Ringermatten presste und die Welt nur noch aus Lippen, Zungen, Händen, wohldefinierten Bauchmuskeln und dem Geruch nach Zimtkaugummi und Jungsschweiß bestand, vergaß Hollis für einen Moment alles andere. Sie vergaß Malory, sie vergaß ihre Mutter, sie vergaß, wie wütend und einsam sie war. Für einen Moment konnte sie einfach abtauchen. Vielleicht benutzte Gunnar ja gar nicht sie. Sondern sie ihn.

»Hey«, sagte Milo. »Ich bin drin.«

Mit einem raschen Daumenklick löschte Hollis die Nachricht, stand auf und trat an Milos Schreibtisch.

»Willst du dich setzen?«, bot JJ an, der sich schon halb von seinem Platz erhoben hatte.

»Schon okay.«

»Bitte«, sagte er. »Ich bestehe darauf.«

Hollis schüttelte den Kopf. »Ich stehe gern.«

Tat sie nicht. Sitzen war viel gemütlicher. Und im Moment war ihr auch noch ein bisschen schwindelig. Am liebsten wäre sie aus dem Zimmer gerannt, obwohl sie gar nicht recht wusste, warum. Es bestand ja nicht gerade die Gefahr, dass ihr Samenspender gleich aus dem Computer hüpfte und sich vorstellte. Eigentlich ging es ja nicht mal um ihn. Sondern um die Kinder. Es hieß ja schließlich Projekt Samenspender-Kinder.

Samenspender. Komisches Wort eigentlich, wenn man mal drüber nachdachte. Wie Seifenspender, als müsste man nur einmal auf den Kopf drücken und …

»Also, hier«, Milo deutete auf ein Formular auf dem Bildschirm, »hab ich mich registriert. Name, Geburtstag, Geburtsort, Samenbank, Spendernummer … und das …«, er machte eine Pause und öffnete einen neuen Tab, »hab ich rausgekriegt. Guckt's euch an.«

Hollis beugte sich vor.

Willkommen bei Projekt Samenspender-Kinder!

Sie schloss kurz die Augen. Ihr Herz hämmerte und sie legte Halt suchend die Hand auf Milos Stuhllehne.

»Alles okay?«, fragte JJ.

»Klar, wieso nicht?«

Hollis las weiter.

Wir von PSK möchten Ihnen helfen, beidseitig erwünschten Kontakt zu Ihren genetischen Halbgeschwistern aufzunehmen und die Verbindung zu Ihrem Spen-

der herzustellen. Unserer Datenbank zufolge sind aus **Samenspende Nº 9677 bei der Twin-Cities-Kryobank** bis heute fünf Geburten hervorgegangen.
Was bedeutet das? Nun, zuerst einmal sollten Sie tief durchatmen.

»Krass«, hauchte Hollis.

»Sag ich doch.« Mit einem leisen Lächeln drehte sich Milo zu ihr um. In seinem Mundwinkel klebte ein Muffinkrümel.

»›Was Ihnen jetzt alles durch den Kopf geht, ist völlig normal‹«, las JJ vor. »›Und was Sie mit diesen Informationen anfangen, liegt ganz bei Ihnen. Es gibt keine *richtige* …‹« Er hielt inne und kratzte ein Paar Anführungszeichen in die Luft »›… Vorgehensweise.‹«

Hollis sah JJ an und nickte wie betäubt. Obwohl sie nun schon seit sechsunddreißig Stunden darüber nachgrübelte, war dieser Moment – in dem sie tatsächlich auf dieser Website war, die sie vielleicht zu ihren anderen Halbgeschwistern führen würde – einfach zu überwältigend.

»Na?«, fragte Milo.

»Was, na?«, erwiderte Hollis.

»Wollen wir irgendwas posten?«

»Posten?«

»Das ist alles anonym. Wenn wir unter Twin-Cities-Kryobank etwas schreiben, dann geht die Nachricht raus an alle betroffenen Familien, aber über so eine Vermittler-Mail-Adresse wie bei eBay.«

»Oh.« Hollis nickte, als verstünde sie, was er sagte. »Mhm.«

»So bleibt es uns selbst überlassen, ob wir unsere Kontaktdaten rausgeben, je nachdem, wie wohl wir uns mit dem Ganzen fühlen. Also, mal angenommen, wir bekommen überhaupt eine Antwort. Das ist ja noch lange nicht gesagt.«

»Klar.« Hollis nickte wieder.

»Aber es wäre halt so saucool, wenn doch«, sagte JJ.

»Wäre es«, stimmte Milo zu. Er sah Hollis an. »Was meinst du?«

Hollis zögerte. Ihr Herz hämmerte noch immer und in ihren Ohren rauschte laut das Blut. »Okay.«

»›Okay‹, du willst was posten?«

»Okay.«

»Sicher?«

»Ja.«

»Weil … kein Stress. Ich will dich zu nichts zwingen.«

»Ist angekommen«, sagte Hollis. »Dann mal los.«

Liebe Spendergeschwister (und/oder Spendergeschwister-Eltern),

wir wissen nicht so richtig, wie wir es sagen sollen, also spucken wir's einfach aus und warten dann mal ab, was passiert. Wir sind Milo (15 Jahre) und Hollis (14 Jahre). Kennengelernt haben wir uns vor sieben Jahren, als unsere Mütter rausfanden, dass wir Halbgeschwister sind, beide gezeugt mithilfe einer Samenspende aus der Twin-Cities-Kryobank in Minneapolis. Unser Spender war № 9677. Wir hoffen, auf diesem Weg Kontakt zu unseren anderen Halbgeschwistern aufnehmen zu können, und freuen uns über alles, was uns dabei weiterhilft. Tja ... das war's eigentlich auch schon. Bitte meldet Euch, wenn Ihr das hier lest. Danke!

Milo und Hollis

Da er die rechte Hand immer noch in Tiefkühlerbsen gebettet hatte, fiel Milo das Schreiben schwer. Als er schließlich fertig war, sah er Hollis an. »Jetzt bist du dran.«

»Womit?«

»Klick auf Posten.«

Also griff Hollis über Milos Schulter nach der Maus und klickte.

»›Herzlichen Glückwunsch!‹«, las JJ vor. »›Ihre Nachricht wurde in die PSK-Datenbank aufgenommen!‹«

Schweigend starrten sie alle drei auf den Bildschirm. Hollis konnte nicht sagen, wie lange – zwei Minuten? Zehn? Irgendwann fing JJ an, an einem Streifen Speck herumzuknuspern, und Hollis zog sich der Magen zusammen. Aus Hunger? Nervosität? Reue? Sie wusste nicht, wie sie sich fühlen sollte, und musste an eine Stelle aus »Der große Gatsby« denken, auch wenn sie sich nicht an den genauen Wortlaut erinnern konnte. Irgendwas über Nick Carraway, der aufgeregt und ein bisschen angewidert zugleich war.

»Wisst ihr, was ich glaube?« JJ machte ein ernstes Gesicht. »Wir sollten bowlen gehen.«

»Bowlen?« Hollis sah ihn verständnislos an.

»Das lenkt euch vom Warten ab.«

»Auf der 37th Street ist eine Bowlinghalle«, überlegte Milo. »Oder wir gehen zu Strike 10 auf der Strickland …«

»Ich hatte da was anderes im Sinn«, sagte JJ.

»Und zwar?«

»Meinen Keller.«

»Ihr habt eine Bowlingbahn zu Hause?« Frankie stierte JJ ungläubig an.

Der zuckte mit den Schultern. »Mein Dad bowlt eben gern.«

Hollis, Milo und JJ standen im Wohnzimmer, wo Leigh und Suzanne mit ihren Kaffeetassen auf der Couch saßen und Frankie direkt mit dem Kreuzverhör loslegte.

»Ist dein Vater denn zu Hause?«

»Der ist in Budapest.«

»Und deine Mutter?«

»Auch in Budapest.«

Frankie schüttelte an Milo gewandt den Kopf. »Nein. Kommt nicht infrage.«

»Ach bitte, Ma.«

»Maxime ist da«, sagte JJ.

»Und wer ist Maxime?«

»Mein Au-pair. Er wohnt bei uns.«

Hollis erstickte fast an ihrem Lachanfall. »Du hast einen Manny?«

»Was ist denn ein *Manny*?«, fragte Leigh auf der Couch.

»Eine männliche Nanny.«

»Der ist kein Manny«, erwiderte JJ. »Sondern ein Au-pair.«

Suzanne schaltete sich ein: »Ich glaube, sie ziehen es vor, wenn man sie Familienmanager nennt.«

Milo grinste JJ an. »Tja, *ich* ziehe Manny vor.«

»Du bist doch nur neidisch. Maxime bringt mir Französisch bei. Er ist *trente-trois ans* und *très responsable.*«

Hollis war beeindruckt von JJs Französischkenntnissen, Frankie anscheinend weniger. Ihr Mund war zu einer dünnen Linie zusammengekniffen. »Dann sag mir doch mal Maximes Telefonnummer.«

Wow, dachte Hollis, als Frankie tatsächlich bei JJs belgischem Manny durchklingelte, um die Geschichte zu überprüfen. Sie schien zufrieden mit dem Ergebnis, doch kaum dass sie aufgelegt hatte, feuerte sie die nächste Fragensalve ab. Wie würden sie zu JJ nach Hause kommen? Wie lange wollten sie bleiben? Was würden sie zu Mittag essen? Hatte Milo auch seinen EpiPen dabei? Wussten Hollis und JJ überhaupt, wie man einen EpiPen anwendete?

Frankie zog die Küchenschublade auf, nahm ein Exemplar heraus und gab ihnen einen Spontanlehrgang. »Also, zuerst die Kappe abziehen. Und seht ihr diese orangefarbene Spitze? Die muss nach unten weisen …« Sie spielte ihnen das Ganze sehr detailliert vor und drückte Milo sogar am Oberschenkel herum, um Hollis und JJ zu zeigen, wie man hinterher die Injektionsstelle massierte.

»Ma«, stöhnte Milo, »aufhören.«

Und Suzanne sagte: »Lass den Jungen doch einfach mal ein bisschen Spaß haben, Frank.«

Frankie drehte sich mit schwer zu deutender Miene zu Suzanne um. Hollis war bestimmt keine Beziehungsexpertin und kannte Milos Moms auch nicht gut genug, um die Blicke zu interpretieren, die sie sich zuwarfen, aber eine gewisse Anspannung darin war nicht zu übersehen.

»Was ist mit dir, Leigh?« Frankie sah Hollis' Mutter an. »Bist du damit einverstanden?«

»Sicher. Hollis hat ja ein Handy.«

»Danke, Mom«, sagte Hollis, obwohl sie keine Ahnung hatte, warum sie ihrer Mutter eigentlich dankte. Leigh war grundsätzlich eher locker drauf und behandelte Hollis wie eine Erwachsene.

Gestern Nacht, als sie beide auf der Ausziehcouch im Wohnzimmer gelegen hatten, war Hollis aufgefallen, dass sie sich nicht erinnern konnte, je bei ihrer Mutter geschlafen zu haben. Nicht mal, als sie noch klein war. Nicht mal, wenn sie schlecht geträumt hatte. Es war Pam gewesen, nach der Hollis mitten in der Nacht gerufen hatte – Pam, die zu Hollis ins Bett gekrochen war und ihr vorgesungen hatte, bis sie wieder einschlief. Aber das erwähnte Hollis ihrer Mutter gegenüber natürlich nicht. Leigh war gestern Abend so gut drauf gewesen – richtig entspannt, vermutlich wegen des Weins, den sie zum Essen getrunken hatte. Das Letzte, was Hollis wollte, war, dass sie jetzt losflennte.

Obwohl, selbst heute Morgen wirkte ihre Mutter noch ziemlich entspannt, wie sie, mit offenem Haar und in Jeans und Sweatshirt, zusammen mit Suzanne auf der Couch saß und an ihrem Kaffee nippte. Was die Frage aufwarf, was sich wirklich in der Tasse befand.

»Nimm dir ein bisschen Geld aus meiner Handtasche«, sagte Leigh zu Hollis. »Ich glaube, die liegt auf einem Barhocker in der Küche.«

»Danke.«

»Na dann«, sagte Frankie. »Sieht aus, als würdet ihr bowlen gehen.« Sie schenkte ihnen ein gezwungenes Lächeln. »Viel Spaß.«

»Hab dich lieb, Ma«, sagte Milo und drückte sie kurz an sich. »Ich rufe an, wenn wir da sind.«

»Ich hab dich auch lieb.«

Dann umarmte er Suzanne.

Hollis, die sich wie eine schlechte Tochter vorkam, beeilte sich, ebenfalls ihre Mutter zu umarmen.

Und JJ umarmte unerklärlicher-, aber dafür umso lustigerweise gleich alle drei Mütter.

Schließlich traten Milo, JJ und Hollis aus der Haustür ins Freie, wo der Himmel klar war, die Luft frisch und blaues Streugranulat unter ihren Schuhsohlen knirschte. Im letzten Moment hörte Hollis hinter ihnen noch einmal Frankies Stimme: »Setz die Mütze auf! Es ist kalt!«

JJs Keller empfing sie mit auf Hochglanz poliertem Parkett und Vintageschildern: Bowl-a-Rama. Lucky Strikes. Hi Roller. Die holzvertäfelten Wände hingen voller gerahmter Satinjacken mit eingestickten Namen, Meisterschaftsaufnäher und Schwarz-Weiß-Fotografien von

Spielern aus vergangenen Zeiten. Es roch sogar völlig authentisch, nach Popcorn, Zigarrenrauch und Käsefüßen.

»Wow«, entfuhr es Hollis.

JJ drückte auf einen Lichtschalter und Discobeleuchtung erstrahlte. »Nicht übel, was?«

»Das hier ist mehr als nicht übel«, sagte Milo und sah sich um. »Das ist pure Nostalgie, ein echtes Stück Amerika. Das ist …«, Milo ließ sich kopfschüttelnd vor Staunen auf eine rissige Ledersitzbank plumpsen, »… ein Filmset.«

»Hast du das nicht schon an Silvester gesehen?«

»Da war ich die ganze Zeit oben. An deinem Computer, weißt du nicht mehr?«

»Ach ja, stimmt«, sagte JJ.

Was sie zurück auf das Projekt Samenspender-Kinder brachte, genau das Thema, von dem sie sich mittels Bowling hatten ablenken wollen.

»*Hé là*, JJ.«

Plötzlich stand Maxime, JJs schlaksiger, stoppelbärtiger belgischer Manny, der ihnen auch die Tür aufgemacht hatte, mit einem Tablett voller Essen vor ihnen.

»Oh, hey, Max«, erwiderte JJ.

»*Vous voulez manger ou quoi?*«

Hollis, die selbst fünf Jahre Französisch hinter sich hatte, verstand. *Wollt ihr was essen oder was?*

»*Mais oui*«, antwortete JJ und nahm das Tablett entgegen. »*Merci, Max.*«

»*Pas de prob, mon homme.*« Maxime gab JJ die Gettofaust, was Hollis nicht sehr belgisch vorkam.

»*Merci, Max*«, bedankte sich auch Milo.

Der Manny ruckte zum Abschied mit dem Kinn. »Bis dann«, sagte er und schlenderte in seiner Skinny Jeans von dannen.

Grinsend schob sich JJ neben Milo auf die Bank. »Der spielt jetzt bis zum Abendessen ›Flames of Vengeance‹.« Er zog einen Joint aus der Brusttasche seines Flanellhemds.

»Sag bitte nicht, du willst jetzt kiffen«, flehte Milo.

»Okay, sag ich nicht.«

»Frankie bringt mich um, wenn ich beim Nachhausekommen nach Gras rieche.«

»Ach was, die bringt dich nicht um«, erwiderte JJ gelassen und kramte in seiner Jeans nach einem Feuerzeug. »Höchstens mich.«

»Von mir aus.« Milo wedelte mit der Hand. »Aber dann verzieh dich wenigstens in irgendeine Ecke, damit du mich nicht vollräucherst.«

»Entspann dich mal.« JJ stand auf und ging ein paar Schritte zu einer Resopaltheke, hinter der er eine Sprühflasche zutage förderte. »Diesel dich einfach hiermit ein, bevor du gehst.«

»Bowlingschuhdeo?«

»Febreze.« JJ sprühte ein paarmal in die Luft. »So bist du sofort wieder aprilfrisch.«

Hollis hatte die beiden die ganze Zeit nur ungläubig beobachtet, nicht weil sie noch nie einen Joint gesehen hatte, sondern weil JJ überhaupt nicht der Typ für so was zu sein schien. »Du bist ein Kiffer?«

JJ zündete den Joint an. »Würd ich so nicht sagen.«

»Was denn dann, Stoner?«

Er nahm einen kräftigen Zug, hielt kurz die Luft an und ließ sie langsam wieder entweichen. »Auch nicht ganz meine Schublade.« Er wandte sich Milo zu. »Oder was meinst du?«

»Na ja, Mann, du rauchst schon 'ne Menge Gras.«

JJ zuckte mit den Schultern. »Ich mag das Zeug halt.«

»Selbstbetäubung«, sagte Hollis.

JJ zog eine Augenbraue hoch. »Bitte was?«

»*Selbstbetäubung*«, wiederholte sie. »S-E-L-B-S-T-B…«

»Danke, ich weiß, wie man das schreibt«, unterbrach er sie.

»Das ist wie eine Rüstung«, erklärte Hollis. »Die dich vor Gefühlen bewahrt. Egal, ob Gras, Süßkram oder Alkohol – im Grunde ist das alles dasselbe. Nach Pams Tod hat meine Mom mit Wein angefangen.«

Hollis war sich nicht ganz sicher, wie viel ihre Mutter damals getrunken hatte und ob man sie schon als Alkoholikerin hätte bezeichnen können. Alles, was sie wusste, war, dass Leigh sich Abend für Abend ein paar Gläschen vor dem Kamin genehmigt hatte. Sie erinnerte sich, dass der Wein ihre Mutter früher oder später immer in Tränen ausbrechen ließ. Trinken, weinen, trinken, weinen, trinken, weinen. Und sie erinnerte sich an den Morgen, als ihre Mutter schließlich beim Frühstück verkündete: »Ab heute trinke ich nicht mehr.«

Damals war Hollis zehn gewesen. Vielleicht elf. Ungefähr zu der Zeit hatte Leigh angefangen, regelmäßig zu »Eltern ohne Partner« im Gemeindesaal der Freikirche zu gehen. Jedes Mal, wenn sich die Selbsthilfegruppe traf, musste Hollis zu Mrs Brennigan, ihrer Nachbarin, bei der es immer nach Kohl roch.

»Ich habe meine Gefühle mit Alkohol betäubt«, erklärte Hollis' Mutter an dem Morgen. »Aber ich muss den Schmerz zulassen. Der Trauer die Tür öffnen.«

Mehr Gefühl, weniger Selbstbetäubung, das war das neue Mantra ihrer Mutter. Und von diesem Moment an hatte Hollis sie nie wieder einen Tropfen Alkohol anrühren sehen – bis gestern Abend.

»Wer ist denn Pam?«, wollte JJ wissen.

Hollis schüttelte den Kopf. »Tut nichts zur Sache. Viel wichtiger ist –«

»Pam war ihre Mom.«

Hollis warf Milo einen irritierten Blick zu. »Sie war nicht meine *Mom*, sondern die *Partnerin* meiner Mutter. Wir waren nicht mal miteinander verwandt.«

»Ich bin auch nicht mit meinen Eltern verwandt«, sagte JJ, »aber ich nenne sie trotzdem Mom und Dad.«

»Das ist was anderes.«

»Wieso?«

»Die haben dich adoptiert.«

»Und?«

»Pam konnte mich nicht adoptieren.«

»Wieso nicht?«

Hollis spürte, wie sie immer aufgewühlter wurde. »Weil sie und meine Mutter nicht verheiratet waren. Weil sie vor dem Gesetz überhaupt kein Anrecht auf mich hatte. Ach, wen interessiert's denn überhaupt? Sie war nicht meine Mom und darum geht es auch gar nicht.« Hollis fuchtelte mit dem Arm in JJs Richtung. »Sondern um deine Selbstbetäubung, okay? Mann!«

JJ hielt ihr den Joint hin. »Auch mal quarzen?«

Hollis starrte ihn an. »Nein, ich will ganz sicher nicht *quarzen.*«

»Danach geht's dir besser.«

Hollis schnaubte. »Du klingst echt wie ein Drogendealer.«

»Aua, das tut weh«, sagte JJ. »Ganz schlimm, genau hier drin.« Er drückte sich die Hand aufs Herz.

»Kein Wunder, dass du versuchst, dich zu betäuben«, sagte Milo, »wo Hollis dir so schlimm wehtut.«

Hollis verdrehte die Augen. »Klappe. Und jetzt lasst uns bowlen.«

MILO

Milo verlor haushoch beim Bowling, was sich jedoch als wesentlich angenehmere Erfahrung herausstellte, als er gedacht hatte.

Auf dem Nachhauseweg lehnte sich Hollis mit roten Wangen in ihrem U-Bahn-Sitz zurück. »Hat echt Spaß gemacht.«

»Freut mich, dass mein Versagen dich so sehr amüsiert.«

»Du warst aber auch echt mies.«

»Na, kein Wunder, oder?« Milo hielt ihr den rechten Ringfinger vor die Nase. Der Nagel war eingedellt an der Stelle, wo er in der Tür eingeklemmt gewesen war, und der Bluterguss darunter hatte ihn violett verfärbt. »Versuch du mal, mit links zu bowlen.«

»Pah, alles faule Ausreden.« Hollis winkte ab. »Wenn JJ mich nicht ständig zum Lachen gebracht hätte, dann hätte ich ihn auch noch geschlagen.«

»Nach den Stunts, die er da auf der Bahn hingelegt hat, kann er sicher morgen nicht mehr gehen. Der hat sich mindestens ein Schleudertrauma verpasst.«

Hollis schmunzelte. »Komisch, die meisten Leute sitzen vom Kiffen doch bloß schweigend rum oder … ich weiß auch nicht … faseln von Verschwörungstheorien und außerirdischen Lebensformen.«

»Tja, JJ Rabinowitz ist nun mal nicht wie die meisten Leute.«

»Wohl nicht.«

»Man könnte sagen, er zieht seinen eigenen Stiefel durch.«

»Ja.« Hollis nickte beipflichtend. »Das muss man ihm lassen.«

»Und mit Pam hatte er recht.«

Hollis kniff die Augen zusammen. »Was soll das denn jetzt heißen?«

»Ich meine ja nur.«

»Lass es lieber.«

Milo hielt kurz inne und überlegte, wie er sich ausdrücken sollte. »Hollis«, sagte er schließlich. »Es ist doch so … Gesetze machen niemanden zur Mom. Und Gene genauso wenig. Aber sich wie eine Mutter zu verhalten, das schon.«

»Ist mir auch klar.«

»Dann ist ja gut.«

Hollis sah aus dem Fenster. Ein klares Signal, dass das Gespräch beendet war – kapiert. Aber sie würde nur noch bis morgen hier sein, darum blieb ihnen nicht mehr viel Zeit zum Reden. Also wagte er noch einen Versuch. »Und bei unserem Spender ist es dasselbe. Der ist vielleicht *genetisch* unser Vater, aber das heißt nicht –«

»Lass gut sein«, sagte Hollis Richtung Fenster. »Bitte. Die Geschichte mit Pam ist schon verkorkst genug, ohne dass du ihn auch noch mit reinziehst.«

»Versteh ich ja«, sagte Milo. »Und ich will auch gar

nicht so darauf rumreiten. Aber wenn wir jetzt Mails von seinen anderen Kindern kriegen, und die wollen –«

»Milo.« Mit gequälter Miene drehte sich Hollis zu ihm um. »Halt einfach den Mund.«

»Okay«, sagte er.

»Bitte immer nur eine Katastrophe auf einmal.«

»Na schön.«

Eine Weile saßen sie schweigend da und lauschten der Geräuschkulisse der U-Bahn. Das Kreischen von Metall. Wummernde Musik aus jemandes Kopfhörern. Gelächter. Als die Türen sich an der Carroll Street öffneten, stieg eine Familie zu. Ein großer blonder Vater, eine zierliche blonde Mutter und zwei kleine blonde Jungen in dicken Daunenwesten und Schneestiefeln. Alle wie aus einem Guss. Ein solcher Anblick versetzte Milo stets einen Stich. Er wandte sich ab.

»Bereust du's, dass ihr hergekommen seid?«, brach es aus ihm hervor.

»Nein«, antwortete Hollis. »Aber wenn du nicht die nächste Viertelstunde die Klappe hältst, überlege ich's mir noch mal.«

»Alles klar.«

Die meisten Eltern würden eine kleine Auszeit von ihren Kindern genießen. Die Gelegenheit nutzen, um sich zu entspannen, den Akku wieder aufzuladen. Suzanne gelang das auch ganz gut. Aber Frankie? Das konnte Milo sich nicht vorstellen. Wenn er nur mal kurz wegging, dachte Frankie sofort: *Was ist, wenn Milo aus Versehen eine*

Pistazie isst und einen anaphylaktischen Schock erleidet und ihm der EpiPen in einen Gully fällt, bevor er ihn sich ins Bein rammen kann? Völlig paranoide Gedankengänge, die ihn wahnsinnig machten.

Genau wie jetzt, als er und Hollis nach Hause kamen und in die Küche gingen, wo ihre Moms saßen. Leigh und Suzanne winkten ihnen nur zu und unterhielten sich weiter, aber Frankie sprang sofort auf.

»Da seid ihr ja«, sagte sie und zog Milo in eine heftige, nach Seife und Haargel duftende Umarmung.

»Du hast halb drei gesagt«, erwiderte er. »Und jetzt ist es halb drei.«

War ihr eigentlich klar, wie alt er war? Zu Kindergartenzeiten hatte Frankie Milo immer ein Buch über ein Häschen vorgelesen, das ständig weglief. Wohin der kleine Hasenjunge auch hoppelte, seine Mutter tauchte jedes Mal auf. Sie versteckte sich im Blumenbeet, fischte ihn aus dem Fluss oder verkleidete sich als Wolke, um stets über ihn wachen zu können. Damals hatte Milo die Geschichte noch nett gefunden. Sie hatte ihm ein heimeliges, *sicheres* Gefühl gegeben – aber wenn er heute daran zurückdachte, tat ihm das Häschen leid. Plötzlich konnte er es nur zu gut verstehen.

»Wie war's beim Bowling?«, erkundigte sich Frankie.

Milo entging nicht, dass sie verstohlen an ihm schnupperte, aber von JJs Gras schien sie glücklicherweise nichts zu riechen, denn sie trat zurück und legte ihm die Hand auf die Schulter.

Wir haben Selbstgebrannten getrunken und danach jeder

ein Glas Erdnussbutter ausgelöffelt, hätte Milo am liebsten geantwortet, tat es aber nicht. »Lustig«, sagte er.

»Ich hab ihn voll abgezogen«, ergänzte Hollis.

»Strike!«, jubelte Hollis' Mutter – samt entsprechender Geste.

Hollis starrte sie entgeistert an. »Was war das denn gerade?«

»Na, das macht ihr Kids doch so. Oder etwa nicht?«

Suzanne nickte. »So machen die das.«

»Wann hab *ich* denn jemals so was gemacht?«, fragte Milo.

»Haben wir 1990 oder wie?«, fügte Hollis hinzu.

Suzanne seufzte. »Guck sie dir an, Leigh, in ihrer einhelligen Verachtung. Ganz wie Bruder und Schwester.«

Es war das erste Mal, dass Milo Hollis' Mom lächeln sah. Sie hatte genauso krumme Eckzähne wie Hollis. Witzig, denn beim Bowling hatte JJ noch angemerkt, dass Milo und Hollis beide auf dieselbe Art schief lächelten – nach links.

Aber jetzt gerade lächelte Hollis nicht, sondern verdrehte die Augen. Ihr Mienenspiel war wie eine sich in Echtzeit wandelnde Wetterkarte. Bei JJ: vorwiegend sonnig. Auf dem Nachhauseweg: teils bewölkt mit einem Tiefdruckgebiet, das sich aus Süden näherte. Manchmal, wenn Milo Hollis ansah, hatte er das Gefühl, etwas wiederzuerkennen, einen kurzen Blick auf etwas Vertrautes zu erhaschen, nur um sich im nächsten Moment zu fragen, ob es wirklich da gewesen war oder ihm nur so vorkam, weil er wusste, dass sie gemeinsame Gene hatten.

»Was ist?«, fragte Hollis ihn.

»Nichts.«

»Hab ich irgendwas im Gesicht?«

»Ja«, sagte Milo. »Eine Nase.«

»Harharhar.«

»Die beiden haben die gleiche Nase.« Suzanne kniff die Augen zusammen, spähte über den Tisch und griff nach ihrer Brille, die bis dahin auf ihrem Kopf gethront hatte. »Oder?«

»Doch«, bestätigte Leigh. »Und das gleiche Kinn.«

Milo stöhnte innerlich auf. Dieses Gespräch brachte sicher nichts Gutes. Er sah rüber zu Frankie, die angefangen hatte, mit einem Spüllappen nicht vorhandene Flecken von der Arbeitsplatte zu scheuern.

»Und, Ma«, sagte er, »wie lautet der Plan für den Rest des Tages?«

»Also«, Frankie sah auf, mit einem eindeutig künstlichen Lächeln im Gesicht, »ich dachte an das Museum of Natural History.«

»Im Ernst?« Milo war sicher schon hundertmal im Naturkundemuseum gewesen. Sie hatten alle Mitgliedsausweise. Er hätte den anderen mit verbundenen Augen eine Führung geben können.

»Leigh und Hollis sind noch nie dort gewesen«, verteidigte sich Frankie. »Ich dachte, das interessiert sie vielleicht.«

»Das wird bestimmt ganz toll«, sagte Leigh.

Nun schaltete sich auch Suzanne ein: »Es ist wirklich ein großartiges Museum.«

Milo ruderte schnell zurück. »Okay, gute Idee.« Dann wandte er sich an Hollis: »Was meinst du, Schwesterherz?«

Hollis grinste, offenbar hatte die Telepathie zwischen Halbgeschwistern funktioniert. »Mir ist noch nie ein Pterodaktylus begegnet, der mir nicht sympathisch war.«

Milo, Hollis, Suzanne, Frankie und Leigh schlenderten durch die Spitzer Hall of Human Origins. Sie sahen sich das Wandgemälde zur Evolution der Primaten und Lucy, das erste Hominidenskelett, an. Den Peking-Menschen, die Neandertaler und die Cro-Magnon-Menschen. Sie umschifften das Thema Genetik weiträumig. Diskutierten weder Herkunft noch Evolution ihrer eigenen Hominidenfamilie. Schlafende Mastodonten weckte man nun mal besser nicht.

Milo und Hollis schwiegen, aber sie waren beide angespannt und aufgekratzt und mit den Gedanken bei den potenziell lebensverändernden E-Mails, die jeden Moment eintreffen konnten – oder auch nicht. Dabei hatten sie ihren Müttern noch nicht mal von dem Aufruf, den sie gepostet hatten, erzählt.

Wandern zwei Samenspender-Kinder durch die Geschichte der menschlichen Herkunft. Das war doch ein Witz, wenn auch ohne Pointe. Immer wieder zog Milo sein Handy aus der Tasche und checkte unauffällig seine Mails.

»Und?«, fragte Hollis.

»Nichts.«

Bei Taco Pacifico herrschte Massenandrang, wie immer am Samstagabend. Zum allgemeinen Geplapper und Geschnatter kam noch die Mariachi-Band, die am anderen Ende des Raums auf der Bühne stand.

»Ich kann mich nie entscheiden«, stöhnte Suzanne. »Nehme ich die Chimichangas oder die Enchiladas …«

»Chimichangas sind nie verkehrt«, befand Frankie.

Milo hörte kein *Ping*, als die Mail kam, aber er fühlte das Vibrieren an seinem Bauch.

»Ich bin ja eher Fajita-Fan«, sagte Leigh.

Zumindest glaubte Milo, dass es Leigh war. Er konnte nämlich gerade nicht hinsehen, weil er so tat, als lese er die Speisekarte, während er klammheimlich sein Handy aus der Sweatshirttasche zog. *Keine Handys am Esstisch.* Das war eine von Frankies eisernen Regeln, gemeinsam mit *Um zehn Uhr ist Schlafenszeit* und *Unter der Woche bleibt der Fernseher aus.*

»Was ist mit dir, Holl?«

Unter dem Tisch öffnete Milo die Mail-App.

»Weiß noch nicht. Vielleicht die Rindfleischtacos.«

***

Von: 49fef37429120a0b3@reply.ProjektSamenspenderkinder.org
Betreff: Euer Post

Die ewig lange Mail-Adresse, die Antwort auf ihren Post starrte ihm förmlich ins Gesicht, so … unbestreitbar real. Es war dasselbe Gefühl, wie wenn Hayley Christenson den Raum betrat – als ob plötzlich ein ganzer Bienenschwarm in seinem Brustkorb losschwirrte.

Milo drehte sich zu Hollis, die gerade schwungvoll einen Tortillachip in die Salsaschüssel tunkte. »Guck mal«, murmelte er.

»Was?«

Er stupste mit dem Handy gegen ihr Bein.

Hollis senkte den Blick. »Ist das etwa –«

»Yep.«

»Oh Gott.«

»Yep.«

»Mach auf«, flüsterte sie.

Milo tippte auf die Betreffzeile – und bäm.

***

Von: 49fef37429120a0b3@reply.Projekt Samenspenderkinder.org
An: MiloRobClark@brooklynIDS.org
Datum: Samstag, 2.1., 18:23 Uhr
Betreff: Euer Post

Hallo, Milo und Hollis,
mir ist gerade fast das Herz stehen geblieben, als meine Eltern mir Eure Nachricht gezeigt haben. Die beiden sind seit meiner Geburt Mitglieder bei Projekt Samenspender-Kinder, aber bis jetzt hat sie nie irgendwer kontaktiert. Witzigerweise wollten sie mir ab meinem sechzehnten Geburtstag erlauben, selbst auf die Suche zu gehen, und der ist nächsten Monat, aber als meine Mom dann

Eure Nachricht bekommen hat, haben sie sie mir direkt gezeigt. Ich glaube, die letzten drei Stunden habe ich hauptsächlich damit verbracht, nicht in Ohnmacht zu fallen (positiv gemeint!).

Ich heiße Abby Fenn und wurde mithilfe von Samen aus der Twin-Cities-Kryobank gezeugt – mein Spender war auch die № 9677.

Milo und Hollis waren so in die Mail versunken, dass sie weder die Kellnerin hörten, die ihre Bestellung aufnehmen wollte, noch Suzanne, obwohl sie schon regelrecht brüllte.

»Milo!«

Er sah hoch. »Was?«

Suzanne deutete auf die Kellnerin, die ihn erwartungsvoll ansah.

»Oh, 'tschuldigung.« Milo bestellte dasselbe wie immer: Gemüsefajitas mit Reismehltortillas aus der mit »Glutenfrei und ohne Nüsse« überschriebenen Spalte in der Speisekarte.

»Sagen Sie Alejandra bitte, dass es für Milo Robinson-Clark ist«, ordnete Frankie an. »Sie nimmt immer eine Extrapfanne.«

»Wird gemacht«, versprach die Kellnerin.

»Es ist *extrem* wichtig, dass sein Essen separat zubereitet wird, er hat nämlich mehrere schwere Lebensmittelallergien.«

»Verstanden.« Die Kellnerin machte sich eine Notiz auf ihrem Block.

Aus dem Augenwinkel sah Milo, dass Hollis noch immer in die E-Mail vertieft war.

»Und für dich?«

Keine Reaktion.

»Holl?«, fragte Leigh. »Schätzchen?«

Milo stieß Hollis den Ellbogen in die Seite und ihr Kopf ruckte hoch.

»Okay! Milo und ich haben anscheinend eine Schwester und die heißt Abby.« Sämtliche Mütter starrten sie an. Hollis hob Milos Handy. »Sie wohnt in Sheboygan, Wisconsin.«

»Würdest du das bitte noch mal wiederholen?«, sagte Frankie, deren Hand mit dem Tortillachip reglos in der Luft verharrte.

»Was genau?«

»Alles.«

»Wir haben unsere Schwester gefunden. Sie heißt Abby Fenn. Sie wohnt in Sheboygan, Wisconsin. Und, ach so …« Hollis sah zur Kellnerin auf. »Ich nehme die Rindfleischtacos.«

»Sie nimmt die Rindfleischtacos«, wiederholte Milo. Dann – er wusste nicht genau, warum, vielleicht war es die Anspannung – fing er an zu lachen. Und als er erst mal richtig angefangen hatte, konnte er nicht mehr aufhören. Die verwirrte Kellnerin ließ sie allein und Hollis und die drei Moms saßen einfach da und starrten vor sich hin. Warteten darauf, dass er aufhörte.

»Milo«, sagte Frankie, als er es schließlich schaffte, lange genug mit dem Prusten aufzuhören, um einen Schluck

Wasser zu trinken, »du bist mein Kind, und egal, was passiert … egal, wie viele Menschen du findest, die deine Gene teilen … daran wird sich nichts ändern. Ich will, dass du das weißt. Denn deine Mutter und ich …« Ihre Stimme brach, aber sie redete trotzdem weiter. »Wir waren diejenigen, die dich aus dem Krankenhaus nach Hause gebracht haben. Wir waren es, die dich in die kleine gelbe Decke gewickelt haben. Weißt du noch, Suz? Die mit den Entchen?«

»Natürlich«, antwortete Suzanne und legte Frankie die Hand auf den Arm.

»Die Decke habe ich immer noch«, verkündete Frankie hitzig. »Und ich werde sie auch nie hergeben. Verstehst du, was ich dir damit sagen will?« Sie sah Milo eindringlich an.

»Klar«, sagte er.

»Du bist mein Sohn.«

»Ich weiß.«

»Und ich bin deine Mutter.«

»Ich weiß, Ma.«

»Bist du sicher?«

Milo wollte etwas erwidern, als Suzanne sich plötzlich beide kleinen Finger in den Mund steckte und einen ohrenbetäubenden Pfiff losließ.

»Ach, Mom, bitte nicht –«, fing Milo an, aber sie war bereits aufgesprungen und winkte die Mariachis heran. Typisch Suzanne Robinson, diesem denkwürdigen Augenblick einen Soundtrack zu verpassen, sodass die Entdeckung einer zweiten Halbschwester für Milo fortan auf ewig mit vier Männern in Sombreros verknüpft sein würde, die »La Bamba« schmetterten.

»Ein Toast«, verkündete Suzanne fröhlich und erhob ihr Margaritaglas. »Auf Abby aus Sheboygan, Wisconsin. Möge sie genauso klug, hübsch und aufgeweckt sein wie Milo und Hollis.«

»Hört, hört«, rief Leigh und griff nach ihrem Wasser.

Frankie schien immer noch unter Schock zu stehen, aber auch sie hob ihr Glas, genau wie Milo und Hollis, und alle prosteten sich zu.

Dann erzählte Suzanne, sie kenne nur einen Menschen aus Sheboygan, Wisconsin – Brett Lemmon –, und der sei ein echter Volltrottel gewesen. So schwenkte das Gespräch um von Halbgeschwistern zu Volltrotteln und alle erzählten ihre lustigsten Volltrottelgeschichten und lachten sich dabei kaputt. Und für die Mariachi-Band – die vier schnurrbärtigen Herren mit ihren Vihuelas und Maracas – sahen sie vermutlich aus wie eine ganz normale Familie.

HOLLIS

Als Milo sie am nächsten Morgen weckte, war sie gerade mitten in einem Traum. Einem echt scharfen Traum. Sie war in der Schule und knutschte mit Gunnar in der Besenkammer. (Das hatten sie tatsächlich mal gemacht, in der Mittagspause, und es war ziemlich aufregend gewesen.) Jedenfalls hatte Gunnar gerade die Hand unter Hollis' Shirt und sie ihre auf seinem Reißverschluss, und sie machten wild zwischen Wischmopps und Eimern rum, als sie plötzlich hörte: »Hey, aufwachen.«

Hollis kniff die Augen fester zu und ignorierte die Stimme.

»Na komm. Es ist schon zehn Uhr.«

Sie versuchte, mittels purer Willenskraft wieder einzuschlafen und sich zurück in die Besenkammer zu träumen, aber jetzt rüttelte eine Hand an ihren Arm.

Schließlich öffnete sie die Augen und da stand Milo. Jeans. Sweatshirt. Flokatifrisur. Und Pete. Trübseliger Blick. Hundemundgeruch.

Hollis machte die Augen wieder zu und stöhnte. »Hau ab.«

»Geht nicht.«

»Wieso nicht?«

»Weil du in zwei Stunden losmusst und wir vorher noch was zu erledigen haben.«

»Was?«

»Wir haben doch gestern Abby zurückgeschrieben.«

Hollis machte ein Auge auf. »Ja, und?«

»Und jetzt müssen wir Noah zurückschreiben.«

»Was?«

Milo grinste. »Du hast schon richtig verstanden.«

Hollis setzte sich auf. »Wir haben einen Bruder?«

»Genau genommen zwei. Noah und Josh. Zwillinge.«

»Oh Gott.«

»Ja. Aber Josh will mit der ganzen Sache nichts zu tun haben. Anscheinend stehen er und ihr Dad sich ziemlich nahe – der konnte wohl selbst keine Kinder zeugen und fühlt sich jetzt ein bisschen bedroht von dieser Spendergeschichte. So hat Noah das zumindest ausgedrückt – ›bedroht‹. Er selber ist nicht ganz so dicke mit seinem Dad wie sein Bruder, aber ihre Mom, die unsere Mail bekommen hat, fand, dass jeder von ihnen seine eigene Entscheidung treffen sollte. Also haben sie eine Familiensitzung abgehalten, und dabei kam raus, dass Noah uns kontaktieren wollte und Josh nicht.«

Hollis starrte Milo an. »Oh Gott.«

»Genau.«

»Passiert das alles gerade wirklich?«

»Sieht so aus.«

»Weil ich mir nämlich gerade vorkomme wie in einer dieser Fernsehshows.« Das war nur halb gescherzt. Hollis schwang die Beine über den Rand der Ausziehcouch und ließ den Blick durchs Wohnzimmer schweifen. »Ist hier irgendwo eine Kamera versteckt?«

»Nein«, sagte Milo. »Aber vielleicht ziehst du dir trotzdem 'ne Hose über.«

»Wieso?«

»JJ ist hier.«

»Was? Wo?«

»Nur keine Umstände!«, rief JJ von irgendwo außerhalb des Wohnzimmers. »Mich stört das überhaupt nicht!«

Hollis funkelte Milo irritiert an.

Milo grinste. »So ist er nun mal.«

***

Von: MiloRobClark@brooklynIDS.org
An: 8007jq3wrhj267lp634@reply.ProjektSamenspenderkinder.org; AbsofSteel3@sheboygancountryday.edu
Datum: Sonntag, 3.1., 10:27 Uhr
Betreff: Noah, Abby. Abby, Noah.

Abby Fenn, 15 (Sheboygan, Wisconsin), dürfen wir vorstellen: Noah Resnick, 17 (Winnetka, Illinois). Noah, das ist Abby.

Hollis fliegt heute Nachmittag zurück nach Minnesota, und sie hat keinen Account bei PSK, wäre also super, wenn Ihr ab jetzt HollisDarbs@MNPSmail.org ins Cc nehmen würdet. Danke!

Milo und Hollis

Von: NoahZark.Rez@techHSmail.com
An: MiloRobClark@brooklynIDS.org; AbsofSteel3@sheboygancountryday.edu; HollisDarbs@MNPSmail.org
Datum: Sonntag, 3.1., 11:04 Uhr
Betreff: Schön, Euch kennenzulernen

Hey, Milo, Hollis und Abby. Hab meiner Mom Eure Mail gezeigt und jetzt dreht sie komplett am Rad. *Los, frag sie nach Fotos! Ich will wissen, wie sie aussehen!* Flippen Eure Mütter auch so aus?

Noah

***

Von: AbsofSteel3@sheboygancountryday.edu
An: NoahZark.Rez@techHSmail.com; MiloRobClark@brooklynIDS.org; HollisDarbs@MNPSmail.org
Datum: Sonntag, 3.1., 11:23 Uhr
Betreff: Freut mich auch

Meine Mom ist durch nichts aus der Fassung zu bringen. Sie ist Hebamme und läuft seit 1994 im selben Paar Birkenstocks rum – jetzt wisst Ihr Bescheid, oder? Und mein Dad ist Wissenschaftler, also geht er das Ganze sowieso ziemlich nüchtern an. Nur meine Schwester muss natürlich den Teufel an die Wand malen: »Damit brichst du Dad das Herz. Unsere Familie wird nie mehr sein wie früher und das ist dann ganz allein deine Schuld.« Aber Becca braucht halt einfach ihre tägliche Dosis Drama. Habt Ihr auch Geschwister?

Abby

***

Von: NoahZark.Rez@techHSmail.com
An: AbsofSteel3@sheboygancountryday.edu; MiloRobClark@brooklynIDS.org; HollisDarbs@MNPSmail.org
Datum: Sonntag, 3.1., 11:36 Uhr
Betreff: Einen Bruder

Ich habe einen zweieiigen Zwillingsbruder namens Josh. Milo und Hollis hatte ich schon erzählt, dass er keinen Kontakt zu unseren Halbgeschwistern oder unserem Spender will. Er findet, das wäre für unseren Dad wie ein Schlag ins Gesicht. Abby, stammt Deine Schwester auch von No 9677?

Noah

***

Von: AbsofSteel3@sheboygancountryday.edu
An: NoahZark.Rez@techHSmail.com; MiloRobClark@brooklynIDS.org; HollisDarbs@MNPSmail.org
Datum: Sonntag, 3.1., 11:58 Uhr
Betreff: Nö

Ist 'ne witzige Geschichte. Vor siebzehn Jahren, als meine Mom versucht hat, schwanger zu werden, wurde bei meinem Dad Oligospermie diagnostiziert, was so viel heißt wie verminderte Spermienanzahl. Die Chancen, gemeinsam ein Kind zu zeugen, gingen also gegen null, darum haben sie angefangen, sich über Samenspenden zu informieren. Auftritt № 9677. Meine Mom wurde mit mir schwanger, und dann, zwei Monate nach meiner Geburt, kam die große Überraschung – sie erwartete schon wieder ein Kind. Wie es aussah, hatte mein Dad wohl doch noch ein bisschen funktionstaugliche Munition. Becca ist elf Monate jünger als ich. Echt komisch, ich kenne sie schon mein ganzes Leben, und sie ist hundertprozentig meine Schwester, aber trotzdem stimmen bei uns nur fünfzig Prozent des Erbguts überein. Das heißt, ich bin mit Euch genauso verwandt wie mit ihr.

Abby

***

Von: NoahZark.Rez@techHSmail.com
An: AbsofSteel3@sheboygancountryday.edu; MiloRobClark@brooklynIDS.org; HollisDarbs@MNPSmail.org
Datum: Sonntag, 3.1., 12:13 Uhr
Betreff: Noch komischer …

Josh und ich sind Zwillinge, wir haben dieselben leiblichen Eltern und wachsen im selben Haus auf, und trotzdem sind wir uns kein bisschen ähnlich. Tja, Batman, lös mal dieses Rätsel.

Noah

***

Das mit den E-Mails ging morgens los und zog sich bis nach dem Mittagessen, während unterdessen schon fleißig Taschen gepackt wurden. JJ hatte Hollis' und Leighs Koffer aus dem Wohnzimmer getragen und stand nun, an einer Lakritzschnur kauend, im Flur, während Milo Noahs letzte Mail vorlas.

»›Tja, Batman, lös mal dieses Rätsel.‹« Milo sah von seinem Handy auf. »Ob der Comicfreak ist?«

»Vielleicht schreibt er ja auch Fanfiction«, überlegte Hollis.

»Oder er malt sich gerne das Gesicht grün an, schlüpft in ein Paar Strumpfhosen«, sagte JJ, »und geht auf eine von diesen … Dings.«

»Conventions?«, ergänzte Hollis.

»Genau.«

JJ grinste, aber als kurz darauf Milos Moms anmarschiert kamen und Hollis und Leigh energisch in Richtung des bereits wartenden Taxis scheuchten, wurde seine Miene mit einem Schlag ernst.

»Hey«, sagte er und hielt Hollis am Ellbogen fest, als sie nach draußen auf den Gehweg trat.

»Was?«

»Gib mal schnell dein Handy.«

»Wieso?«

»Damit ich meine Nummer drin speichern kann.«

»Und was soll ich damit?«

»Nur für den Fall, dass du mal nicht schlafen kannst und dich der Drang überkommt, mich anzurufen.«

»Ich schlafe wie ein Baby«, log sie.

»Sicher ist sicher«, erwiderte er. »Vielleicht gibt es ja mal ein Erdbeben. Oder einen Tsunami …«

»In Minnesota?«

»Ist schon Seltsameres passiert.« JJ streckte seine absurd große Hand aus. »Na, komm schon.«

Hollis seufzte. Griff in ihre Manteltasche. Und gab Jonah Jedediah Rabinowitz ihr Handy.

»Wenn's dir lieber ist«, sagte er und tippte mit beiden Daumen drauflos, »betrachte es einfach als deine persönliche Bowling-Hotline. Mit Vierundzwanzig-Stunden-Service. Wenn du das nächste Mal mit deinen Freundinnen eine Runde bowlen bist und Hilfe bei deiner Technik brauchst … einfach durchklingeln.«

»Ha«, machte Hollis und versuchte, abfällig zu schnauben, was ihr aber nicht ganz gelang. Dafür musste sie zu breit grinsen. Verdammt, JJ war witzig. Sie wollte nicht, dass er witzig war. Sie wollte nicht, dass er große braune Labradoraugen hatte oder diesen blonden Wuschelkopf oder angenehm warme Finger, die ihren Puls streiften, als er ihr das Handy zurückgab.

»Ich verspreche dir, du wirst es nicht bereuen, Hollis Darby.«

Hollis verdrehte die Augen und ging zum Taxi, wo schon alle warteten.

»Was war das denn?«, raunte Milo.

»Nichts.«

»Da erlaube ich mir aber, anderer Ansicht zu sein.«

»Erlaub dir, was du willst.«

»Er mag dich«, sagte Milo.

»Klappe. Und gar nicht.«

»Willst du wissen, was er gesagt hat?«

»Nein.«

»Er meinte, wenn er mal eine Tochter haben sollte, dann will er, dass die so wird wie du. Eine clevere Kratzbürste.«

»Das hat er nicht gesagt.«

»Doch, ich schwöre«, entgegnete Milo. »Und außerdem, dass du ein klasse Fahrgestell hast.«

Hollis zog die Augenbrauen hoch. *»Fahrgestell?«*

»Deine Beine.«

»Danke, ich weiß, was das heißt«, sagte Hollis genervt, »aber wer unter neunzig sagt denn dazu noch *Fahrgestell*?«

»JJ Rabinowitz.«

Hollis warf einen Blick über die Schulter. JJ stand ein paar Meter entfernt und salutierte dem Taxi wie ein Soldat.

»Guck ihn dir an«, lachte Milo.

»Pfft.«

Hollis' Wangen waren so heiß, dass sie fürchtete, jeden Augenblick in Flammen aufzugehen. Sie war erleichtert und zugleich etwas traurig, als Frankie verkündete, sie müssten sich nun wirklich verabschieden, wenn Hollis und Leigh nicht ihren Flug verpassen wollten.

Und los ging die Umarmerei. Hollis war nicht so der Kuscheltyp. Wenn sie nicht gerade ihrer Mutter Gute Nacht sagte oder mit Gunnar in der Besenkammer knutschte, vermied sie es, andere zu berühren. Sie konnte sich gar nicht mehr erinnern, wann sie so viele Leute nacheinander umarmt hatte. Wahrscheinlich bei Pams Beerdigung. All diese Frauen vom Familiengleichstellungsrat, wo Pam ehrenamtlich gearbeitet hatte. Und die Köche aus Pams Restaurant. Sie hatten Hollis förmlich umzingelt, ihr einen Auflauf nach dem anderen in die Hand gedrückt, ihr den Kopf getätschelt und die Luft abgepresst, genau wie Suzanne gerade.

»Ach, es war so schön, dich zu sehen, Liebes«, sagte Suzanne, bevor sie wieder losließ und einen Schritt zurücktrat.

»So schön«, wiederholte Frankie, die als Nächste an der Reihe war.

»Danke«, sagte Hollis und nickte wie ein Wackeldackel.

»Tschüss«, sagte Milo, der sich vorbeugte und Hollis kurz an sich zog. »Meld dich mal, ja?«

»Mach ich«, sagte sie.

»Kannst ja eine Gruppenmail schreiben, wenn du nach Hause kommst.«

»Ja.«

»Wer weiß«, sagte er, »bis du gelandet bist, haben wir vielleicht schon wieder ein paar neue Geschwister dazugekriegt.«

»Gut möglich.«

Milo grinste, und Hollis nickte, und für ein paar Sekunden war es richtig nett, aber dann wurde es gleich wieder seltsam. Denn wenn man mal genau darüber nachdachte, kannten Milo und sie sich doch immer noch kaum, auch wenn sie zu fünfzig Prozent miteinander verwandt waren und gerade zweieinhalb Tage miteinander verbracht hatten. Sie waren so gut wie Fremde. Und was war seltsamer als zwei Fremde, die sich auf der Straße umarmten?

Die Antwort: Leighs unvorhergesehener Vorschlag, Milo und seine Moms könnten doch nach Saint Paul kommen und den Präsidententag mit ihnen verbringen, wenn sie an dem Wochenende noch nichts vorhätten.

»Dann machen wir eine Besichtigungstour durch Saint Paul und Minneapolis, die berühmten Twin Cities«, versprach Leigh fröhlich, »und zeigen euch alle unsere Lieblingsecken.«

Und bevor jemand auch nur »Mall of America« sagen konnte, rief Milo schon: »Ich bin dabei!«

Hollis und ihre Mutter waren jetzt kurz vor dem Flughafen. Noahs E-Mails waren nach und nach versiegt, aber Abby blieb immer noch fleißig bei der Sache.

»Sie will mal Schriftstellerin werden«, berichtete Hollis und sah von ihrem Handy auf. *»Memoirenschreiberin.«*

Leigh, die vorn auf dem Beifahrersitz saß, drehte sich um. »Im Ernst?«

»Die Nachfolgerin von Augusten Burroughs.«

»Wem?«

»Ach, du weißt schon, dieser Autor mit der verkorksten Kindheit. Der zum Therapeuten seiner Mutter gezogen ist?«

Leigh schüttelte den Kopf.

»Ist ja auch egal«, sagte Hollis und überflog erneut Abbys E-Mail. »Hör dir das an … ›Ich glaube, ich will meinen Spender nicht nur aus reiner Neugier finden, sondern auch weil ich etwas brauche, über das ich schreiben kann. Etwas Echtes. Raues, Herzzerreißendes, zutiefst Persönliches. Wie soll ich denn sonst an der NYU angenommen werden und danach beim Iowa Writers' Workshop? Wohl eher nicht, indem ich über eine sechzehnjährige Einserschülerin und ihre nette Mittelschichtfamilie aus Sheboygan, Wisconsin, schreibe. Da kommt beim Lesen doch keiner über den ersten Satz hinaus, ohne an Langeweile einzugehen. Mein Leben ist so spannend wie eine beigefarbene Bügelfaltenhose. Wenn ich die Nachfolgerin von Augusten Burroughs werden will, brauche ich ein paar Flecken und Risse, Brandlöcher und Blutspritzer.‹« Hollis musste lachen.

»Blutspritzer?« Leigh schien kurz vor der Ohnmacht. »Klingt ja schon ein bisschen beunruhigend …«

»Mensch, Mom, das ist doch nur eine Metapher.«

Manchmal nervte es Hollis, dass ihre Mutter nichts für Literatur übrighatte – wenn sie mal las, dann die Bon Appétit, Pams Lieblingszeitschrift, deren Abo Hollis' Mom Jahr für Jahr verlängerte, obwohl sie keinen Schimmer vom Kochen hatte. Ob sie überhaupt wusste, was eine Metapher war? Wenn Thoreau schrieb, er wolle »alles Mark des Lebens aussaugen«, dachte sie da, er hätte wirklich an einem Knochen herumgekaut? Hatte sie »Walden« überhaupt gelesen?

Unser Spender hat Literaturwissenschaft studiert, kam es Hollis nun ungebetenerweise in den Sinn. Mit dieser Info hatte Milo sie am Tag ihrer Ankunft versorgt – als sie in seinem Zimmer waren und sich über Bücher unterhielten. »Unser Spender hat Literaturwissenschaft studiert.« Unmittelbar gefolgt von: »Unser Spender ist laktoseintolerant.« Und: »Unser Spender kann jonglieren.«

Er erwähnte diese Details so beiläufig, als redete er über irgendwelche Stars aus einem Klatschmagazin. Und hörte erst auf, als Hollis ihn darum bat. Sie wollte nichts über ihren Spender wissen. Es interessierte sie nicht, ob Milo die komplette Akte von Spender N° 9677 auswendig konnte. Hollis' Mutter hatte selbst eine Kopie davon zu Hause, die Hollis nie hatte sehen wollen. Von ihr aus hätte Leigh sie getrost verbrennen können. Trotzdem … *Unser Spender hat Literaturwissenschaft studiert*, lief über den Newsticker in Hollis' Kopf, während sie ihre Mutter anstarrte.

»Ich weiß, was eine Metapher ist«, erwiderte Leigh verletzt.

Jetzt fühlte Hollis sich mies. Sie hatte nicht so gemein zu ihrer Mutter sein wollen, aber manchmal passierte das einfach. Sie wusste ja nicht mal, was sie eigentlich so ärgerte. Das Wochenende war nett gewesen. Mehr als nett. Vielleicht lag es an der ganzen Umarmerei. Oder daran, dass sie innerhalb von nicht mal vierundzwanzig Stunden drei neue Geschwister dazubekommen hatte. Vielleicht war es einfach zu viel und zu früh.

»Warum hast du mich nicht vorher gefragt?«, platzte es aus Hollis heraus. Der Fahrer suchte nach einer Lücke zwischen all den anderen Taxis am JFK-Flughafen und hielt schließlich in dritter Reihe vor dem American-Airlines-Terminal.

»Was macht das?«, fragte Leigh, aber das war nicht an Hollis gerichtet. Sie dankte dem Fahrer und reichte ihm ein paar Geldscheine. Dann stiegen Hollis und sie aus und holten ihr Gepäck aus dem Kofferraum.

»Warum hast du mich nicht vorher gefragt?«, wiederholte Hollis, als sie sich auf den Weg durch die große Flügeltür zum Ticketschalter machten.

»Wonach?«

»Dem Präsidententag. Du hast Milo und seine Moms einfach eingeladen, ohne mich zu fragen.«

»Ich dachte, dir hätte das Wochenende gut gefallen.«

»Hat es auch.«

Ihre Mutter zog die Augenbrauen hoch. Hellblond. So blass, dass sie fast gar nicht da waren.

»Aber was wäre denn gewesen, wenn ich schon was vorgehabt hätte? Ist dir das mal in den Sinn gekommen?«

»Hast du denn schon was vor?«

»Nein. Aber möglich gewesen wär's ja wohl.«

Ihre Mutter zog den Koffer ein paar Schritte weiter, als sich die Warteschlange vorwärtsbewegte. »Tut mir leid. Ich hätte mich wirklich erst mit dir absprechen sollen. Ich dachte nur …« Sie spielte am Reißverschluss ihrer Handtasche. »Dieses Wochenende war einfach … mir ging es zum ersten Mal seit Langem …« Sie zögerte und atmete tief durch. »Als du noch klein warst, hatten Pam und ich ständig Besuch. Erinnerst du dich noch?«

»Nein.«

»Pammy hat es geliebt, wenn das Haus voller Leute war. Wenn gelacht wurde und Chaos herrschte und die Kinder durch die Gegend flitzten und sie für die versammelte Mannschaft kochen konnte. Sie wollte immer so eine Familie, verstehst du? Bei der alle jederzeit willkommen sind.«

Hollis stand reglos da und wappnete sich für den unvermeidlichen Aufprall.

»Aber darum geht es jetzt eigentlich gar nicht.« Hollis' Mutter schüttelte den Kopf und sah ihr eindringlich in die Augen. »Ich will nur sagen … es ist in Ordnung, Angst zu haben.«

»Angst«, wiederholte Hollis. »Und wovor genau sollte ich Angst haben?«

»Davor, Menschen an dich ranzulassen. Jemandem so nahezukommen, dass er dir vielleicht wichtig werden könnte. Milo, Frankie, Suzanne. Deine neuen Halbgeschwister. Das ist eine ganze Menge auf einmal.«

Hollis grinste. »Okay, du Kummerkastentante.«

»Und das gilt nicht nur für dich«, erwiderte ihre Mutter, ohne auf Hollis' Sarkasmus einzugehen. »Sondern für mich ganz genauso.«

Vor Hollis in der Schlange standen zwei Jungs mit halblangen Zottelfrisuren, beide mit Kopfhörern, die sie in ihre Spielkonsolen eingestöpselt hatten. Wahrscheinlich knallten sie irgendwelche Aliens ab, fuhren Rennen durchs Pilz-Königreich oder zockten Minecraft bis zur Besinnungslosigkeit. Obwohl Hollis Videospiele hasste, hätte sie in diesem Moment alles dafür gegeben, einer dieser Jungen zu sein und nur für ein paar Minuten in eine Welt abtauchen zu können, in der alles logisch und übersichtlich aufgebaut war und niemand versuchte, ihr in den Kopf zu gucken.

»Holl«, sagte ihre Mutter, und Hollis wurde klar, dass sie offenbar kurz weggetreten gewesen war.

»Was?«

»Ich habe gesagt, es ist in Ordnung, Angst zu haben. Das ist ganz natürlich und gehört zum Trauerprozess dazu. Es ist sogar gesund –«

»Mom.«

»Ja?«

»Es ist sieben Jahre her. Ich trauere nicht.«

»Trauer verjährt nicht.«

»Das solltest du dir auf ein T-Shirt drucken lassen.«

Ihre Mutter lächelte. »Vielleicht mache ich das.«

»Mom.«

»Mhm?«

Hollis wusste nicht recht, was sie eigentlich sagen wollte, bis es einfach aus ihr hervorsprudelte. »Können wir jetzt von was anderem reden?«

Der Blick ihrer Mutter war sanft und es lag nur ein Hauch von Traurigkeit darin. »Ja. Das können wir.«

MILO

Es war JJs Idee gewesen. Noch am Sonntagabend hatte er Milo angerufen, um sich zu erkundigen, ob Hollis gut nach Hause gekommen war (war sie) und ob es irgendwelche neuen Mails von Abby und Noah gegeben hatte (hatte es). Und jetzt, am Donnerstagmorgen, kam er mit dem Vorschlag um die Ecke, das Ganze zu einem Forschungsprojekt zu machen.

Biopalooza. Dämlicher Name, aber Mr Bonducci trug die Regeln mit gewohnt feierlichem Ernst vor.

Das Projekt war für acht Wochen angesetzt.

Die Schüler sollten sich eine beliebige Fragestellung aussuchen, die eine intensive Untersuchung wert war.

Sie durften allein oder mit einem Partner arbeiten.

Das Ergebnis würde fünfundsechzig Prozent ihrer Halbjahresnote ausmachen.

»Ich teile euch jetzt«, verkündete Mr Bonducci, während er durch die Klasse wanderte und Papierstapel auf die einzelnen Tische klatschen ließ, »eine Liste mit Themenvorschlägen aus … eine Liste mit nützlichen Websites … eine Liste mit wissenschaftlichen Zeitschriften … und das Bewertungsschema, nach dem ich euren Beitrag benote. Die heutige Stunde nutzt ihr dazu, euch für ein Themenfeld zu entscheiden. Bis zum Ende der Woche sollte eure Arbeitshypothese stehen …«

»Das brauchst du alles nicht«, sagte JJ und schnappte Milo den Papierstapel unter den Fingern weg.

»Wieso nicht?«

»Weil ich schon weiß, was wir machen.«

»Was *wir* machen?«

»Ja.«

»*Wir.*«

JJ Rabinowitz, der faulste Laborpartner aller Zeiten, der es mit Ach und Krach auf eine Drei minus schaffte, grinste ihn an. »Du und ich, Baby.«

»Träum weiter.«

»Bereit?«

»Nein.«

»Ich hab nämlich eine Hammeridee.«

»Lass mich raten«, sagte Milo. »Du willst den Effekt täglichen Marihuanakonsums auf das jugendliche Gehirn untersuchen.«

»Nö.«

»Ach, entschuldige, du willst natürlich den Effekt *stündlichen* Marihuanakonsums auf das jugendliche Gehirn untersuchen.«

»Nö. Ich will über deine Familie schreiben.«

»Was?«

»Ein Genetikprojekt. Du, Hollis, Genotypen, Phänotypen, dominante Merkmale, rezessive Merkmale, Allele, der ganze Spaß.«

Milo starrte JJ an.

»Nehmen wir mal an, du hättest ein Foto von eurem Spender –«

»Hab ich aber nicht.«

»Okay, nehmen wir trotzdem einfach mal an, du hättest eins. Und Fotos von allen Kindern eures Spenders. Und von deren Familienmitgliedern. Wenn jetzt irgendwer – Bob Beliebig von der Straße, der keinen von euch kennt –, also, wenn der gute Bob rausfinden wollte, wer mit wem verwandt ist, nach rein äußerlichen Kriterien … würde er wohl richtig raten, wer von euch dieselben Gene trägt? Meine Hypothese ist Ja.«

Milo öffnete den Mund, machte ihn zu, dann wieder auf. »Sag mal, warum hast du eigentlich eine Drei minus in Bio?«

»Weil ich mich nicht *anstrenge*. Weil ich *mein Potenzial nicht ausschöpfe*.«

»Aber … du scheinst ja echt zu wissen, wovon du redest. Wo hast du das alles gelernt?«

JJ zuckte mit den Schultern. »Hab halt ein bisschen was gelesen.«

»Meinetwegen?«

»Nein, Mann. Meinetwegen.«

Milo kam sich vor wie der letzte Trottel. Die ganze Zeit hatte er kein einziges Mal darüber nachgedacht, wie es JJ wohl ging. Mehr als die Tatsache, dass er adoptiert war, verriet JJ ja nicht. Er hatte seine leiblichen Eltern nie erwähnt, genauso wenig wie mögliche Geschwister, und Milo war es auch nie in den Sinn gekommen, mal zu fragen.

»Willst du …« Milo zögerte. »Ich meine, deine Eltern … sind die offen für …«

»Wir reden nie darüber.«

Milo nickte.

»Es ist sowieso nicht dasselbe wie bei dir. Ein Kind weggeben oder ein bisschen Sperma. Das ist … was völlig anderes.«

Milo wartete darauf, dass JJ weiterredete, aber mehr kam nicht. Stattdessen drang vom anderen Ende des Raums melodiöses Gelächter zu ihnen herüber.

Milo musste gar nicht hinsehen, um zu wissen, wem dieses Lachen gehörte. Genauso sicher, wie er wusste, wo Hayley Christenson gerade saß (hinten links in der Ecke am Fenster) und was sie anhatte (einen blauen Pulli, Rock und Cowboystiefel). Heute hatte sie sich einen Seitenzopf geflochten. Heute kaute sie Kaugummi. Heute trug sie kleine silberne Ringe in den Ohren. Milo *musste* nicht hinsehen, aber er tat es natürlich trotzdem. Und das war ein Fehler.

»Die ist süß, was?«, kommentierte JJ.

»Wer?«

»Diese Hayley.«

Milo zuckte mit den Schultern. »Wenn man auf so was steht.«

»Ach komm, dir fallen doch gleich die Glubscher aus dem Kopf.«

»Ich hab geguckt, weil sie so laut gelacht hat.« Milo sah runter auf den Papierstapel. »Soll ich das Blatt hier ausfüllen?«

»Was du sollst, ist mal mit ihr reden.«

»Die weiß doch gar nicht, dass ich existiere.«

»Das lässt sich ändern.« JJ hob die Hand, als wollte er ein Taxi heranwinken. »Hayley!«

»Was machst du denn?«, zischte Milo voller Panik.

»Ich will meinem Bro nur helfen.«

»Du bist nicht mein Bro. Ich brauche keinen Bro. Ehrlich nicht. Bilde dir bloß nicht ein, du müsstest mir einen Gefallen –«

Aber Hayley stand schon auf. Schlängelte sich durch das Tischlabyrinth. Bis sie direkt vor ihnen stand. Blauer Pulli. Seitenzopf. Schimmerndes Lipgloss. Milos erster Instinkt war es, die Hand auszustrecken und sie zu berühren, nur um zu testen, wie sie sich anfühlte, aber da käme er höchstens wie der letzte Spinner rüber. Sein zweiter Instinkt war es, unter den Tisch abzutauchen und nie wieder hochzukommen, aber da käme er höchstens wie der letzte Psycho rüber.

»Hayley«, sagte JJ, »du kennst doch Milo.«

»Klar«, sagte Hayley. »Hi, Milo.«

»Hi, Hayley.«

Milos Stimme überschlug sich ein bisschen. Er hörte es, JJ hörte es, Hayley hörte es, und niemand würde es ansprechen, aber es war passiert.

»Und«, fragte JJ, »weißt du schon ein Projekt?«

Hayley nickte. »Ja. Aromatherapie.«

»Aromatherapie?«

»Ist so ein Hobby von mir. Wusstet ihr, dass verschiedene Gerüche unsere Stimmung und Produktivität beeinflussen können?«

»Also, *ich* wusste das nicht. *Du*, Milo?«

Milo schüttelte den Kopf.

»Stimmt aber«, sagte Hayley. »Der Geruchssinn ist unser stärkster. Zitrone, Lavendel, Rosmarin, Zimt … der Duft von ätherischen Ölen kann wirklich ändern, wie wir uns fühlen. Sie können unser Immunsystem in Schwung bringen und unseren Blutdruck senken.«

»Wow«, sagte JJ. »Das ist ja cool. Ist doch supercool, oder, Milo?«

Milo nickte.

»Wo wir gerade von coolem Zeugs sprechen«, redete JJ weiter, »mein geschätzter Laborpartner hier hat sich ein total krasses Projekt einfallen lassen, und wir wollten fragen, ob du vielleicht Lust hast, dabei mitzumachen.«

Milo starrte JJ an.

»Ich?«, fragte Hayley.

»Wir brauchen jemanden, der Milo nicht gut kennt, und ich sag dir auch sofort, warum. Milo hat nämlich eine ziemlich außergewöhnliche Familie, weißt du?« An Milo gewandt fragte JJ: »Erlaubnis, sie einzuweihen?«

Milo nickte wieder. Er traute seiner Stimme nicht.

»Wusstest du, dass er zwei Mütter hat?«

Hayley zuckte mit den Schultern. »Die Hälfte aller Kinder in Brooklyn haben zwei Mütter.«

»Auch wieder wahr. Du weißt also, was ein Samenspender ist?«

»Klar.«

»Hast du schon mal von Projekt Samenspender-Kinder gehört?«

Hayley schüttelte den Kopf.

»Okay«, sagte JJ. »Dann fangen wir mal ganz vorne an.« Er lehnte sich zurück, verschränkte die Hände hinter dem Kopf und legte die Füße auf den Tisch.

»Mr Rabinowitz«, rief Mr Bonducci von vorne.

»Ja, Mr B?«

»Die Füße auf den Boden, bitte.«

»Zu Befehl, Mr B.«

JJ nahm die Füße wieder runter und beugte sich verschwörerisch vor.

Als er fertig erzählt hatte, staunte Hayley Milo aus tellerrunden Augen an.

»Du hast vier von deinen Geschwistern ausfindig gemacht?«

»Halbgeschwister, ja.«

»Und jetzt willst du nach deinem Dad suchen?«

Milo sah Hayley in die Augen, die noch blauer waren als ihr Pulli. »Meinen leiblichen Vater. Ja.«

»Du fahndest nach dem Mann, dem du dein Leben verdankst, um für dein Bioprojekt ein Bild von ihm zu kriegen?«

Du fahndest nach dem Mann, dem du dein Leben verdankst. Das klang so Sherlock-Holmes-mäßig. Bislang hatte Milo eigentlich nur vorgehabt, der Samenbank eine E-Mail zu schreiben und nach den Kontaktdaten seines Spenders zu fragen, was ja nun nicht gerade fortgeschrittene Detektivarbeit war. Aber jetzt ertappte er sich dabei, wie er nickte. Und sagte: »Yep.«

»Oh Mann.« Hayley blinzelte. Und dann, aus Milo absolut unerfindlichen Gründen, beugte sie sich vor und umarmte ihn. »Das ist ja das Abgefahrenste, was ich je gehört habe.«

In der Sekunde, bevor sie ihn wieder losließ, erhaschte er einen Hauch ihres Dufts (nicht dass er an ihr geschnuppert hätte oder so): irgendein blumiges Shampoo, Juicy Fruit und Weichspüler. Ihm wurde leicht schwummrig zumute.

»Klar helfe ich«, sagte Hayley.

Das hieß also, sie hatte sich gerade bereit erklärt, sich einen Haufen Bilder anzugucken, die Milo a) gar nicht hatte und von denen er b) auch keine Ahnung hatte, wie er sie beschaffen sollte – und dann würde sie raten, welche der Menschen auf diesen nicht existenten Fotos dieselben Gene teilten.

»Danke«, sagte Milo.

»Gib mir einfach Bescheid, wenn du mich brauchst, okay?«

»Okay.«

»Cool«, sagte Hayley lächelnd und war schon wieder auf dem Weg zu ihrem Platz.

Völlig verdattert saß Milo da. Hayley Christenson hatte ihn umarmt. Hayley Christenson hatte ihn umarmt und er würde nach seinem Vater suchen. Er würde *nach dem Mann fahnden, dem er sein Leben verdankte*, und zwar im Namen der Wissenschaft. Das hatte er schließlich Hayley versprochen.

»Warum hast du …?«, murmelte Milo. »Wie hast du …?«

»Nichts zu danken«, antwortete JJ.

Von: MiloRobClark@brooklynIDS.org
An: info@twincitieskryobank.org
Datum: Donnerstag, 7.1., 19:37 Uhr
Betreff: Spender № 9677

Sehr geehrte Damen und Herren,

ich heiße Milo Robinson-Clark. Vor sechzehn Jahren wurde ich mittels künstlicher Befruchtung durch eine Samenspende aus Ihrer Kryobank gezeugt. Ich habe die Akte meines Spenders eingesehen und weiß, dass er bei Ihnen unter № 9677 geführt wird. Und ich weiß auch, dass er auf Anonymität verzichtet hat. Ich bin mir nicht sicher, ob das heute immer noch gilt, aber falls Sie aktuelle Kontaktdaten von ihm haben, würde ich mich wirklich freuen, wenn Sie diese E-Mail an ihn weiterleiten könnten.

Ich bin vor allem aus gesundheitlichen Gründen an einem Austausch interessiert.

Ich leide unter diversen schweren Allergien, die möglicherweise genetische Ursachen haben, deshalb würde ich gern mehr über die Krankengeschichte meines Spenders erfahren. Außerdem wäre es natürlich schön zu wissen, welche Wesenszüge und Interessen wir gemeinsam haben.

Ich bin mir nicht ganz sicher, wie das alles funktioniert, und will auch nicht zu sehr in die Privatsphäre meines Spenders eindringen, aber falls er immer noch nichts dagegen hat, seine Identität preiszugeben, würde ich gern

Kontakt zu ihm aufnehmen und ihm einen Brief schreiben.

Herzlichen Dank im Voraus und viele Grüße
Milo Robinson-Clark

***

Nachdem er auf Senden geklickt hatte, wusste Milo erst mal nichts mit sich anzufangen. Vermutlich sollte er irgendwem davon erzählen. Aber wenn er sich Frankies Miene vorstellte oder Hollis' Ich-hab-doch-gesagt-ich-will-nichts-über-ihn-wissen-Tirade, versetzte ihn das nicht gerade in Stimmung, die Neuigkeit mit ihnen zu teilen. Noch nicht jedenfalls. Wenn er Suzanne einweihte, musste er es auch Frankie sagen. Und Abby oder Noah wollte er auch keine Hoffnungen machen, bevor er wirklich etwas in der Hand hatte. Wer wusste schon, ob ihr Spender nicht inzwischen beim Bergsteigen abgestürzt war? Oder zum Zirkus gegangen? Oder die Twin-Cities-Kryobank hatte gar keine aktuellen Kontaktdaten von ihm. Und selbst wenn, hatte er es sich mittlerweile vielleicht anders überlegt und wollte nicht mehr gefunden werden.

Ja. Es war besser, die Sache erst mal für sich zu behalten. Aber irgendwem musste er es einfach erzählen. Als er die E-Mail abgeschickt hatte, war irgendetwas in ihm freigesetzt worden, und jetzt war er das reinste Nervenbündel. Bis obenhin vollgepumpt mit Adrenalin tigerte er im Zimmer auf und ab.

»Wie soll ich denn jetzt meine Hausaufgaben machen, Pete? Hm?«

Pete, der auf Milos Bett lag, gähnte.

»Ach, tut mir leid, langweile ich dich etwa?«

Milo schnappte sich sein Handy vom Nachttisch.

»Joes Pizza«, meldete sich JJ nach dem ersten Klingeln.

»Ich hab's gemacht«, sagte Milo.

»Was?«

»Der Samenbank gemailt.«

Schweigen. Dann: »Das ist super, Mann.«

»Ja.«

»Und, schon irgendwas zurückgekriegt?«

»Ich hab die Nachricht gerade erst abgeschickt. Vor nächster Woche tut sich da bestimmt nichts.« Milo hörte, wie JJ tief einatmete und dann lange und gedehnt die Luft wieder ausstieß. »Kiffst du gerade?«

»Nur zu medizinischen Zwecken.«

»Krebs? Grüner Star?«

»Meine Eltern sind wieder da«, erklärte JJ.

»Ah.«

»Die gehen mir wegen der Schule auf den Sack.«

»Unangenehm. Soll ich einen Krankenwagen rufen?«

JJ ging nicht auf den Witz ein. »Sie haben gedroht, mir einen Nachhilfelehrer zu suchen. Einen, der bei uns wohnt, wenn sie wieder unterwegs sind.«

»Und wann wird das sein?«

»In drei Wochen. Entweder das oder ich kann mitfahren und kriege am Filmset Privatunterricht.«

»In Budapest?«

»Glasgow. Entweder Nachhilfe hier oder Privatunterricht in Schottland. Ich habe die Wahl.«

»Und, was willst du?«

Wieder das tiefe Einatmen. »Ich will, dass sie zu Hause bleiben, Mann.« Ausatmen. »Die sollen hierbleiben und sich einfach mal wie Eltern benehmen.«

Milo zögerte, nicht ganz sicher, was er sagen sollte. Er hatte JJs Eltern vor etwa einem Monat flüchtig kennengelernt und sie wirkten ganz nett. JJs Mom hatte eine Figur wie ein Zollstock und war über und über mit Schals und Klimperarmbändern behängt. JJs Dad hatte die ganze Zeit mit irgendeinem Filmproduzenten in L.A. telefoniert, aber zumindest kurz pausiert, um Milo zu begrüßen. Für einen so kleinen Mann hatte er einen erstaunlich kräftigen Händedruck.

»So, fertig gejammert, sorry«, sagte JJ.

»Ach was, stört mich nicht.«

»Du hast mich schließlich nicht angerufen, damit ich meine Probleme bei dir ablade. Sondern um mir von deiner E-Mail zu erzählen.«

»Ja, aber –«

»Ich ziehe mal die magische Billardkugel zurate.«

»Was?«

»Oh, weise Billardkugel«, raunte JJ übertrieben andächtig, »wird Milos Samenspender auf seine Mail antworten?«

»Ich habe ja nicht dem Spender gemailt«, wandte Milo ein, »sondern der Samenbank –«

»Schweig! Die Kugel fällt ihren Entschluss … warte …«

Milo wartete.

»›Zweifelsohne.‹«

»Tatsache«, sagte Milo.

»Die magische Billardkugel lügt nicht.«

Und obwohl JJ nur Mist redete und Milo genauso wenig an magische Billardkugeln glaubte wie an Feen oder Tarot, erfüllte ihn, als er eine Minute später auflegte, eine eigenartige Ruhe.

HOLLIS

Anstatt in der Cafeteria mit Shay und Gianna gefüllte Pizzabrötchen zu essen, hatte Hollis sich mit Gunnar in die Aula verdrückt. Sie hatten es sich in der letzten Sitzreihe gemütlich gemacht und Hollis saß auf Gunnars Schoß. Das Notausgangsschild tauchte Gunnars Gesicht in schummriges Grün. Hollis knutschte mit Hulk.

Kurz fragte sie sich, was Shay und Gianna wohl sagen würden, wenn sie sie jetzt sähen. Sie hatte den beiden weisgemacht, sie ließe die Mittagspause sausen, um für den Geometrietest zu lernen. *Dafür* hatten sie natürlich volles Verständnis. Shay und Gianna nahmen die Schule furchtbar ernst und zeigten leichte Nerdtendenzen. Wenn sie mal über Jungs redeten, dann waren es immer bloß Figuren aus Büchern. Draco Malfoy. Percy Jackson. Soweit Hollis wusste, hatten weder Shay noch Gianna schon mal jemanden geküsst, geschweige denn irgendwas von den anderen Sachen angestellt, die sie mit Gunnar machte.

Vermutlich sollte sie Angst haben, erwischt zu werden, aber um ehrlich zu sein, lag darin ja gerade der Nervenkitzel. Gunnar und sie sollten jetzt eigentlich beim Mittagessen sitzen; jeden Moment konnte ihnen jemand auf die Schliche kommen. Und dieser Jemand würde sie zum Direktor schleifen, der ihnen eins auf die Finger geben (im übertragenen Sinn) und ihre Eltern anrufen (im wörtlichen Sinn) würde. Was Hollis' Mutter wohl dazu zu sagen hätte? Schwer zu beurteilen. Das obligatorische Gespräch über Sex – »Nicht alle Babys werden in einer Petrischale gezeugt« – hatten sie natürlich längst geführt. Genauso wie das obligatorische Gespräch über Liebe – »Alle Herzen sind gleich.« Ob Hollis sich nun als heterosexuell, lesbisch, bi oder transgender identifizierte, ihre Mutter würde sie immer lieben. Das war also alles geklärt. Nicht gesprochen hatten sie dagegen über Mittagspausen, die man knutschend mit jemandem, den man nicht liebte, in der Aula verbrachte, einfach so, aus Spaß.

Gunnars Lippen, Gunnars Hände, Gunnars glatte Brust. Angesichts der Tatsache, dass keiner von ihnen auch nur ein Kleidungsstück ausgezogen hatte, wurde es ganz schön heiß zwischen ihnen. Vermutlich könnten sie die gesamte Schule beheizen.

Hollis' Handy machte *ping*, aber sie sah nicht nach. Milo, Abby und Noah konnten ruhig warten. Übers Wochenende war ordentlich Leben in die Gruppenmails gekommen. Sie hatten angefangen, einander Selfies zu schicken, und das war ziemlich verrückt, da spätestens jetzt offensichtlich wurde, dass sie miteinander verwandt waren.

Noah sah Milo sogar noch ähnlicher als Hollis. Eine größere, kräftigere, kurzhaarigere Version von Milo in etwas geschniegelteren Klamotten. Als Abby Noah darauf hinwies – dass er aussehe, als sei er einem Tommy-Hilfiger-Katalog entstiegen –, schwor er, das sei nicht seine Schuld. *Meine Mom kauft immer meine Sachen*, schrieb er. Worauf Abby antwortete: *Das schreit ja fast nach einer Intervention.*

Abby war witzig. Und hübscher, als Hollis sie sich vorgestellt hatte. Im Gegensatz zu ihrem und dem der anderen war Abbys Haar glatt und glänzend, was Hollis überraschte, bis Abby erklärte, dass sie jeden Morgen eine halbe Stunde damit verbrachte, sich die Locken glatt zu föhnen. Was Hollis noch mehr überraschte. In ihren Mails kam Abby nicht unbedingt wie jemand mit Stylingfimmel rüber oder wie jemand, der eine Halskette mit einem goldenen Kreuz trug oder Mascara und Lipgloss. Doch genau so war sie, zumindest ihrem Selfie zufolge. Wäre Hollis Abby auf dem Schulflur begegnet, hätte sie sie wahrscheinlich als Möchtegern-Malory-Keener abgetan. Aber Abbys bissiger Humor wog das alles auf. Ganz zu schweigen von ihren hypermobilen Ellbogen, ihrer Gartenzwergsammlung und ihrem selbst erklärten Nasenfetisch. *Ich stehe auf Typen mit so richtig großen Nasen*, schrieb sie in einer ihrer Mails. *Wie Owen Wilson oder Adrien Brody.*

Noah war etwas schwieriger einzuordnen. Er spielte Posaune und war in der Mathe-, in der Französisch- und der Robotik-AG. Sein Zwillingsbruder Josh – der nichts mit ihnen zu tun haben wollte – war die Sportskanone in der Familie. Während Noah nur beim Tischtennis einigermaßen glänzen konnte, schien Josh das absolute Basketballtalent zu sein. Daher rührte auch seine enge Bindung zu ihrem Dad, der selbst mal als Point Guard gespielt hatte, erst in der Collegemannschaft und dann fast ein Jahrzehnt lang als Profi für irgendein europäisches Team. Das war auch Joshs großer Traum. Noah passte da nicht so recht rein. *Außer der Tatsache, dass wir unter einem Dach leben*, schrieb er in einer seiner Mails, *haben mein Dad und ich nichts gemeinsam.*

Hollis fand das alles okay. Sie freute sich, ihre Halbgeschwister besser kennenzulernen. Nur auf die Fragen zu ihrem Spender hätte sie verzichten können. Hatte er irgendwelche Krankheiten? War er verheiratet? Übte er irgendeine Sportart aus? Spielte er ein Instrument? War er Demokrat? Was las er gern? Hatte er schon mal Ärger mit der Polizei gehabt? Oder richtig schlimmen Liebeskummer? Milo, Abby und Noah sprudelten über vor Fragen, zu denen Hollis gar keine Antworten hören wollte. Einen Dreck wollte sie wissen, ach, am liebsten nicht mal drüber nachdenken. Alles, was sie wollte, war hier im Dunkeln auf Gunnars Schoß sitzen und ihn küssen, bis es zur nächsten Stunde klingelte.

Was irgendwann unweigerlich passierte. Außerdem mussten sie sowieso mal wieder nach Luft schnappen.

Sie standen auf. Gunnar steckte sich sein T-Shirt in die Hose und sagte: »Also dann.« Hollis zog ihre Mütze gerade und antwortete: »Man sieht sich.« Gunnar schlich sich zur Seite raus, Hollis durch den Hinterausgang. Na ja, eigentlich rannte sie mehr, als zu schleichen, und zwar Malory Keener und ihrer Size-zero-Schwadron direkt in die Arme, die draußen vor der Tür lauerten.

»Was hast du dadrin gemacht, Hollis?«, wollte Malory sofort wissen und kniff bedrohlich die Augen zusammen.

Hollis lächelte. »Nicht dass dich das was anginge, *Mal*, aber ich habe meinen Monolog geübt. Sagt dir ›Unsere kleine Stadt‹ was? Von Thornton Wilder? Ganz wunderbares Stück. Ich spreche für die Rolle der Emily vor.«

Eine amüsante kleine Lüge, aber bei Weitem nicht so amüsant wie Malorys Grimasse – sie sah aus, als hätte sie in eine Zitrone gebissen.

»Das ist ja wohl gelogen.«

»Wir haben genau gesehen, dass Gunnar nach dir da reingegangen ist«, bemerkte eins der Size-zero-Girls. »Wir wissen, dass du was mit ihm hast.«

»Wie fühlt sich das eigentlich an«, ätzte ein Mädchen mit einem lächerlich riesigen Starbucks-Becher, »wenn man nur zweite Wahl ist?«

»Schlampe«, murmelte eine andere.

»Tja, was soll ich sagen?« Hollis breitete lächelnd die Arme aus und legte den Kopf in den Nacken. »Ich führe nun mal einen schändlichen Lebenswandel.«

Das war ein Insiderwitz zwischen ihr und Malory, nur dass diese sich wahrscheinlich nicht mehr daran erinnerte, denn er war vor einer Ewigkeit entstanden, damals, als sie noch Freundinnen gewesen waren. Als sie sich zum Spielen verabredeten und gegenseitig zum Kindergeburtstag einluden, als ständig ein ganzer Klub kichernder Mädchen im Subaru einer der Mütter hockte, unterwegs zum Rice Park oder zu McDonald's. Malory erinnerte sich wohl nicht mehr, aber Hollis würde es nie vergessen.

Sie waren in der zweiten Klasse gewesen, und gerade war die schlimmste Tragödie eingetreten, die man sich nur vorstellen konnte. Pam war tot, ihre Asche in alle Winde verstreut und Hollis' Leben für immer verändert. Tief betrübt war sie in die Schule zurückgekehrt. Denn Pam war nicht mehr da. Denn Pam würde nie wiederkommen. Denn wenn jemand starb, den man liebte, wenn man einmal erlebt hatte, was Verlust war, dann wurde man dieses Wissen nicht wieder los. Und das Letzte, was man hören wollte, wenn man sieben Jahre alt und am Boden zerstört war, lautete: »Meine Mom sagt, deine Mom führt einen schändlichen Lebenswandel.«

Doch genau das sagte Malory Keener zu Hollis, als sie zusammen am Klettergerüst turnten, ganz beiläufig, als ginge es um etwas so Unwichtiges wie Eisessen. *Meine Mom sagt, ich darf mir nach dem Mittagessen ein Eis holen. Meine Mom sagt, deine Mom führt einen schändlichen Lebenswandel.*

Hollis wusste weder, was Lebenswandel noch was schändlich bedeutete. Aber schließlich konnte sie schon lesen. Also schlug sie nach der Schule in Pams Wörterbuch nach. *Lebenswandel (Subst.): Art der Lebensführung, des sittlichen Verhaltens im Leben.* Aha. Und *schändlich (Adj.): Empörung hervorrufend, überaus schlecht, gemein. Synonyme: abscheulich, abstoßend, beschämend, böse, entwürdigend, garstig, hässlich, schlimm, verachtenswert.*

Böse. Hässlich. Schlimm. Diese Wörter verstand Hollis.

»Ach, Schatz«, seufzte Hollis' Mutter, als sie ihr davon erzählte. »Malory weiß doch gar nicht, was sie da redet.«

Aber dadurch ging es Hollis auch nicht besser. Es war ihr egal, ob Malory einfach wie ein Papagei alles nachplapperte, was ihre dumme Mutter sagte. Malory hatte Hollis' Familie schändlich genannt. Was allein schon schlimm genug gewesen wäre, aber da war schließlich auch noch die Krankenschwester gewesen, die Hollis und ihre Mutter nicht zu Pam hatte lassen wollen, weil das Besuchsrecht nur für Familienmitglieder galt. Und lesbische Lebenspartnerinnen zählten offenbar nicht als Familie. Genauso wenig wie nicht leibliche Töchter.

Keine Familie.

Schändlich.

An jenem Tag auf dem Klettergerüst nistete sich ein hartes schwarzes Körnchen Scham in Hollis' Herz ein und setzte sich dort fest wie ein Stück Popcornschale zwischen den Zähnen. Nein, Malory erinnerte sich wohl nicht mehr, aber Hollis würde es niemals vergessen. Und genau darum war es jetzt, nachdem sie mit Gunnar rumgeknutscht hatte, auch so unglaublich befreiend, Malory diesen Satz um die Ohren zu hauen.

Malory sagte nichts. Ihr fiel nicht mal eine schlagfertige Antwort ein.

»Nutte«, murmelte eins der Size-zero-Girls.

Aber Hollis grinste nur und winkte wie Miss America, bevor sie sich umdrehte und davonmarschierte.

Als Milos Anruf kam, saß Hollis gerade im Bus nach Hause. Es war jetzt schon Stunden her, aber das Hoch, das Malorys Gesichtsausdruck in ihr ausgelöst hatte, war noch immer nicht abgeflaut.

Ha!, dachte Hollis, während sie lächelnd aus dem

Fenster sah. *Nimm das, Malory!* Hollis hatte das Wort »schändlich« zurückerobert. Jetzt besaß sie die Macht darüber. Sie fühlte sich wie in einer warmen Blase der Unangreifbarkeit, als ihr Handy klingelte und Milo ihr eröffnete, dass er den Namen ihres Spenders herausgefunden hatte.

»Was?«, fragte Hollis.

»Ich weiß, wie er heißt.«

Dann platzte alles Weitere aus ihm heraus. Milo hatte letzte Woche eine E-Mail an die Twin-Cities-Kryobank geschrieben. Es tat ihm leid, dass er es Hollis nicht früher erzählt hatte, aber er kannte ja ihre Einstellung zu seiner Suche nach ihrem Spender und hatte zugegebenermaßen befürchtet, sie könnte wütend werden. Außerdem hatte er sowieso beschlossen, niemandem etwas zu sagen, bevor er eine Antwort bekam. Seinen Moms nicht, weil er Frankie keinen unnötigen Stress bereiten wollte. Und auch nicht Abby oder Noah, weil er nicht wollte, dass sie sich Hoffnungen machten. Schließlich wusste er nicht, ob die Samenbank antworten würde oder überhaupt Informationen für ihn hatte.

»Tja, haben sie aber«, schloss Milo. »Heute Morgen kam die Mail. Ich hab dir bestimmt schon sechs Nachrichten geschickt, wieso hast du dich denn nicht gemeldet?«

»Ich hatte Schule.«

»Mann, und ich bin hier fast gestorben vor Aufregung.«

»Sorry, ich hab nichts mitbekommen«, beteuerte Hollis, was nicht mal gelogen war. Sie hatte ihr Handy zwar gehört, während sie mit Gunnar in der Aula war, es jedoch einfach ausgeschaltet, ohne nachzusehen.

»Also, ich hab jedenfalls seinen Namen«, fuhr Milo fort, »und sein Geburtsdatum. Eine Telefonnummer oder Adresse gab es nicht, weil er damals noch im Studentenheim gewohnt hat und sie nicht wissen, wo er nach dem College hingezogen ist. Aber er hat per Unterschrift auf Anonymität verzichtet und damit seine Zustimmung gegeben, dass sein Name und sein Geburtsdatum auf Nachfrage an seine Samenspender-Kinder weitergegeben werden dürfen, das heißt …«

»Das heißt?«, bohrte Hollis.

»Ich weiß, du wolltest nichts über ihn wissen, und das ist auch echt in Ordnung. Wirklich. Ich will dich zu nichts zwingen oder so … Das ist meine Heldenreise, und die mache ich auch allein, wenn es sein muss … Aber falls du seinen Namen jetzt *doch* wissen willst … ich meine, du müsstest ja auch gar nichts damit anfangen, du könntest einfach –«

»Okay«, sagte Hollis.

»Was?«

»Du kannst mir sagen, wie er heißt.«

»Im Ernst?«

»Klar.«

Hollis driftete immer noch in ihrer warmen Blase umher, als Milo die Worte aussprach. »William Bardo« … *schweb, schweb, paddel, paddel* … Sie spürte nichts. Keine Wut. Keine Trauer. Keine Panik. Einfach gar nichts. Auch nicht, als Milo ihr das Geburtsdatum nannte: »23. September 1978.« Genauso gut hätte er aus dem Telefonbuch vorlesen können.

»Aha«, sagte Hollis und trug etwas Pflegestift auf ihre Lippen auf, die noch immer ein bisschen wund und geschwollen waren. Gunnar konnte fantastisch küssen. Pech für Malory.

»Viel hab ich noch nicht gemacht«, erklärte Milo, »außer ihn zu googeln. Von null auf vierhundertdreiundzwanzigtausend William Bardos in weniger als einer Sekunde … aber wir könnten bei der Suche ja sein Alter einbeziehen. Wenn er 1978 geboren ist, dann muss er seinen Abschluss so um 2000 gemacht haben, und wir wissen, dass er irgendwo in der Gegend um Saint Paul oder Minneapolis studiert hat, also könnten wir damit …«

»Mhm«, sagte Hollis, »klingt gut.«

Sie versuchte bloß, eine gute Freundin zu sein, dachte sie … *schweb, schweb, paddel, paddel* … Sie musste ihren Halbbruder unterstützen. Ihre Entscheidung, den Namen ihres Spenders erfahren zu wollen, mochte etwas überstürzt gewesen sein, aber sie hatte schließlich nur die besten Absichten. Für Milo war das Ganze wichtig, und zwar aus gesundheitlichen Gründen. Da musste Hollis ihm natürlich helfen.

»Also …« Milo redete immer noch, als sie aus dem Bus stieg, »… ich wollte dich jedenfalls auf dem Laufenden halten.«

»Danke«, sagte Hollis.

»Suzanne und Frankie erzähle ich es nachher beim Essen. Und Abby und Noah schicke ich heute Abend eine Mail. Ich setze dich auf Cc.«

»Cool.« Hollis kramte ihren Schlüssel aus der Tasche und schloss die Tür auf.

Kurzes Schweigen. Dann fragte Milo: »Bist du sicher, dass das für dich in Ordnung ist?«

»Wieso, klinge ich, als wäre irgendwas nicht in Ordnung?«

»Nee, du klingst eher, als *wäre* alles in Ordnung.«

»Na also«, sagte Hollis, »dann ist doch alles in Ordnung.«

»In Ordnung«, wiederholte Milo. Er zögerte. »Dann melde ich mich später noch mal.«

»Super.«

»Lass dein Handy an.«

»Mach ich.«

Hollis öffnete die Haustür. Ließ ihren Rucksack auf die Bank in der Diele plumpsen. Ging durch den Flur und machte einen großen Schritt über Yvette hinweg, so wie immer. Blödes Katzenvieh. Erst als Hollis sich in der Küche eine Cola eingoss, wurde ihr klar, dass Yvette gar nicht angerannt gekommen war, als sie den Kühlschrank aufgemacht hatte. Dabei tat sie das doch immer. Jedes Mal, obwohl Hollis sich strikt weigerte, ihr ein Stückchen Käse zu geben wie ihre Mutter. Darauf war diese blöde Katze einfach konditioniert.

Hollis pfiff.

Nichts.

Okay, Yvette. Du hast gewonnen.

»Yviiii!«, rief sie. »Kääääääseee!«

Nichts.

Hollis wusste es, bevor sie es wusste. Bevor sie zurück in den Flur ging, wo Yvette lag, zusammengerollt in dem blassen Viereck, das die Nachmittagssonne auf den Boden warf. Reglos. Ohne zu atmen. Mit starrem Blick.

Es traf sie wie eine Bowlingkugel in die Magengrube. Hart, schwer, unvermittelt. Pams blöde, hässliche Katze war tot. Genau wie Pam. Hollis konnte sich nicht überwinden, das tote Tier anzurühren. Also schnappte sie sich das Erste, was sie fand, ein kariertes Geschirrtuch, und deckte Yvette damit, so gut es ging, zu. Dann zog sie ihr Handy aus der Tasche und rief mit zitternden Fingern ihre Kontaktliste auf.

»Hallo, Schätzchen«, meldete sich Hollis' Mutter direkt nach dem ersten Klingeln. »Ich bin gerade mitten in einer Hausbesichtigung, kannst du später noch mal anrufen?«

»Yvette ist tot«, sagte Hollis mit dünner, hoher Stimme. Sie klang wie ein kleines Kind.

»Was?«

»Yvette ist tot, Mom. Sie ist gestorben. Ich habe sie gerade gefunden.«

»Bin schon unterwegs.«

Hollis konnte sich nicht erinnern, ins Schlafzimmer ihrer Mutter gegangen zu sein. Sie konnte sich nicht erinnern, Pams Bademantel angezogen und sich neben Pams toter Katze auf dem Boden zusammengekauert zu haben.

»Schätzchen?«

Sie wusste nicht, ob fünf Minuten vergangen waren oder auch eine Stunde, als ihre Mutter sich über sie beugte, schick angezogen, hübsch und mit besorgtem Gesicht.

»Mommy?«

So hatte Hollis ihre Mutter seit Ewigkeiten nicht mehr genannt, und Leigh kniete sich mit ihrem sorgfältig geföhnten Haar und ihrem Hosenanzug auf den Boden, zog Hollis in ihre Arme und wiegte sie hin und her.

»Ach, Hollis, Liebes, ist ja gut.«

»Ich war so gemein zu ihr.« Hollis vergrub das Gesicht am Hals ihrer Mutter und stieß einen langen, zittrigen Schluchzer aus. »Ich war so gemein und jetzt ist sie nicht mehr da. Ich konnte mich nicht mal verabschieden.«

»Schon gut.« Hollis' Mutter strich ihr übers Haar. »Schhhh, Kleines. Ist ja gut.«

Aber nichts war gut. Es würde nie wieder gut werden. Denn eigentlich ging es gar nicht um Pams Katze – obwohl Hollis sich gerade nichts sehnlicher wünschte, als sie ein Haarbällchen auf den Teppich spucken zu sehen, was absolut lächerlich war, aber zugleich furchtbar wehtat –, sondern um Pam.

Pam.

Dass Hollis sich kaum an sie erinnerte, war gelogen. *Natürlich* erinnerte sie sich an Pam. Sie erinnerte sich an alles. Pams Geruch nach Basilikum und braunem Zucker. Pams Hände, echte Köchinnenhände, voller Schwielen und Narben.

»Siehst du das hier?«, hatte sie gern gefragt und dabei auf eine längst verheilte Verletzung an ihrem rechten

Daumen gezeigt. »Da hab ich Tamales gemacht und bin beim Jalapeños-Hacken mit dem Messer ausgerutscht … und das?« Sie zeigte auf ihren Handrücken. »Da hab ich mich an karamellisiertem Zucker verbrannt.«

Pam hatte Hollis beigebracht, wie man mit einer Knoblauchpresse umging. Wie man einhändig ein Ei aufschlug. An dem Morgen, als Pam ins Krankenhaus kam, hatte Hollis mit ihr Brownies backen wollen, nur sie und Pam, aber Pam war zu müde gewesen. Damals hatte sie schon ihr Haar verloren und sah mit der Mütze auf dem kahlen Kopf aus wie ein Gartenzwerg. Ihre Fingernägel waren schwarz, ihre Lippen ganz rissig. Aber Hollis war egal, wie sie aussah. Sie war immer noch Pam und sie würden zusammen Brownies backen.

Hollis band sich die Schürze um. Fettete das Backblech. Dann trat sie an die Couch vor dem Kamin und verkündete, sie sei so weit.

»Tut mir leid, mein Herz.« Pam hatte sich in eine Wolldecke gewickelt und den Kopf auf ein Kissen gebettet. »Ich bin zu müde.«

Hollis jammerte: »Du bist immer müde.«

»Ich bin krank.« Pam erklärte Hollis noch einmal, was sie längst wusste: Krebs war keine Erkältung. Oder Mittelohrentzündung.

»Ich weiß, was das ist! Krebs ist doof!«

»Komm mal her, kuscheln«, schlug Pam erschöpft vor. Jedes Wort schien so anstrengend für sie zu sein, wie ein Ei zu legen. »Wir können ein bisschen zusammen fernsehen.«

Und da passierte es. Da sagte Hollis das Unaussprechliche. »Ich will nicht kuscheln! Ich hasse dich! Du machst alles kaputt!« Sie rannte nach oben und schloss sich in ihrem Zimmer ein.

Etwas später kam der Krankenwagen. Hollis erinnerte sich an die Männer in den Neonjacken. Sie erinnerte sich, wie ihre Mutter sie aufforderte, sich Schuhe anzuziehen. Sie erinnerte sich, wie Pam auf einer Trage nach draußen gebracht wurde. Und sie erinnerte sich, dass sie immer noch wütend wegen der Brownies war.

Die Erinnerung tat so weh, dass sie schreien wollte.

»Ich konnte mich nicht mal mehr entschuldigen.« Ihre Stimme klang erstickt. »Ich konnte mich nicht verabschieden.«

Hollis' Mutter lehnte sich ein Stück nach hinten und blickte sie an. »Ach, Liebes. Du redest gar nicht von Yvette, stimmt's?«

Hollis schüttelte den Kopf und wischte sich mit dem Ärmel über die Augen.

»Hör mal. Pam wusste, dass du sie lieb hattest.«

»Nein, wusste sie nicht. Du hast ja keine Ahnung. Du warst unter der Dusche.«

Ihre Mutter machte ein verwirrtes Gesicht.

»An dem Morgen damals. Bevor der Krankenwagen gekommen ist, da warst du unter der Dusche. Und ich hab so schlimme Sachen zu ihr gesagt.«

»Was denn?«

»Dass sie alles kaputtmacht. Dass ich sie hasse … Ich hab das nicht so gemeint, ich war nur sauer. Ich wollte, dass sie mit mir Brownies backt, aber sie war zu müde …« Wieder blubberte ein abgehackter Schluchzer aus Hollis' Kehle hoch.

»Oje.« Leigh riss die Augen auf. »Und das schleppst du seitdem mit dir rum?«

Hollis nickte.

»Jetzt pass mal auf. Und hör gefälligst auf deine Mutter, denn sonst muss ich das hier so oft wiederholen, bis du es glaubst, weil es nämlich die Wahrheit ist. Pam wusste, dass du sie lieb hattest. Ganz egal, was du an dem Tag zu ihr gesagt hast. Und sie hat dich ganz genauso lieb gehabt. Alles an dir, Hollis. Ganz besonders deinen Kampfgeist. Dass du immer sagst, was du denkst, und dich nicht rumschubsen lässt. Schon als kleines Mädchen warst du so. Und weißt du, was? Das hast du von ihr. Nicht von mir. Wenn ich diejenige mit Krebs gewesen wäre, hätte Pam sich niemals von diesem Weibsbild im Krankenhaus abwimmeln lassen. Von wegen, sie gehört nicht zu meiner Familie und darf nicht zu mir rein! Sie hätte mit Klauen und Zähnen gekämpft. Zur Not hätte sie einen gerichtlichen Beschluss erwirkt und –«

»Weibsbild?«

Hollis' Mutter lächelte schwach. »Das hat Pam oft gesagt.«

»Echt?«

»Ja. Diese Krankenschwester war so was von scheinheilig und die Klinik ein Musterbeispiel für institutionalisierte Diskriminierung. Glaub mir, wenn ich die Zeit zurückdrehen könnte … Warum war ich damals nicht hartnäckiger? Dass du dich nicht von Pam verabschieden konntest, wird mich für immer belasten.«

Schon seltsam, wie das manchmal lief: Im einen Moment tat man sich selbst furchtbar leid, und dann sagte jemand etwas, nur ein paar Worte, und alles wurde anders.

»Mom«, sagte Hollis und drückte Leighs Hand. »Das ist doch nicht deine Schuld.«

»Natürlich ist es nicht meine Schuld. Und deine genauso wenig. Ein schlechtes Gewissen bringt uns Pam nicht zurück. Und Yvette auch nicht.« Hollis' Mutter lächelte traurig in Richtung des kleinen Häufchens unter dem Geschirrtuch.

»Wir sollten sie begraben«, sagte Hollis. »Im Garten, neben der Bank, auf der Pam so gern gesessen hat.«

Ihre Mutter nickte. »Das wäre genau das Richtige.«

Wie sich herausstellte, war das Ausheben eines Katzengrabs Anfang Januar in einem Garten in Minnesota schwieriger, als man denken sollte. Sie versuchten es mit einer Pflanzkelle. Dann mit einer Schaufel. Und schließlich mit der Kettensäge.

»Seit wann haben wir eigentlich eine Kettensäge?«, fragte Hollis, als ihre Mutter das Ding aus dem Keller wuchtete.

»Weiß ich nicht mehr. Pam hat sie für irgendwas angeschafft.«

»Hm … kannst du denn damit umgehen?«

»So schwer wird das schon nicht sein«, erwiderte ihre Mutter.

»Sicher? Ich will nämlich nicht, dass du dir die Hand absägst.«

»Holl.« Ihre Mutter verdrehte die Augen. »Ich komme jetzt schon eine ganze Weile allein zurecht. Ich weiß, was ich mit einer verstopften Toilette anzustellen habe. Ich kann Reifen wechseln. Da sollte ich das mit der Kettensäge wohl auch auf die Reihe kriegen.«

Gesagt, getan. Und sie hatte recht. Das Loch, das Hollis' Mutter in die Erde schnitt, wurde nicht sonderlich hübsch, aber es erfüllte seinen Zweck, und kurz darauf legten sie Yvette vorsichtig hinein. Als Leichentuch fungierte – ausgerechnet – Pams Bademantel.

»Bist du sicher?«, hatte Hollis gefragt, als ihre Mutter sie bat, doch vielleicht den Bademantel auszuziehen, damit sie Yvette darin einhüllen konnten.

»Der ist schön warm«, argumentierte ihre Mutter.

»Aber du liebst diesen Bademantel.«

»Und Pam hat Yvette geliebt.«

Tja. Dagegen war wohl nichts mehr zu sagen.

So ein Katzenbegräbnis war ja an sich schon seltsam genug, aber ein Katzenbegräbnis, bei dem die Besitzerin der Katze *selbst* nicht mehr lebte, war noch einmal eine Ecke seltsamer. Plötzlich lag Yvette dort in der Erde. Yvette, die morgens noch warm und lebendig gewesen war, die geschnurrt, sich geputzt und in der Sonne gestreckt hatte, war fort, für immer. Genau wie Pam.

Bei dem Gedanken zog sich Hollis' Magen zusammen. Sie sah zu, wie ihre Mutter mit der Schaufel gefrorene Erdklumpen und Grasbüschel, die die Kettensäge hochgeschleudert hatte, zurück ins Loch schob, auf den Bademantel.

»Armes Kätzchen«, flüsterte Leigh.

»Ja.«

Ihre Mutter klopfte alles wieder fest und lehnte die Schaufel an die Bank.

Was sollten sie jetzt machen, eine Grabrede halten? Was sagte man denn bei einer Katzenbeerdigung?

»Yvette«, fing ihre Mutter an, die Hände vor der Brust gefaltet. »Ich weiß noch genau, wie wir dich bekommen haben … Dein Fell war so flauschig. Deine Zunge war rau wie ein winziges Fitzelchen Schleifpapier …«

»Ist das schräg«, murmelte Hollis.

»Na, so schräg nun auch wieder nicht.«

»Du hast gerade mit der Kettensäge ein Grab für eine tote Katze in einem Bademantel ausgehoben. Und jetzt erzählst du was über ihre Zunge.«

»Yvette war ja nicht irgendeine Katze«, wandte ihre Mutter ein und trat weiter die Erde fest. Ihr Stiefel hinterließ Abdrücke. »Sie war ein Geschenk von mir an Pam.«

»Sie war was?«

»Nachdem unser dritter In-vitro-Befruchtungsversuch gescheitert war und wir Angst hatten, dass wir vielleicht nie ein Baby haben würden, bin ich losgezogen und habe Pam ein Katzenjunges gekauft.«

»Das hast du mir nie erzählt.«

»Nein?« Die Miene ihrer Mutter wirkte ruhig, fast besinnlich, keine Tränen in Sicht. Hollis wollte diesen Moment nicht zerstören, indem sie etwas Falsches sagte.

»Also war ich Versuch Nummer vier?«

»Genau.« Ihre Mutter lächelte und hob das Gesicht zum Himmel. »Wir haben damals zwei kleine Wesen bekommen, denen wir unsere Liebe schenken durften, Pam. Jetzt müssen wir uns von einem davon verabschieden. Yvette war eine gute Katze. Eine treue Katze. Und heute übergeben wir sie wieder der Erde und sie kehrt zu dir zurück.«

Hollis schnaubte, sie konnte nicht anders. »Ach komm, Mom, das ist doch jetzt Käse. Findest du das nicht ein bisschen zu kitschig?«

»Pam liebt Käse. Stimmt's, Pammy? Genau wie Yvette.«

Hollis warf ihrer Mutter einen spöttischen Blick zu, von dem die jedoch nichts mitbekam, weil sie immer noch mit dem Himmel redete. Also stand Hollis schweigend da und wartete.

Schließlich sah ihre Mutter sie an. »Willst du nicht auch noch was sagen?«

»Was denn?«

»Irgendwas. Bei so was gibt es kein Richtig oder Falsch. Keine Regeln. Sprich einfach aus, was dir auf dem Herzen liegt.«

Hollis hatte es nicht geplant, war sich des Gedankenprozesses, der sie dorthin führte, nicht einmal bewusst. Doch als Hollis jetzt auf den kleinen Erdhügel starrte und über die drei erfolglosen künstlichen Befruchtungen und Pams Trostkätzchen nachdachte, über die Tatsache, dass es sie selbst heute gar nicht gäbe, wenn ihre Mutter es nicht noch ein viertes Mal versucht hätte, da purzelten die Worte nur so aus ihr heraus.

»Milo hat der Samenbank gemailt. Die haben ihm den Namen unseres Spenders genannt. Ich dachte ja erst, dass ich den gar nicht wissen will, und irgendwie will ich es auch immer noch nicht, aber jetzt weiß ich ihn trotzdem. Er heißt William Bardo, und wir kennen auch sein Geburtsdatum, und Milo versucht gerade, ihn zu finden, und nichts von alldem würde passieren, wenn Pam nicht krank geworden wäre, und mir geht's echt beschissen deswegen.«

»Ach, Schätzchen –«, fing ihre Mutter an, aber Hollis schnitt ihr das Wort ab.

»Nein. Das muss jetzt alles raus. Pam hat Milo und seine Moms nur deshalb kontaktiert, weil sie Krebs hatte. Sie wusste, dass sie sterben würde. Wenn wir sie nie kennengelernt hätten, hätte Milo nicht Pams E-Mail-Adresse gehabt und sich nicht bei mir melden können. Dann würde das alles jetzt nicht passieren. Nur weil Pam krank geworden ist. Milo … Frankie und Suzanne … Abby … Noah … alle diese Leute habe ich nur kennengelernt, weil Pam gestorben ist. Und das ist ja auch in Ordnung, ich mag sie alle. Aber ich würde sie sofort wieder wegschicken, jeden Einzelnen, wenn ich dafür Pam zurückbekäme.«

»Natürlich«, sagte ihre Mutter leise.

Hollis hätte gern weitergeredet, aber ihr Mund gehorchte ihrem Gehirn nicht mehr. Und – na toll – jetzt fing sie zu allem Überfluss schon wieder an zu weinen.

»Du hast ein schlechtes Gewissen«, vermutete ihre Mutter, »als würdest du irgendwie von Pams Tod profitieren, weil du diese Menschen sonst nie gefunden hättest.«

Hollis nickte und wischte sich mit dem Handrücken die Nase ab.

»Aber begreifst du nicht, dass du das völlig falsch siehst? Holl … das war ein Geschenk von Pam. Für dich. Das war ihre Art, dafür zu sorgen, dass es dir auch ohne sie gut geht.«

»Woher willst du das wissen?«

»Ich weiß es einfach«, sagte ihre Mutter. »Weil Pamela Barnes die großzügigste Person war, der ich je begegnet bin. Und weil sie dich sehr geliebt hat.«

Eine Weile standen sie einfach so da, Hollis und ihre Mutter, und sahen einander an, während sie die klare Luft einsogen und an all das dachten, was sie verloren hatten. Für ein paar Sekunden hing ihr Atem in Wölkchen über dem kleinen Grabhügel, bevor er sich schließlich auflöste.

MILO

Er erzählte es seinen Moms beim Abendessen – nicht nur von der E-Mail, die er letzte Woche an die Samenbank geschickt hatte, sondern auch von der Antwort, die heute gekommen war.

»Na«, sagte Frankie, die dick Butter auf ihr Brötchen schmierte, »das sind ja tolle Neuigkeiten.«

Was komplett geheuchelt war. Milo kannte Frankie schon sein ganzes Leben, also wusste er genau, wann sie nur schauspielerte. Ihre Reaktion – auf den Namen William Bardo sowie die Tatsache, dass Milo gern intensiver nach ihm suchen wollte – wäre vielleicht einem Außenstehenden ehrlich vorgekommen. Eine liebevolle Umarmung, ermunternde Worte. Aber diese Worte klangen längst nicht so aufrichtig wie damals in der Sechsten, als Milo erfuhr, dass er es beim Dichterwettbewerb der New York Public Library ins Finale geschafft hatte. *Das sind ja tolle Neuigkeiten!* Damals hatte sie es wirklich ernst gemeint. Heute wollte sie ihn das bloß glauben machen.

Eigentlich hatte Milo auch nichts anderes erwartet. Er fing sogar schon an zurückzurudern: »Hör zu, Ma, wenn du es nicht okay findest, dass ich –«

Doch Suzanne fiel ihm ins Wort. »Nein«, sagte sie und griff so abrupt über den Tisch nach Milos Hand, dass sie dabei fast die Schüssel mit den Erbsen umstieß. »Diese

Sache ist dir wichtig, darum ist sie uns auch wichtig. Wir sind eine Familie und halten zusammen … stimmt's?«

Frankie nickte nachdrücklich. »Absolut.« Sie trank einen Schluck Wasser, stellte ihr Glas ab. Dann wandte sie sich Milo zu. »Ich will nur sichergehen, dass deine Erwartungen auch realistisch sind.«

Ah. Das wäre ja auch zu schön gewesen, um wahr zu sein. Frankie gab nie einfach so klein bei. Sie musste jedes Pro und jedes Kontra bis ins winzigste Detail durchdiskutieren.

»Nur weil dieser Mann damals ein Formular unterschrieben hat, das es der Samenbank erlaubt, seinen Namen weiterzugeben, heißt das nicht, dass er das heute noch genauso sieht.«

»Ich weiß«, sagte Milo.

»Was, wenn er mittlerweile eine Familie gegründet hat? Wenn die gar nichts davon weiß, dass er Samenspender war? Hast du dir auch gut überlegt, was du damit eigentlich bezweckst, Mi? Wenn es nur um medizinische Daten geht, dann ist das eine Sache, aber falls du dir vorstellst, dass dieser Mann irgendeine Vaterfantasie von dir erfüllt … wenn du denkst, dass dieser Mann plötzlich ein Teil deines Lebens wird –«

»Er hat einen Namen«, unterbrach Milo sie. Er spürte, wie sich sein ganzer Körper anspannte. »Nicht *dieser Mann*. Er heißt William Bardo.«

»Frank«, mahnte Suzanne sanft.

»Okay«, sagte Frankie. »Ich meine ja nur, dieser … William Bardo … der weiß überhaupt nicht, dass es dich gibt. Euch *alle*. Auch für ihn hat das Konsequenzen, psychische, emotionale, genau wie für uns.«

»Ist mir klar«, sagte Milo.

»Wirklich?«

»Ja.«

»Könnte sein, dass er dich eiskalt abserviert. Dass er ein totales Arschloch ist.«

»Frankie«, sagte Suzanne.

»Was denn? Darauf muss er doch vorbereitet sein.« Frankie musterte Milo. »Ich will nur, dass du auf alles vorbereitet bist.«

»Bin ich.«

»Das könnte jetzt alles ganz schnell gehen. Du hast den Namen, das Geburtsdatum … und mit dem Internet und den sozialen Medien … wenn du einmal anfängst … wenn du einmal Kontakt aufgenommen hast … dann gibt es kein Zurück mehr.«

»Ich weiß«, sagte Milo. »Ich will das wirklich durchziehen. Kannst du mir bitte glauben, dass ich alles gut durchdacht habe? Ich weiß, was ich tue. Ich bin fünfzehn, kein kleines Kind, das du beschützen musst.«

Frankie hob beide Hände. »Ich weiß, dass du kein kleines Kind mehr bist. Aber du bist immer noch *mein* Kind –«

»*Unser* Kind«, warf Suzanne ein.

»Unser Kind. Und ich … *wir* wollen einfach nicht, dass du verletzt wirst.«

Milo sah seine Mütter an. Frankie, wild gestikulierend, als versuchte sie unterbewusst, das Gespräch zu lenken wie eine Verkehrspolizistin, und Suzanne, die ganz ruhig Frankies Hand ergriff. Er dachte an all die Diskussionen, die er belauscht hatte, in denen Frankie gestanden hatte, dass sie sich als nicht leibliche Mom nicht wie eine richtige Mutter fühle, während Suzanne ihr immer wieder versicherte, sie sei sehr wohl eine. Und er dachte daran, wie er durch Park Slope spazierte und sich bei jedem Vater mit Kind fragte, ob das womöglich *sein* Vater sein könnte. Er dachte daran, dass das immer so weitergehen würde, dass er niemals aufhören würde, Väter auf Gehwegen anzustarren, und sagte: »Es ist mir egal, ob ich verletzt werde. Ich … muss das einfach machen.«

Frankie öffnete den Mund, als hätte sie noch ein Gegenargument, schien es sich jedoch anders zu überlegen.

Suzanne drückte ihre Hand. »Können wir dir dabei irgendwie helfen?«

»Helfen?«, wiederholte Milo.

»Wir könnten zum Beispiel … ich weiß auch nicht … eine Liste aller Colleges in Saint Paul, Minneapolis und Umgebung anlegen oder erst mal mit dem Telefonbuch anfangen.«

»Nein.« Er schüttelte den Kopf. »Ich muss das alleine machen.«

Milo war selbst überrascht, wie wichtig ihm dieser Punkt war. Es war nicht ihre Heldenreise. Sondern seine. Und die von Hollis, Abby und Noah. Und falls Noahs Bruder Josh es sich irgendwann anders überlegte, auch seine. Selbst wenn ihnen das Ganze um die Ohren flog, steckten sie zumindest zusammen drin.

Von: AbsofSteel3@sheboygancountryday.edu
An: MiloRobClark@brooklynIDS.org; NoahZark.Rez@techHSmail.com; HollisDarbs@MNPSmail.org
Datum: Mittwoch, 13.1., 20:33 Uhr
Betreff: Re: Houston, wir haben einen Namen …

Ich kann gar nicht aufhören, ihn vor mich hin zu sagen. *William Bardo. William Bardo. William Bardo.* Klingt total nach Shakespeare, stimmt's? Der Barde halt. Ob seine Freunde ihn wohl Will nennen? Oder Bill. Billy? Wahrscheinlich sollten wir nach allen Varianten suchen …

***

Von: NoahZark.Rez@techHSmail.com
An: AbsofSteel3@sheboygancountryday.edu; HollisDarbs@MNPSmail.org; MiloRobClark@brooklynIDS.org
Datum: Mittwoch, 13.1., 20:52 Uhr
Betreff: FB

Also, Facebook war schon mal eine Sackgasse. Da gibt es einen William Bardocz, einen William Bardos, einen William Bardoel, einen William Bardosson, einen Bill Bardon, einen Billy Bardoe und einen Will Bardo, aber der geht noch zur Schule. Bei Instagram, Twitter und Tumblr hat auch nichts gepasst.

***

Von: MiloRobClark@brooklynIDS.org
An: NoahZark.Rez@techHSmail.com;
AbsofSteel3@sheboygancountryday.edu;
HollisDarbs@MNPSmail.org
Datum: Mittwoch, 13.1., 21:11 Uhr
Betreff: Googelei

Es gibt einen Dr. Bill Bardo, der »theoretische und experimentelle Untersuchungen des quantenmechanischen Verhaltens von Masern und Lasern« angestellt hat. Aber der ist anscheinend schon in Rente. Und Brite.

***

Von: AbsofSteel3@sheboygancountryday.edu
An: MiloRobClark@brooklynIDS.org;
NoahZark.Rez@techHSmail.com;
HollisDarbs@MNPSmail.org;
Datum: Mittwoch, 13.1., 21:16 Uhr
Betreff: Äh

Wer hat die Masern?

***

Von: NoahZark.Rez@techHSmail.com
An: AbsofSteel3@sheboygancountryday.edu;
MiloRobClark@brooklynIDS.org;
HollisDarbs@MNPSmail.org
Datum: Mittwoch, 13.1., 21:19 Uhr
Betreff: Re: Äh

Maser, der: Akronym für **M**icrowave **A**mplification by **S**timulated **E**mission of **R**adiation. Gerät zur Erzeugung bzw. Verstärkung von Mikrowellen durch stimulierte Emission von elektromagnetischer Strahlung.

***

Von: AbsofSteel3@sheboygancountryday.edu
An: NoahZark.Rez@techHSmail.com;
MiloRobClark@brooklynIDS.org;
HollisDarbs@MNPSmail.org
Datum: Mittwoch, 13.1., 21:24 Uhr
Betreff: Danke, Noah

Leute, die mit Masern arbeiten, sind ganz offensichtlich a) keine Literaturwissenschaftler und b) zu schlau, um unser Vater zu sein.

***

Von: HollisDarbs@MNPSmail.org
An: AbsofSteel3@sheboygancountryday.edu;
NoahZark.Rez@techHSmail.com;
MiloRobClark@brooklynIDS.org
Datum: Mittwoch, 13.1., 21:36 Uhr
Betreff: Schließ nicht von dir auf andere

Ich bin sauschlau.

***

Von: AbsofSteel3@sheboygancountryday.edu
An: HollisDarbs@MNPSmail.org;
MiloRobClark@brooklynIDS.org;
NoahZark.Rez@techHSmail.com
Datum: Mittwoch, 13.1., 21:43 Uhr
Betreff: Hi, Hollis!

Schön, dass du Dich auch zu uns gesellst. :-)

***

Von: HollisDarbs@MNPSmail.org
An: AbsofSteel3@sheboygancountryday.edu;
NoahZark.Rez@techHSmail.com;
MiloRobClark@brooklynIDS.org
Datum: Mittwoch, 13.1., 21:47 Uhr
Betreff: Schön, dabei zu sein

Tut mir leid, bin spät dran. Komischer Tag heute.

***

Von: MiloRobClark@brooklynIDS.org u
An: HollisDarbs@MNPSmail.org;
AbsofSteel3@sheboygancountryday.edu;
NoahZark.Rez@techHSmail.com
Datum: Mittwoch, 13.1., 21:51 Uhr
Betreff: Googelei, die zweite – wird immer wilder

Hi, Hollis. Es gibt einen »John William Bardo«, der 2012 Rektor der Wichita State University wurde. Könnte aber eher unser Opa sein, so, wie der aussieht.

***

Von: NoahZark.Rez@techHSmail.com
An: MiloRobClark@brooklynIDS.org;
AbsofSteel3@sheboygancountryday.edu;
HollisDarbs@MNPSmail.org
Datum: Mittwoch, 13.1., 22:03 Uhr
Betreff: LinkedIn

Und einen Will Bardo, der Vertriebsleiter bei Australian Autoparts in Brisbane ist. Das ganze Profil darf ich leider nicht sehen, bin ja nicht »linked in«.

PS: Hi, Hollis :-)

***

Von: AbsofSteel3@sheboygancountryday.edu
An: NoahZark.Rez@techHSmail.com;
MiloRobClark@brooklynIDS.org;
HollisDarbs@MNPSmail.org
Datum: Mittwoch, 13.1., 22:14 Uhr
Betreff: Jetzt gibt's was auf die Ohren

Hier das Lied »Billy Bardo« von so 'nem toten Countrysänger namens Johnny Paycheck. Falls wir einen Themensong für unsere Suche brauchen oder so … https://www.youtube.com/watch?v=heZ3Jn7zcz8.

***

Von: HollisDarbs@MNPSmail.org
An: AbsofSteel3@sheboygancountryday.edu;
NoahZark.Rez@techHSmail.com;
MiloRobClark@brooklynIDS.org
Datum: Mittwoch, 13.1., 22:27 Uhr
Betreff: Puh

Mir fehlen die Worte.

***

Von: AbsofSteel3@sheboygancountryday.edu
An: HollisDarbs@MNPSmail.org;
MiloRobClark@brooklynIDS.org;
NoahZark.Rez@techHSmail.com
Datum: Mittwoch, 13.1., 22:35 Uhr
Betreff: Gern geschehen

;-*

***

22:35 Uhr. Und sie legten gerade erst los.

Am nächsten Morgen fand Bio nicht im Labor statt, sondern in der Bibliothek, damit der ganze Kurs für seine Projekte recherchieren konnte.

JJ erwartete Milo schon an einem der hinteren Tische.

»Und?«, fragte JJ.

»Und was?« Milo nahm sich einen Stuhl und setzte sich.

»Siehst müde aus.«

»War lange wach.«

»Gibt's was Neues von der Spenderfront?«

»Nicht viel. 'ne Menge Sackgassen.«

Was Milo nicht sagte, was er seinem Freund nicht unter die Nase reiben wollte, war, wie viel Spaß die Suche machte. Dass Milo, Hollis, Abby und Noah – obwohl sie bis jetzt noch kein Glück gehabt hatten – auf eine weitere Gemeinsamkeit gestoßen waren: einen ziemlich abgedrehten Humor. Irgendwann spätabends hatten sie von den Gruppenmails zu WhatsApp gewechselt und von da an war es richtig abgegangen. Zuerst hatte Noah geschrieben: **Hätte da nen super werbeslogan für unsere samenbank: Der Saft, der Familien schafft!**

Milo konterte mit: **Wir zahlen bar für DNA!**

Worauf Abby sofort ein **Absahnen fürs Absahnen!** folgen ließ.

Und Hollis, die den ganzen Abend über ziemlich still gewesen war, setzte dem Ganzen mit **Danke, dass Sie gekommen sind!** die Krone auf.

Klar war das geschmacklos. Aber diese ihnen allen gemeinsame Fähigkeit, über etwas so Bedeutsames wie die Suche nach ihrem leiblichen Vater Witze zu machen, war einfach großartig. JJ erzählte Milo trotzdem nichts davon. Auch nicht, dass Hollis und Abby und Noah und er – obwohl sie sich noch gar nicht so lange kannten – sofort einen Draht zueinander gehabt hatten. Schon jetzt schrieben sie sich Dinge, die sie nie irgendwem anders anvertrauen würden. Zum Beispiel war Noah der Überzeugung, dass sein Vater ihn nicht so sehr liebte wie Josh, was zum Teil auch der Grund dafür war, dass er ihren Spender finden wollte. Und Hollis fühlte sich manchmal nur wie ein halber Mensch. Milo verschwieg JJ, dass die Verbindung, die er zwischen sich und seinen Halbgeschwistern spürte, seiner Meinung nach genetisch bedingt sein musste. Was für eine Erklärung sollte es auch sonst geben? Das alles wollte Milo JJ ersparen. Denn obwohl JJ kaum je darüber redete, dass er adoptiert war, war das Thema eindeutig ein wunder Punkt.

Jetzt jedoch reichte er Milo grinsend ein Blatt Papier. »Hier, guck mal.«

»Was ist das?«

»Eine Tabelle körperlicher Merkmale. Jedes dieser Merkmale geht auf zwei Gene zurück, eins von jedem Elternteil.«

»›Kinnspalte‹«, las Milo vor. Er sah hoch. »Was ist das denn?«

»Na, so ein Popokinn. Wie bei Ben Affleck. Oder Fergie von den Black Eyed Peas.«

»Fergie hat ein Popokinn?«

»Und ob. Hier, lies mal.« JJ tippte aufs Papier. »›Eine Kinnspalte ist rezessiv und deutet auf Homozygotie hin.‹ Das heißt, Fergie muss das rezessive Gen von beiden Elternteilen geerbt haben.«

»Ach.« Milo las sich die Liste weiter durch. *Locken. Haaransatz. Grübchen. Ohrläppchen. Augenfarbe. Sommersprossen.* So ging es immer weiter.

»Wenn du erst mal Fotos von allen hast …«, sagte JJ.

»Ein paar hab ich schon.«

»Echt?«

»Also, nicht von meinem Spender. Oder den Familien der anderen. Aber wir vier haben schon Selfies hin- und hergeschickt … zum Vergleichen halt.«

»Hast du dein Handy mit?«

»Ja.«

»Zeig her.«

Milo nestelte zögernd an dem Blatt Papier herum.

»Was ist?«

Er musterte JJ prüfend. »Bist du sicher, dass du damit klarkommst?«

»Womit?«

»Falls dir das irgendwie schwer… ich weiß nicht … ich meine, wir müssen dieses Projekt auch nicht machen –«

»Milo. Alter. Das war doch meine Idee.«

»Ich weiß. Ich will nur nicht, dass das … irgendwas in dir aufwühlt oder so.«

JJ sah ihn an, die Wangen leicht gerötet. »Natürlich wühlt das was in mir auf. Sie hat mich weggegeben, verstehst du? Meine leibliche Mutter. Sie hat ihr eigenes Kind weggegeben. Ich frage mich schon mein ganzes Leben, warum sie das gemacht hat und wo sie jetzt ist und wie sie aussieht, wer mein Vater ist, ob ich Geschwister habe … aber meine Eltern lassen mich erst suchen, wenn ich achtzehn bin. Bis dahin ist es noch ewig, also dachte ich, verkürze ich mir halt die Wartezeit, indem ich dir helfe.«

Milo war baff. So viel hatte JJ noch nie zum Thema Adoption gesagt. »Sicher?«

JJ zuckte mit den Schultern. »Wenn ich schon selbst nicht darf, dann kann ich mich ja wenigstens indirekt durch dich verwirklichen.«

»Na dann«, sagte Milo.

»Los, jetzt gib schon dein Handy.«

Milo zog das Handy aus der Sweatshirttasche und reichte es JJ.

»Okay. Wollen doch mal sehen, ob wir ein paar rezessive Popokinne entdecken.«

Heterozygot. Homozygot. Dominant. Rezessiv. Eckiges Kinn (Milo und Hollis). Ovales Gesicht (Noah und Abby). Locken (alle vier). Braune Augen (Milo, Hollis und Noah). Grüne Augen (Abby). Gerade Nase (alle vier). Und dann noch all die Merkmale, die man auf Milos Fotos nicht erkannte. Geldzähldaumen. Behaarung des mittleren Fingerglieds. Fähigkeit zum Zungenrollen. Länge des großen Zehs. Es gab haufenweise eventuelle Gemeinsamkeiten, an die sie noch gar nicht gedacht hatten.

Den ganzen Schultag über – und lange nachdem sein Handyakku schlappgemacht hatte – schwirrte Milo der Kopf. Erst als er nach Hause kam und das Handy auflud, sah er, dass er drei Nachrichten auf der Mailbox hatte, alle von Abby. JJs Tabelle auf dem Schoß, saß er auf dem Bett und rief zurück.

Sie meldete sich beim ersten Klingeln. »Wurde auch Zeit.«

Es war das erste Mal, dass Milo Abbys Stimme hörte. Sie schrieben sich schon seit Wochen auf allen möglichen Kanälen, hatten aber noch nie miteinander telefoniert.

»Du klingst ganz anders, als ich dachte«, bemerkte er.

»Wie denn?«, wollte sie wissen.

»Keine Ahnung.«

»Wie Clint Eastwood oder als wäre ich schon mein Leben lang Kettenraucherin? Hab ich mir beides schon sagen lassen.«

»›Na los doch‹«, imitierte Milo, so gut er konnte, Dirty Harrys Knurren, »›make my day.‹«

»Ha, das passt ja: Hast du schon meine Nachrichten abgehört?«

»Nein, ich hab direkt zurückgerufen.«

»Sitzt du?«

»Ja. Warum?«

»Ich glaube, ich hab ihn gefunden.«

»Was?«

»William Bardo. Ich glaube, ich hab ihn gefunden. Hab heute blaugemacht, um noch ein bisschen Detektiv zu spielen. Der gute, alte Trick mit dem Thermometer an der Glühbirne. Schon mal probiert?«

»Nein.«

»Ich vorher auch nicht. Funktioniert aber. Ich hab mir knapp neununddreißig Grad Fieber verpasst und dabei die Zunge verbrannt. Tut immer noch ein bisschen weh, jetzt wo ich dran denke …«

»Abby?«

»Ja?«

»Komm auf den Punkt.«

»Sorry. Also, ich war jedenfalls den ganzen Morgen zu Hause. Erst hab ich sinnlos durch die Gegend gegoogelt, aber dann kam mir die Idee, ›William Bardo‹ und ›Absolvent‹ zusammen mit jedem College aus der Gegend um die Twin Cities einzugeben, eins nach dem anderen. Und ich sag dir was, davon gibt es *einige*. Augsburg College, Capella University, Saint Cloud State und North Central –«

»Abby.«

»Ja?«

»Ich falle hier gleich tot um.«

»Du weißt meinen schönen Spannungsbogen also nicht zu schätzen?«

»Eher nicht.«

»Okay. William Harrison Bardo. Hat 2000 seinen Abschluss am Macalester College gemacht.«

»Macalester College«, wiederholte Milo.

»Yep. In Saint Paul. Kurze Fahrradtour von unserer Samenbank entfernt. Eins Komma zwei Meilen. Hab ich bei Google Maps nachgeguckt.«

Milo fühlte sein Herz gegen seine Rippen hämmern. »Abschluss 2000. Wenn er da zweiundzwanzig war, dann wurde er …«

»1978 geboren.«

»Genau.« Milo holte tief Luft. »Bist du an seine Kontaktdaten gekommen?«

»Nee. In die Datenbank können sich nur Absolventen einloggen.«

»Mist.«

»Ja.«

Kurzes Schweigen. Dann fragte Abby: »Was ist mit Hollis?«

»Was soll mit ihr sein?«

»Die wohnt doch in Saint Paul. Kann sie nicht einfach mal ins Sekretariat vom Macalester spazieren und ein bisschen ihren Charme spielen lassen?«

»Ha«, machte Milo.

»Ich mein's ernst.«

»Da kennst du Hollis aber schlecht.« Milo stellte sie

sich vor, mit ihrer gepiercten Zunge, der Stahlwollefrisur und ihrem sarkastischen Grinsen.

»Kannst du sie nicht wenigstens fragen?«, bat Abby.

»Klar«, antwortete Milo. »Aber versprechen kann ich nichts.«

»Das find ich echt total college-ial von dir.«

HOLLIS

Milo hatte vermutlich fest damit gerechnet, dass Hollis Nein sagen würde, und sie enttäuschte ihn nicht. Sie dankte ihm für die Einladung, bei seinen Sherlock-Holmes-Spielchen den Watson zu geben – aber sie würde auf keinen Fall ins Sekretariat des Macalester College gehen und nach William Bardos Adresse fragen. Weder jetzt noch in Zukunft. Natürlich versuchte Milo, sie trotzdem zu überreden.

»Ach, komm schon«, flehte er. »Du wohnst doch direkt um die Ecke. Wenn du es nicht für dich selbst machen willst, dann tu's mir zuliebe.«

»Du kannst es dir zuliebe ja selber machen«, erwiderte Hollis. »Am Präsidententag.«

»Das ist ein Feiertag. Da wird das Sekretariat wohl kaum geöffnet haben.«

»Dann musst du eben ein bisschen früher kommen.«

»Geht nicht. Suzanne hat die Flüge schon gebucht.«

»So ein Pech aber auch«, sagte Hollis.

Ihre Mutter saß am Küchentisch, das Kinn in die Hand gestützt, als posierte sie für ein Porträt beim Kaufhausfotografen, und lauschte schamlos dem Gespräch. Und nachdem Hollis aufgelegt hatte, besaß sie auch noch die Dreistigkeit zu sagen: »Ich finde, du solltest es machen.« Dann führte sie weiter aus: »Ich finde, du solltest alles sammeln, was du an Informationen kriegst, damit du eine fundierte Entscheidung darüber treffen kannst, ob du ihn kennenlernen willst oder nicht. Wenn du da nicht allein hinwillst, kann ich auch gern mitkommen, zur moralischen Unterstützung.«

Hollis gab sich alle Mühe, nicht die Augen zu verdrehen. Was war denn los mit ihrer Mutter? Seit vor zwei Tagen Yvette gestorben war, behandelte Leigh Hollis wie eine Traumapatientin. Ständig stand sie in Hollis' Zimmertür und wollte »nur mal gucken«, ob sie vielleicht Hunger oder Durst oder einfach nur das Bedürfnis zu reden hatte. Merkte sie denn nicht, wie komisch sie rüberkam? War ihr nicht klar, dass sie sich vorher nie so aufgeführt hatte, nicht mal direkt nach Pams Tod?

Pam, dachte Hollis. *Pams Geschenk. Die großzügigste Person, der ich je begegnet bin.*

Die Worte ihrer Mutter, als sie Yvette begraben hatten, spukten ihr unablässig durch den Kopf.

»Wenn du es nicht tust, dann tue ich es.«

Wie elektrisiert sah Hollis auf. »Was?«

»Wenn du nicht zum Sekretariat des Macalester gehst und dich nach deinem leiblichen Vater erkundigst, dann mache ich das.«

Hollis starrte ihre Mutter an. *»Wieso?«*

»Um zu Ende zu führen, was Pam angefangen hat. Um Antwort auf ein paar Fragen zu bekommen. Für dich. Für Milo. Und, um ganz ehrlich zu sein, auch für mich.«

Ungläubig schüttelte Hollis den Kopf. »Das hat doch gar nichts mit dir zu tun.«

»Natürlich hat es das«, widersprach ihre Mutter.

»Inwiefern?«

»Immerhin war ein Teil deines Vaters neun Monate lang ein Teil von mir.«

Hollis zog eine Grimasse. »Igitt.«

»Ekle dich, so viel du willst, das war nun mal so. Nur diesem Mann ist es zu verdanken, dass du meine Tochter bist. Und ich habe ja wohl auch ein Recht darauf, mehr über die Herkunft meiner Tochter zu erfahren.«

»Okay«, sagte Hollis, »aber was ist, wenn *ich* nun mal nicht mehr über meine Herkunft erfahren will?«

»Dann muss ich das respektieren.«

»Das heißt, dann gehst du nicht hin?«

»Nein. Hingehen würde ich trotzdem. Aber ich würde alles, was ich dort höre, für mich behalten.«

»Milo würdest du es aber schon sagen, oder?«

»Ja.«

Ihre Mutter hatte gewonnen. Hollis stank es zwar gewaltig, solchen billigen Psychotricks zum Opfer gefallen zu sein, aber auf keinen Fall würde sie ihre Mutter allein in diesem Sekretariat nach *ihrem* leiblichen Vater fragen lassen.

Vater. Ein Wort wie aus einer Fremdsprache. Kauderwelsch. Pidgin. Es kam ihr kein bisschen real vor, nicht mal, nachdem sie Milo, Abby und Noah geschrieben hatte, sie habe es sich anders überlegt. Nichts von alldem schien real. Dass ihre Mutter ihr am Freitagmorgen Pfannkuchen backte. Und in der Schule anrief, um Bescheid zu geben, dass Hollis heute nicht kommen würde, weil sie einen »Termin« habe. Und dass sie Hollis ermahnte, sich »was Anständiges« anzuziehen.

Allein aus Prinzip schlüpfte Hollis also in eine extrem abgeranzte Jeans, ein graues Thermoshirt mit einem Riss am Ellbogen, ihre Shit-Kicker-Boots und setzte ihre schwarze Mütze auf.

»So einen Eindruck willst du also hinterlassen?«, fragte ihre Mutter.

»Genau«, antwortete Hollis.

Leigh dagegen wirkte, als wäre sie im Begriff, eine Führung durch eine Millionenvilla zu geben. Ihre Frisur saß, ihre Wimpern waren getuscht, und sie trug einen flaschengrünen Hosenanzug, den Hollis noch nie gesehen hatte. Ihrer Mutter war hoffentlich klar, dass sie maßlos übertrieb. Hollis stellte sich vor, wie es aussehen würde, wenn sie zusammen über den Campus des Macalester liefen. Luxusloftmutter mit sanierungsbedürftiger Tochter.

Überall wimmelte es von Studenten. Sie schlurften durchs bereifte Gras. Rauchten. Lachten. Unterhielten sich. Manche waren, wie Hollis auffiel, viel ausgeflippter angezogen als sie. Ein Mädchen trug ein lila Cape. Ein Junge hatte Dreadlocks und dazu ein T-Shirt mit Frackaufdruck an.

Eines Tages würde Hollis eine von ihnen sein. Eines Tages würde sie bei ihrer Mutter ausziehen und zu einer alternativ angehauchten Uni wie dieser hier gehen, wo es niemanden interessierte, in welchen Körperteilen man Piercings hatte oder ob man sich die Achseln rasierte. Wo es Demos gab und Sit-ins, Discgolf und nächtliche Pizzaorgien und wo man rumknutschen konnte, mit wem man wollte, ohne hinterher schief angeguckt zu werden. Vielleicht würde sie ja sogar *hier* studieren, überlegte Hollis. Am Macalester College, genau wie ihr Samenspender damals. Nein, pfiff sie sich eilig zurück. Oh Gott, nein. Das wäre echt zu seltsam.

»Macalester Street 62«, murmelte Leigh mit einem Blick auf den Campusplan in ihrer Hand. »Zulassungsbehörde … Studiendarlehen … Absolventensekretariat.«

Und mit einem Mal waren sie da. Gingen die Treppe hoch. Zogen die Tür auf. Näherten sich dem Empfangstisch. Hinter dem eine Frau saß, die nun zu ihnen hochsah. Kurzes dunkles Haar, coole Brille, orangefarbener Cordblazer. Auf dem Namensschild an ihrem Revers stand »Tania Kosiewicz«.

»Kann ich Ihnen helfen?«

Tania Kosiewicz wirkte nett, aber Hollis bekam trotzdem kein Wort heraus. Sie stand wie angewurzelt da und fühlte sich wie eine Maus in der Klebefalle.

Solche Probleme waren ihrer Mutter fremd. »Das hoffen wir zumindest«, sagte sie unbekümmert, trat vor und streckte die Hand aus. »Hallo. Ich bin Leigh Darby und das ist meine Tochter Hollis.«

»Tania Kosiewicz.«

Allgemeines Händeschütteln.

Hollis konnte nur hoffen, dass ihre Miene nicht allzu deutlich preisgab, wie gern sie sich in Luft aufgelöst hätte.

»Wir hätten gern die Kontaktdaten eines ehemaligen

Studenten namens William Bardo«, sagte Hollis' Mutter. »Er hat 2000 hier seinen Abschluss gemacht.«

»Sind Sie denn selbst eine Absolventin unseres Colleges?«, fragte Tania Kosiewicz.

»Nein.«

»Tut mir leid, aber solche Auskünfte über unsere Ehemaligen darf ich nicht an Außenstehende herausgeben. Aus Datenschutzgründen, das verstehen Sie sicher.«

Klar, dachte Hollis. *Versteh ich vollkommen. Los, hauen wir ab.*

»Ich würde Ihnen gern etwas zeigen«, sagte Leigh und zog eine Aktenmappe aus der Handtasche, die sie vor Tania Kosiewicz auf den Tisch legte. »Meine Tochter wurde vor fünfzehn Jahren mittels einer Samenspende aus einer Kryobank hier in Saint Paul gezeugt. Wir wissen, dass der Mann William Bardo hieß und zur Zeit der Spende aufs College ging. Basierend auf seinem Geburtsdatum und ein wenig Internetrecherche denken wir, dass es sich um den William Bardo handelt, der 2000 hier an der Macalester graduiert hat.«

Tania Kosiewicz riss die Augen hinter den Brillengläsern auf. »Im Ernst?«

»Wie Sie diesem Dokument entnehmen können«, Leigh klappte die Mappe auf und tippte mit dem Finger auf die betreffende Zeile, »hat er explizit auf Anonymität verzichtet. Das bedeutet, er ist damit einverstanden, dass seine Nachkommen ihn kontaktieren.« Sie blätterte eine Seite weiter. »Hier, seine Unterschrift, und hier, das Notarsiegel.«

Wow. Hollis starrte ihre Mutter ungläubig an. Vielleicht hätte sie nicht Maklerin, sondern Anwältin werden sollen.

»Tut mir leid«, wiederholte Tania Kosiewicz und schien es ernst zu meinen. »Das ist eine Wahnsinnsgeschichte, ehrlich. Aber ich darf trotz allem keine Informationen an Außenstehende rausgeben.«

»Sind Sie ganz sicher?«, fragte Hollis' Mutter. Sie legte den Kopf schief und lächelte. »Können Sie wirklich gar nichts für uns tun?«

Moment mal – *flirtete* sie etwa gerade? Hollis hatte ihre Mutter noch nie beim Flirten erlebt. Es war ja völlig bizarr.

»Na ja …«, sagte Tania Kosiewicz, die jetzt auch lächelte. Sie hatte eine kleine Lücke zwischen den Schneidezähnen. »Ich werde mal sehen, was ich tun kann.«

Sie stand auf. Jeans. Schön, wenn man einen Job hatte, bei dem man Jeans tragen durfte, dachte Hollis.

Während Tania Kosiewicz in irgendeinem Hinterzimmer verschwand, drehte Hollis sich zu ihrer Mutter um. »Hast du da etwa gerade deinen weiblichen Charme spielen lassen?«

Ihre Mutter errötete. »Ein kleines bisschen vielleicht.«

»Coole Aktion.«

»Tja, warten wir erst mal ab, ob's überhaupt was gebracht hat.«

Nach ein paar Minuten kam Tania Kosiewicz mit einem Buch in der Hand zurück. »Sagen kann ich Ihnen wirklich nichts, aber Sie dürfen sich gern mal dieses Jahrbuch von 2000 ansehen. Da ist ein Foto von ihm drin und …« Blick zu Hollis. »Tja, Sie können ja zumindest mal gucken, ob irgendeine Ähnlichkeit besteht.« Sie hielt es ihnen hin.

»Danke«, sagte Hollis.

»Keine Ursache.« Sie deutete vage in den Raum. »Setzen Sie sich, wohin Sie möchten.«

Hollis und ihre Mutter gingen zu einem Sofa am Fenster. Rot mit blauen Kissen und weicher, als es aussah. Hollis setzte sich und legte sich das Jahrbuch auf den Schoß. Sie merkte, wie ihr Pulsschlag beschleunigte. Ihre Hände waren feucht. Oh Mann, Hollis hasste dieses Wort. *Feucht*. Das war fast so widerlich wie *Grütze*.

»Alles in Ordnung?«, fragte ihre Mutter.

»Ich hab Angst«, gestand Hollis.

So ein Blödsinn. Das war schließlich nur ein Buch. Und Hollis hatte noch nie in ihrem Leben Angst davor gehabt, ein Buch aufzuschlagen.

»Ich auch.«

»Das sagst du doch nur so.«

»Nein«, beharrte ihre Mutter. »Ich hab das Gefühl, mir wird gleich schlecht.«

Hollis warf ihr einen warnenden Blick zu. »Wehe.«

»Keine Sorge. Ich hab bloß so ein Gefühl.«

»Okay.« Hollis klappte das Buch auf. »Es ist nur ein Foto. Wahrscheinlich ist es noch nicht mal der richtige Bardo.«

Sie fing an zu blättern. *Kunstgeschichte … Bio … Demo für das Recht auf Abtreibung … Tag der offenen Tür …*

Footballmannschaft … Er konnte überall sein – jeder dieser Typen mit ihren umgedrehten Baseballcaps und Macalester-Sweatshirts, die für die Kamera posierten und alle, alle gleich aussahen. *Mac-Theaterklub … Mac-Philosophiekreis … Mac-Salsagruppe … Absolventen.*

Hollis hielt inne. Die Namen verschwammen ihr vor den Augen. *Lori Aemon. Kenneth Abbott. Elisabeth Acciello.*

»Die sind alphabetisch geordnet«, murmelte ihre Mutter.

»Ich weiß.«

»Auf einer der nächsten Seiten müsste er kommen.«

»Ich *weiß,* Mom. *Manno.* Musst du mir so im Nacken sitzen?«

»'tschuldigung.«

Ihre Mutter entschuldigte sich, obwohl Hollis diejenige war, die sich völlig unmöglich benahm. Aber darüber konnte sie sich jetzt keine Sorgen machen, sie konnte nur weiterblättern. *Marcus Adsuar … Gavin Allibrandi.* Weiter. *Kelly Archer … Arianna Atkinson.* Weiter. *Rebecca Baker … William Bardo.*

Bäm.

Hollis schnappte so abrupt nach Luft, dass sie ihr förmlich im Hals stecken blieb. Einen Moment lang vergaß sie ganz, wie das mit dem Atmen noch mal ging. Aus dem Augenwinkel sah sie, wie ihre Mutter sich die Hand vor den Mund schlug.

Dunkle, wirr in alle Richtungen abstehende Locken. Dichte Augenbrauen. Schiefes Grinsen. Selbst ohne die

Bildunterschrift – *B. A. Englische Literaturwissenschaft* – wäre es nicht zu leugnen gewesen.

Obwohl Hollis es liebend gern geleugnet *hätte*. Denn was sollte sie jetzt machen? Vermutlich das Naheliegende – ein Foto vom Foto machen und es an Milo, Abby und Noah schicken. Aber ihr Körper reagierte einfach nicht auf diese Möglichkeit. Ihre Finger schienen unfähig, in ihre Tasche zu greifen und ihr Handy herauszuholen.

»Er sieht gut aus«, murmelte ihre Mutter. »Wusste ich's doch, dass er gut aussehen würde.«

Tat er das? Hollis konnte es nicht sagen. Seine Haare waren völlig bescheuert – die sahen aus wie eine von diesen Siebzigerjahre-Discoperücken. Aber das galt schließlich auch für Hollis' eigene Haare.

»Ihr habt dieselben Augenbrauen«, merkte ihre Mutter an.

Hollis nickte.

»Und dasselbe Kinn.«

Hollis presste die Lippen aufeinander und nickte abermals.

»›B. A. Englische Literaturwissenschaft‹«, las ihre Mutter vor. »›Jazzband. Ultimate-Frisbee-Klub‹ … Ich hab noch nie Ultimate Frisbee gespielt. Du?«

Hollis zuckte mit den Schultern. »Einmal. In Sport.«

»Hast du nicht erzählt, dass Noah musikalisch ist?«

»Er spielt Posaune.«

»Hm«, machte ihre Mutter leise.

Ja, Hollis war schon klar, was es da zu *hm*-en gab: all die Puzzleteilchen, die sich zusammenfügten.

»Was ist denn ›Chanter‹?«, wollte ihre Mutter wissen.

Wieder zuckte Hollis mit den Schultern.

»Das ist unsere Literaturzeitschrift.« Mit einem Mal stand Tania Kosiewicz vor ihnen. »Wie läuft es denn?«, erkundigte sie sich. »Schon was gefunden?«

Leigh nahm Hollis behutsam das Jahrbuch ab und drehte es um, damit Tania Kosiewicz etwas erkennen konnte.

»Der da?«

Leigh nickte.

Tania Kosiewicz sah von dem Foto zu Hollis, dann zurück zum Foto und ganz langsam wieder zu Hollis. »Wow.«

Hollis kaute auf ihrer Unterlippe.

»Das ist ja erstaunlich.«

»Nicht wahr?«, pflichtete Leigh ihr bei.

Hm. Wow. Erstaunlich.

»Entschuldigung«, stieß Hollis hervor. Sie musste runter von diesem Sofa, raus aus diesem Augenblick. »Wo ist denn hier die Toilette?«

»Den Flur runter«, wies Tania Kosiewicz ihr den Weg. »Zweite Tür links.«

»Danke.«

Wie durch ein Wunder wieder fähig, sich zu bewegen, sprang Hollis auf und sprintete förmlich los. Was machte sie da eigentlich? Sie musste doch nicht mal. Also stand sie bloß am Waschbecken und starrte ihr Spiegelbild an. War ihr Kinn schon immer so eckig gewesen? Hatte sie wirklich so krauses Haar?

Hollis drehte den Hahn auf und spritzte sich Wasser ins Gesicht. Kühl rann es ihr über die erhitzten Wangen. Noch eine Ladung. Dann, ohne wirklich darüber nachzudenken, hielt sie ihre Hände erneut unter den Wasserstrahl und strich sich damit über die Locken. Nass und glatt. Nass und glatt. Ach, wem versuchte sie denn was vorzumachen? Ihre Haare waren eigensinnig. So leicht würden die nicht klein beigeben.

Hollis trocknete sich das Gesicht an ihrem Shirt ab und ging zurück zu ihrer Mutter auf dem Sofa. Leighs Blick huschte von Hollis' nassem Haar zu ihrem nassen Oberteil, aber sie behielt jeglichen Kommentar für sich und lächelte bloß. »Ich hab Fotos gemacht.«

»Fotos«, wiederholte Hollis.

Leigh hob ihr Handy. »Von seinem Porträt und dann gab's noch welche von seinen Klubs. Der Jazzband und der Literaturzeitschrift. Damit du sie dir später noch mal angucken kannst. Ich schicke sie dir, dann kannst du sie ja an die anderen weiterleiten.«

Hollis nickte.

»So, bitte.« Schon wieder war Tania Kosiewicz wie aus dem Nichts erschienen. Hollis bemerkte, dass sie Sneakers trug. Knöchelhohe Chucks. »Meine Karte.« Sie hielt Leigh ein kleines weißes Rechteck hin.

»Warten Sie, ich gebe Ihnen auch meine«, sagte Leigh und wühlte in ihrer Handtasche. »Falls Sie mal ein Haus kaufen möchten … oder jemanden kennen, der eins kaufen möchte … oder verkaufen …« Sie schien ein bisschen neben sich zu stehen.

Hollis beobachtete den Visitenkartenaustausch. Als Nichtlesbe, die noch nie erlebt hatte, dass ihre Mutter auf ein Date ging, konnte sie kaum beurteilen, ob Tania Kosiewicz vom Absolventensekretariat homo- oder heterosexuell war, geschweige denn den Blick interpretieren, den Tania Kosiewicz und ihre Mutter gerade wechselten. Aber irgendwas lag hier in der Luft. So viel war sogar ihr klar.

»Danke, Ms Kosiewicz«, sagte Leigh. »Sie haben uns sehr geholfen.«

»Ach, nennen Sie mich ruhig Tania.«

»Tania.« Ihre Mutter nickte. »Okay … Hollis?«

»Ja?«

Leigh hob die Augenbrauen.

»Oh.« Hollis nickte Tania Kosiewicz hastig zu. »Danke.«

»Sehr gern geschehen, Hollis. Viel Glück noch bei der Suche.«

»Okay.«

»Tut mir leid, dass ich nicht mehr tun konnte.«

»Schon gut.«

»Und … wenn es Zeit wird, dir Colleges anzusehen … dann hoffe ich sehr, dass du auch das Macalester in Betracht ziehst. Wir sind gar nicht übel.«

»Oh. Mhm.«

»Ich kann dich dann gern mal rumführen.«

»Okay«, sagte Hollis wieder.

Ihre Mutter lächelte. Tania Kosiewicz lächelte. Und das war's.

Erst als sie zu Hause angekommen waren und Hollis' Mutter die Visitenkarte aus der Tasche holte, sahen sie, was auf der Rückseite stand. In etwas nach rechts geneigten blauen Kugelschreibergroßbuchstaben.

ER WOHNT IN EDEN PRAIRIE.

MILO

Milo war gerade auf dem Nachhauseweg von der Schule und schlurfte durch den Schnee im Prospect Park – Schnee, der morgens noch nicht gelegen hatte –, als sein Handy klingelte. Milo sah Hollis' Namen auf dem Display.

»Hi. Es schneit!«

»Er ist es.«

»Was?« Milo legte den Kopf in den Nacken, öffnete den Mund und fing zwei dicke Flocken mit der Zunge auf.

»Ich hab ein Foto von ihm gesehen, im Macalester-Jahrbuch. Er ist es.«

Es dauerte eine Sekunde, bis Hollis' Worte zu ihm durchdrangen.

»Moment …« Milo blieb stehen. »Du hast sein *Jahrbuch*?«

»Nein. Aber wir haben es im College-Sekretariat durchgeguckt. Meine Mom hat die Bilder abfotografiert. Eins hab ich auf meinem Handy. Willst du ihn sehen oder …«

Milo blinzelte den Baum vor seiner Nase so ungläubig an, als wäre er Hollis. »Was für eine Frage!«

»Na, weiß ich doch nicht.«

»Worauf wartest du noch?«

»Keine Ahnung.«

»Klar, lass dir ruhig Zeit«, sagte Milo. »Interessiert mich ja nicht so brennend, wie mein Vater aussieht.«

»Das kam jetzt irgendwie sarkastisch rüber.«

»Hollis«, beschwor Milo sie. »Schick mir das Bild.«

»Schon gut.«

Milo konnte gar nicht aufhören, ihn anzustarren. Unterwegs steckte er mehrmals das Handy weg und versuchte, an etwas anderes zu denken: Hausaufgaben, den Nahostkonflikt, Hayley Christenson. Nichts funktionierte. Immer wieder blieb er stehen, kramte das Handy aus dem Rucksack und sah sich das Foto an.

Das ist mein Vater. Das ist mein Dad.

Es lag nicht nur daran, dass Milo Teile von sich selbst an ihm wiedererkannte, denn das tat er natürlich. Die Haare. Die Augenbrauen. Das Kinn. Sondern …

Wieder klingelte sein Handy.

Mist. Das war bestimmt Frankie, die sich Sorgen machte, weil er noch nicht zu Hause war. Milo guckte aufs Display. Nicht Frankie. Hollis.

Er ging ran. »Hey.«

»Telefonkonferenz«, verkündete Hollis. »Noah hat einen kleinen Zusammenbruch.«

»Von wegen Zusammenbruch«, schaltete sich eine andere Stimme ein. Tief und rau – Abby. »Das ist ein *Durchbruch*. Stimmt's, Noah?«

Abgehacktes Schnaufen, gefolgt von ein paar gemurmelten Flüchen.

»Alles okay, Mann?«, erkundigte sich Milo.

»Das nennt man Katharsis«, erklärte Abby. »Ihm geht's super.«

»Mir geht's überhaupt nicht super.« Noahs Stimme klang belegt.

»*Zusammen*bruch. *Durch*bruch.«

»Ich sehe genauso aus wie er!«

Ah, dachte Milo. Jetzt ging ihm ein Licht auf. Noah hatte das Foto gesehen.

»Na und? Ich auch«, sagte Milo. Kapierte er hier irgendwas nicht? War es denn nicht zu erwarten gewesen, dass sie ihrem leiblichen Vater ähnlich sahen?

»Ja«, sagte Noah, »aber ich hab irgendwie nicht damit gerechnet, dass es so offensichtlich sein würde.«

Er rief ihnen in Erinnerung, dass Josh und er Zwillinge waren, allerdings zweieiige. Josh war Noahs Mutter wie aus dem Gesicht geschnitten – er hatte seine Züge, seine Haare von ihr, *alles*. Noah war bis zu diesem Augenblick einfach nicht klar gewesen, wie ähnlich er seinem Vater sah – und zwar nicht dem Dad, bei dem er aufgewachsen war und der nicht gewollt hatte, dass er nach seinem Samenspender suchte, sondern William Bardo, der 2000 seinen Abschluss am Macalester College gemacht hatte.

»Josh hatte recht«, sagte Noah. »Mein Dad wäre völlig fertig, wenn er dieses Foto sehen würde. Damit schmiere ich ihm ja noch mal extradick aufs Butterbrot, dass er keine Kinder haben konnte.«

»Josh hat *überhaupt* nicht recht«, mischte sich Abby ein. »Und keiner schmiert irgendwem irgendwas aufs Butterbrot. Du willst doch bloß wissen, wo du herkommst.«

Wollten sie das nicht alle?, dachte Milo. Wissen, wo sie herkamen. Es war weder richtig noch falsch, es war eben einfach so.

»Da wir gerade davon sprechen, wo wir herkommen …«, fing Hollis an.

Milo wartete.

Nichts.

»Ja?«, hakte er nach.

»Also …« Hollis zögerte. »Ich hab zufällig rausgefunden, wo er wohnt.«

»Du hast *zufällig rausgefunden, wo er wohnt*?«, brüllte Abby.

»Eigentlich ganz witzig, die Geschichte. Da war diese Frau im Sekretariat. Die meinte zuerst, sie könnte uns gar nichts sagen, weil wir selbst keine Absolventen sind, aber dann hat meine Mom ein bisschen mit ihr geflirtet, bis sie uns das Jahrbuch gegeben hat, und dann haben die beiden Visitenkarten ausgetauscht und *dann*, als wir zu Hause waren –«

»Hollis«, unterbrach Milo sie.

»Ja?«

»Führt diese witzige Geschichte irgendwohin?«

»Ja.«

»Und zwar?«

»William Bardo wohnt in Eden Prairie.«

Milo holte langsam Luft. Ließ die Information sacken. Dann fragte er: »Was ist Eden Prairie?«

»Nicht *was*«, berichtigte Hollis. »*Wo.* Und die Antwort ist: Gleich außerhalb von Minneapolis.«

»Moment«, sagte Abby. »Ich hab meinen Laptop hier, lasst mich das kurz googeln …«

»Noah?«, sagte Milo, während sie warteten. »Bist du noch da?«

»Mhm.«

»Wie geht's dir?«, fragte Hollis.

»Ich …« Noah hielt inne. »Sekunde. Ich muss mir mal schnell die Nase putzen …« Es raschelte. Dann ertönte eine Art Nebelhorn. Schließlich sagte er: »Mann, ich bin voll mit Rotze.«

»Gibt Schlimmeres«, beruhigte ihn Hollis.

»Kann sein.«

»Noah?«, fragte sie. »Du weißt, dass du nicht allein bist, oder? Wir sind gerade alle ein bisschen durch den Wind.«

Hollis war eine von den Guten, befand Milo. Wenn man einmal durch die Hardcore-Schale durch war, hatte sie einen geradezu schnulzig weichen Kern.

»Okay, passt auf«, sagte Abby. »Eden Prairie (auch City of Eden Prairie) ist eine Stadt im US-Bundesstaat Minnesota. Sie hat 60.797 Einwohner. Eden Prairie liegt im Südosten Minnesotas, 11 Meilen südwestlich von Minneapolis und direkt nördlich des Minnesota River. Die Fläche beträgt 91,2 Quadratkilometer –«

»Schon gut, das reicht«, unterbrach Hollis sie.

»Ich beschreibe hier einen *Schauplatz*«, sagte Abby.

»Was?«

»Sie ist halt Schriftstellerin«, erklärte Milo. »Die Nachfolgerin von Augustus Burroughs.«

»August*en*«, korrigierte Abby. »Nicht August*us*.«

»Ist doch Jacke wie Hose.«

»Ach, jetzt kommt aber«, protestierte Abby. »*Nördlich des Minnesota River*, da steckt total viel Bedeutung drin. Wasser ist das universelle Symbol für *Veränderung*, Leute. Für den Wendepunkt in einer Geschichte. Reinheit. Säuberung. Wiedergeburt …«

»Tod«, trug Hollis bei.

»Danke, du sonniges Gemüt.«

»Ophelia? Kapitän Ahab? ›Die Ballade vom alten Seemann‹? ›Wasser, Wasser überall‹ –«

»Hallo?«, schaltete sich Milo ein. »Ich glaube, wir kommen gerade ein bisschen vom Thema ab. Wir müssen entscheiden, wie wir jetzt weiter vorgehen.«

»Ist doch klar«, meinte Abby. »Wir schreiben ihm einen Brief.«

»Oder auch nicht.« Hollis.

»Dazu bräuchten wir erst mal eine Adresse«, sagte Noah.

»Abby?«, fragte Milo.

»Bin schon dran. Momentchen.« Abby murmelte beim Tippen vor sich hin. »Telefonbuch … Vorname … William … Nachname … Bardo … Stadt … Eden Prairie … Bundesstaat … Minnesota … « Und schließlich rief sie: »Dingelingeling!«

»Alles einsteigen?«, witzelte Noah.

»William H. Bardo«, las Abby vor. »Kerry Lane 17, Eden Prairie, Minnesota.«

Milo atmete tief durch. »Puh.«

»Du sagst es.«

»Ich fasse es nicht, dass wir tatsächlich seine Adresse haben.«

»Und seine Telefonnummer«, ergänzte Abby.

»Mannmann.«

»Ich weiß.«

»Und wie stellen wir sicher, dass er es auch wirklich ist?«, fragte Noah.

»Laut der Seite hier«, erklärte Abby, »gibt es in Eden Prairie, Minnesota, nur einen einzigen William Bardo.«

»Nicht übel«, lobte Noah.

»›Nicht übel‹, sprach der Dübel und verschwand elegant in der Wand«, sagte Hollis.

»Einer meiner Lieblingssprüche.«

»Meiner auch.«

»Hiermit ernenne ich Milo zum offiziellen Briefeschreiber«, sagte Abby.

»Mich?«, fragte Milo. »Du bist doch hier die Schriftstellerin.«

»Schon, aber ohne dich wären wir nie so weit gekommen. Du bist unser furchtloser Anführer. Unser Kapitän Ahab.«

»Dir ist schon klar, dass der stirbt, oder?«, sagte Hollis.

»Was?«

»Kapitän Ahab. Der ertrinkt am Ende von ›Moby Dick‹. Verfängt sich in der Leine seiner eigenen Harpune.«

»Ganz toll, du Quell der Freude.«

»Du *wolltest* doch Brandlöcher und Blutspritzer.«

»Der Punkt geht an Hollis«, sagte Noah.

Er hörte sich schon besser an.

»Findet ihr anderen denn nicht, dass Milo den Brief schreiben sollte?«, fragte Abby.

»Ich finde, Milo sollte machen, was Milo will«, sagte Hollis.

»Seh ich genauso«, stimmte Noah zu.

»Dann lasst es mich anders formulieren«, erwiderte Abby. »Milo, *willst* du den Brief schreiben?«

Und ob Milo wollte. Er wollte William H. Bardo – Kerry Lane 17, Eden Prairie, Minnesota – von ihnen vieren erzählen. Er wollte es ihm schreiben, stolz und in fetten Buchstaben: *Wir sind deine Kinder.*

»In Ordnung«, sagte er.

»Super, dann mach«, sagte Abby.

»Möge das Mach mit dir sein«, ergänzte Noah.

Hollis stöhnte. »Bitte sag jetzt nicht, dass du ›Star Wars‹-Fan bist.«

»Hollis«, raunte Noah in den Hörer, »ich bin dein Vater.«

»Oh Gott.«

»Gott ist nicht dein Vater«, schnaufte Noah. »Sondern *ich.*«

»Geh dir die Nase putzen, Darth Vader.«

Milo wollte den Brief schreiben. Wirklich. Aber er konnte einfach nicht.

Er saß mit seinem Laptop bei Starbucks, nippte an seinem Himbeer-Johannisbeer-Frappuccino – so ziemlich dem einzigen Getränk hier, auf das er nicht allergisch reagierte – und scrollte auf der Seite von Projekt Samenspender-Kinder herum. In den FAQs stand: »Ich habe meinen Spender gefunden. Was nun?«

Wenn Milo sich entschloss, Kontakt zu ihm aufzunehmen, so riet man ihm, sollte er »mit Bedacht vorgehen« und fürs Erste »nur wenige Informationen herausgeben«. Dann sollte er »zunächst einmal abwarten«, wie die Antwort ausfiel, bevor er »in die nächste Runde« ging. Das Ganze las sich eher wie eine Liste von Warnungen anstelle hilfreicher Tipps. Milo sollte »Vorsicht walten lassen« und »keine zu hohen Erwartungen haben«. Er sollte darauf gefasst sein, dass sein Spender ihm mit »gemischten Gefühlen« begegnete, und es vermeiden, »zu persönliche Fragen« zu stellen, die seinen Spender »in die Defensive drängen« könnten.

Je weiter Milo las, desto unsicherer wurde er. Er hatte ein neues Word-Dokument geöffnet, aber er wusste nicht mal, wie er den Brief anfangen sollte. *Lieber Spender? Lieber Mr Bardo? Lieber William?* Ein anderer Sohn hätte vielleicht genau gewusst, was er seinem unbekannten Vater schreiben sollte. Ein anderer Sohn hätte vielleicht die FAQs gelesen, den »Ich habe meinen Spender gefunden. Was nun?«-Teil überflogen und sich gesagt: Scheiß drauf, ich schreibe, was ich will. Ein anderer Sohn hätte vielleicht seinen Brief mit *Lieber Dad* angefangen, weil er keine Angst vor den Folgen hatte.

Aber Milo war kein anderer Sohn. Milo war aufgeschmissen.

JJ wüsste bestimmt einen Anfang, dachte er. Irgendwas Witziges, Respektloses, das seinen Spender zum Lachen brachte. *Yo, yo, yo, Willy B. Was geht, Alter?*

Milo dachte darüber nach, ihm eine Nachricht zu schicken. War Jonah Jedediah Rabinowitz wirklich die beste Wahl, wenn es um Hilfe bei diesem Brief ging? Vermutlich nicht. Milo schrieb ihm trotzdem. **Starbucks 7th av. DRINGEND**

Dann schrieb er Frankie und Suzanne, wo er war. **Sitze im starbucks auf der 7th avenue, mache hausaufgaben**

Das war zwar nicht die ganze Wahrheit, aber die konnte warten. Er würde ihnen später davon erzählen. Nachdem er den Brief abgeschickt hatte.

Abgeschickt? Ha! Erst mal anfangen wäre nicht schlecht. Wie sollte er das machen? Milo schlürfte sein Getränk. Rückte seinen Stuhl so, dass er die Tür im Blick hatte. Und wartete auf JJ.

HOLLIS

Am Samstagmorgen stellte Milo ein Foto des fertigen Briefs in die Gruppe.

Lieber Mr Bardo, fing er an, was Hollis komisch vorkam, als würde Milo seinem Schuldirektor schreiben oder einem älteren Herrn aus der Nachbarschaft. Nicht dass sie eine bessere Idee gehabt hätte, wie sie den Typen anreden sollten. *Hallo, Nº 9677?*

Tja. *Lieber Mr Bardo* also.

Ich heiße Milo, bin fünfzehn Jahre alt, und ich schreibe auch im Namen meiner Halbgeschwister Hollis (14), Noah (17) und Abby (15). Wir wurden alle mithilfe einer Samenspende aus der Twin-Cities-Kryobank in Minneapolis gezeugt. Unser Spender hatte die Nummer 9677. Wir haben beschlossen, Ihnen zu schreiben, weil wir glauben, dass Sie dieser Spender sind, und wenn es so ist, haben Sie ja damals auf Anonymität verzichtet und eingewilligt, dass Ihre zukünftigen Nachkommen (also wir) Sie kontaktieren dürfen. Wir wollen Ihr Leben nicht auf den Kopf stellen oder Ihnen irgendwelchen Stress machen oder sonst was, wir wüssten nur gern, ob Sie a) am Leben und b) immer noch offen für eine Kontaktaufnahme sind. Jede Reaktion ist uns willkommen. Wenn Sie sich nicht melden wollen, dann müssen wir das natürlich akzeptieren. Aber wir hoffen sehr, dass es nicht so ist, weil wir uns wirklich freuen würden, von Ihnen zu hören.

Viele Grüße
Milo, Hollis, Noah und Abby

PS: Wenn Sie uns antworten wollen, können Sie sich bei Projekt Samenspender-Kinder registrieren und unter Twin-Cities-Kryobank, № 9677 eine anonyme Nachricht an uns posten. Oder Sie schreiben uns einfach eine E-Mail: MiloRobClark@brooklynIDS.org;
HollisDarbs@MNPSmail.org;
NoahZark.Rez@techHSmail.com;
AbsofSteel3@sheboygancountryday.edu.
Nochmals vielen Dank.

Dann folgte ein zweites Foto – Milos Hand, die einen Umschlag in einen Briefkasten steckte. **Unterschrieben, frankiert und abgeschickt**, stand darunter. Gefolgt von **Hey hollis, kannst ja die nächsten 3 tage sein haus observieren dann siehst du wie er ihn aufmacht. LOL**

Hollis fand daran rein gar nichts zu LOLen. Sie wusste, dass Milo nur einen Witz gemacht hatte, aber sie wusste auch ganz genau, wie weit die Kerry Lane Nummer 17 in Eden Prairie von ihrem eigenen Zuhause entfernt war. 23,6 Meilen. Ja, das hatte sie bei Google Maps recherchiert. Ja, natürlich war das völlig bescheuert gewesen. Ihr war klar, dass sie das nicht hätte tun sollen. Sie hatte sich ermahnt, es sein zu lassen, und dann hatte sie es trotzdem gemacht. Warum hatte sie nicht auf sich gehört?

Jetzt plagte Hollis die Vorstellung, dass William Bardo ihr schon tausendmal über den Weg gelaufen sein könnte und sie es bloß nicht bemerkt hatte. Vor dem Shampooregal in der Drogerie oder im Schuhgeschäft. Gut möglich, dass sie in benachbarten Sitznischen im Original Pancake House gesessen, Sirup aus derselben Flasche auf ihre Pfannkuchen geschüttet und auf dem Weg nach draußen Kaugummi aus demselben Automaten gezogen hatten. Ob sie ihm aufgefallen war? Irgendwie bekannt vorgekommen? *23,6 Meilen.* Der Gedanke machte Hollis ganz kirre.

Milo hatte den Brief abgeschickt, und das war auch gut so, aber Hollis musste sich einreden, dass er an eine ganz andere Adresse ging – irgendwo weit, weit weg. Am besten, sie vergaß es komplett.

»›Thelma und Louise‹?«, schlug ihre Mutter vor. »›Betty und ihre Schwestern‹? … Oder wie wäre es mit: ›Der Lieferheld – Unverhofft kommt oft‹?« Sie las die Filmbeschreibung vor: »›David Wozniak ist ein Versager auf ganzer Linie. In einer Sache kann ihm jedoch niemand das Wasser reichen: Vor Jahren hat er sich mit anonymen Samenspenden über Wasser gehalten. Und jetzt erhält er die Rechnung dafür. Er ist der leibliche Vater von sage und schreibe 533 Kindern –‹«

»Nicht dein Ernst, oder?«, unterbrach Hollis sie.

»Was denn? Vince Vaughn ist super.«

»Mom.«

Ihre Mutter lächelte. »Klingt doch witzig. Und sehr passend.«

Kerry Lane 17, dachte Hollis. *23,6 Meilen.* Das war Leigh alles bewusst. Hollis hatte es ihr selbst erzählt.

»Für mich ist das kein Witz«, sagte sie.

»Ich weiß.« Ihre Mutter zog eine Grimasse. »Tut mir leid … ich wollte das Ganze nur ein bisschen auflockern.«

»Ha«, machte Hollis. Ein Nichtlachen.

»Okay, dann mache ich das Popcorn«, bot Leigh an. »Und du suchst den Film aus. In Ordnung?«

»Na schön.«

Um 23:58 Uhr – Hollis war schon im Bett, aber sie schlief noch nicht – klopfte irgendwas an ihr Fenster. Einmal, zweimal. Beim dritten Mal stand sie auf, um nachzusehen. Draußen im vereisten Garten, beschienen vom Mond, stand Gunnar Mott.

Sie machte das Fenster auf.

»Hey«, flüsterte er so laut, dass es die ganze Nachbarschaft hören musste.

»Hey.«

»Kommst du raus?« Er warf eine Handvoll Kieselsteine in die Luft, die bei ihrer Landung den Schnee silbrig aufstieben ließen.

Raus?, dachte Hollis. Es war Mitternacht. Und bestimmt minus zehn Grad. Aber was sollte sie sonst machen, etwa schlafen? Daran war sowieso nicht zu denken. Ihr schwirrte immer noch der Kopf. *Kerry Lane 17. 23,6 Meilen.* Der Film hatte sie eine Weile abgelenkt, aber gleich nachdem er vorbei war, hatte sie wieder an William Bardo gedacht.

»Warte«, sagte sie.

Hollis setzte ihre Mütze auf und ging im Schlafanzug nach unten. Ohne ein Wort zog Gunnar sie an sich. Schob ihr die Zunge in den Mund: Er schmeckte nach Doritos. Die Hollis ja ganz gern mochte, aber nicht unbedingt secondhand.

Sie schob ihn ein Stück von sich weg. »Was machst du denn hier?«

Gunnar wohnte ganz woanders. Sie fuhren nicht mit demselben Bus zur Schule.

»Ich penne heute bei Fitzy.«

Fitzy, dachte Hollis. Sie stand total auf dem Schlauch. Dann fiel ihr Michael Fitzgerald ein. Der ging in Gunnars Stufe – ein großer, dürrer Typ mit Akne. Er wohnte drei Blocks weiter und dribbelte ständig einen Basketball vor sich her.

»Ah«, sagte Hollis.

In ihrem Kopf tobte nach wie vor ein Tornado, der sich stetig höherschraubte. Wenn sie nicht bald ein bisschen Druck abließ, würde sie davon weggeweht werden. Aber ob sie mit Gunnar über ihre Gefühle reden konnte? Eigentlich redeten sie ja gar nicht miteinander. Die Konversation zwischen ihnen beschränkte sich auf so schillernden Kostbarkeiten wie *Hi* und *Bis dann*.

»Hi«, sagte Hollis leise.

»Hi.« Gunnar griff ihr unters Schlafanzugoberteil. Seine Hände waren eiskalt.

Hollis erschauderte. »Hab ich dir eigentlich schon mal von meinem Vater erzählt?«

»Hmmm?« Wieder küsste er sie. Stochernde Zunge. Nagende Zähne. Hände, die sie gegen die Garagenwand drückten.

Hollis schubste ihn weg. »Mein Vater.«

»Scheiße!« Gunnar ließ sofort die Hände sinken und sah sich gehetzt um. »Wo?«

»Nicht *hier*. Ich hab ihn noch nie gesehen.«

»Scheiße.« Gunnar schnaufte erleichtert und lachte. Dann steckte er Hollis wieder die Zunge in den Mund.

Wieder schubste sie ihn weg.

»Was hast du denn?«

»Ich versuche gerade, mit dir zu reden.«

»Reden?«, wiederholte er.

»Ja. Weißt du … so mit *Wörtern*? Die reiht man aneinander und dann kommen Sätze dabei raus.«

Gunnar erwiderte nichts.

Hollis beschloss, das als eine Art »Bitte, fahr doch fort« zu verstehen. Also tat sie genau das. Sie erzählte ihm von der Samenspende. Dass sie einen Halbbruder namens Milo hatte. Gerade wollte sie ihm den Sinn und Zweck von Projekt Samenspender-Kinder erklären, als Gunnar sie unterbrach.

»Hey«, sagte er.

»Was?«

Gunnar hob ihr Schlafanzugoberteil an und strich mit den Fingern über ihre nackte Seite.

Hollis zuckte zusammen.

»Was ist?«

»Du hast eiskalte Hände.«

»Tja«, sagte Gunnar leise, »warum wärmen wir uns dann nicht gegenseitig auf?« Seine Hand rutschte langsam höher.

Hollis verschränkte die Arme vor der Brust, blockierte ihm den Weg.

»Was denn?« Jetzt klang er genervt.

»Ich versuche hier gerade, dir was zu *erzählen.*«

»Ich bin aber nicht hier, damit du mir was *erzählst.*«

»Und warum bist du dann hier?«

Gunnar schüttelte den Kopf. »Vergiss es.«

»Nein. Ich will es von dir hören.«

Schweigen.

»Dachte ich mir«, murmelte Hollis. Sie stampfte ein paarmal mit den Füßen auf, um ihre tauben Zehen zu wecken. Die kalte Luft fuhr schneidend durch den Stoff ihres Schlafanzugs. Sie sollte einfach wieder reingehen – das Ganze beenden, wo sie gerade die Oberhand hatte. Aber irgendwie kam sie nicht vom Fleck.

»Wir sind nicht zusammen«, sagte Gunnar schließlich.

Hollis schnaubte verächtlich. »Wer sagt denn, dass ich mit dir zusammen sein will?«

»Ich meine … ich mag dich ja irgendwie.«

»Oh mein Gott. Du *magst* mich irgendwie? Da fühle ich mich aber wie was ganz Besonderes.«

»Jetzt sei doch nicht so.«

»Wie denn?«

»Hey«, sagte Gunnar. Er beugte sich vor und gab ihr

einen Kuss, anders diesmal. Ganz sachte und weniger drängend, ohne Zunge.

»Hau ab«, murrte Hollis.

»Willst du nicht, dass ich dich küsse?«

»Nicht so richtig«, antwortete sie, während sie seinen Kuss erwiderte, und hakte die Finger in seine Gürtelschlaufen.

»Sicher? Kommt mir nämlich anders vor.«

»Klappe.«

Lippen, Hände, Haut.

23,6 Meilen, ploppte es ungebeten in ihrem Kopf auf. *Nein*, schalt sie sich, zog Gunnar näher und lehnte sich an die Garagenwand. *Darüber denke ich jetzt nicht nach. Jetzt denke ich an gar nichts.*

Ich habe mich sorglos verhalten

Hollis schrieb die Nachricht um 0:47 Uhr. Sie erwartete keine Antwort von Milo, hatte aber trotzdem das Bedürfnis, sie abzuschicken. Gunnar hatte sie nur siebenundvierzig Minuten lang ablenken können.

Das Handy auf dem Schoß, saß sie da. Von Milo kam nichts zurück und sie war kein bisschen müde.

Dann fiel ihr etwas ein.

Sie scrollte durch ihre Kontaktliste. Es dauerte eine Weile, bis sie fündig wurde – nicht weil sie so wahnsinnig viele Freunde hatte, sondern weil er seine Nummer nicht unter R oder J gespeichert hatte wie ein normaler Mensch. Sondern unter B wie »Bowling-Hotline«.

Beim fünften Klingeln ging er ran.

»Hier ist Hollis«, sagte sie. »Darby.«

»Hallo, Hollis Darby.«

»Hallo, JJ Rabinowitz.«

Er gähnte lautstark.

»Ich hab dich geweckt. Tut mir leid.«

»Schon okay. Was gibt's?«

Was es gibt? Was sollte sie darauf antworten? *Tja, ich war gerade draußen im Garten, wo ich mit einem Jungen rumgemacht habe, mit dem ich nicht zusammen bin, nur ein paar Meter von der Stelle entfernt, wo ich neulich Pams Katze begraben habe. Eine Katze, von der ich dachte, ich könnte sie nicht ausstehen, aber jetzt, wo sie tot ist, fehlt sie mir auf einmal. Wenn auch nicht annähernd so sehr wie Pam. Aber ich bemühe mich, nicht zu denken. Ich bemühe mich, an ziemlich vieles nicht zu denken. Zum Beispiel Väter. Und Briefe. Und Städte nördlich des Minnesota River. Aber je mehr ich mich bemühe, nicht an all diese Sachen zu denken, desto mehr tue ich es. Darum muss ich mich auch im Garten mit einem Typen ablenken, mit dem ich nicht zusammen bin.*

»Nichts Besonderes«, antwortete Hollis. »Konnte nur nicht schlafen.«

»Wie spät ist es?«, fragte JJ.

»Null Uhr zweiundfünfzig … Also, bei dir ein Uhr zweiundfünfzig.«

»Oh.« Er gähnte erneut.

»Entschuldige. War 'ne blöde Idee. Ich hätte dich nicht anrufen sollen.«

»Nein. Ich freu mich drüber.«

»Ehrlich?«

»Und wie. Hab schon ein Loch im Bauch.«

Hollis lächelte im Dunkeln.

»Erzähl mir was«, bat JJ.

»Was denn?«

»Egal. Was hast du gemacht, bevor du mich angerufen hast?«

»Nichts.«

»Na, irgendwas musst du doch gemacht haben.«

»Okay«, sagte sie. »Wenn du's unbedingt wissen musst, ich hab im Garten mit Gunnar Mott rumgeknutscht.«

»Gunnar Mott?«

»Ja.«

»Was für ein Name ist denn bitte schön *Gunnar Mott*?«

»Was für ein Name ist denn bitte schön *Jonah Jedediah Rabinowitz*?«

»Auch wahr.«

Einen Moment lang schwiegen sie beide, und Hollis konnte JJ atmen hören, ruhig und langsam.

»Gut«, sagte er schließlich. »Erzähl mir von Gunnar Mott.«

»Was soll ich denn da erzählen?«

»Wie seid ihr zwei zusammengekommen?«

»Wir sind nicht *zusammen.*«

»Okay …«

»Ach, du findest das bestimmt alles total beknackt«, sagte Hollis.

»Wart's doch ab.«

Hollis dachte an den Schneeflockenball. Beinahe wäre

sie nicht hingegangen, weil sie a) nicht tanzen konnte und es b) hasste, sich aufzubrezeln. Aber genau an dem Freitag fand in der Immobilienkanzlei ihrer Mutter die alljährliche Weihnachtsfeier statt, und die Aussicht, den Abend allein auf der Couch zu verbringen und Yvette beim Pennen zuzugucken, erschien Hollis nicht sonderlich verlockend. Also bat sie ihre Mutter, sie an der Highschool abzusetzen.

»Das liegt direkt auf dem Weg zu deiner Party«, sagte sie. »Nach Hause kann ich ja ein Taxi nehmen.«

Leigh war überrascht. »Im Ernst?«

»Wieso denn nicht?«

»Du willst auf einen Schulball gehen?«

»Yep.«

»Allein?«

Hollis zuckte mit den Schultern. »Shay und Gianna lernen freitagabends immer.«

»Willst du …« Ihre Mutter zögerte. »Meinst du denn, das ist das passende Outfit für eine Schulveranstaltung?«

Hollis trug ein eng anliegendes schwarzes Kleid, das sie ganz hinten in Leighs Schrank gefunden hatte. Und dazu Armystiefel – denn die liebte sie nun mal heiß und innig, und was andere dachten, war ihr schnurz.

»Was stimmt denn nicht mit meinem Outfit?«

Ihre Mutter schüttelte den Kopf. »Nichts. Ich dachte nur –«

»Du hast gesagt, ich darf mir jederzeit deine Klamotten ausleihen.«

»Darfst du ja auch. Aber deine Figur. Mit diesen Kurven … Hollis, in dem Kleid siehst du aus wie fünfundzwanzig.«

»Na und?«

Leigh schüttelte den Kopf. »Zieh dir bitte wenigstens einen Mantel über, ja?«

»Von mir aus.«

Klar hatte es ein paar schiefe Blicke und Geläster gegeben, als Hollis den Mantel auszog und in die Turnhalle marschierte, aber längst nicht so viel, wie sie erwartet hatte. Es war dunkel. Die meisten Leute tanzten. Ein paar von ihnen wirkten betrunken. Hollis schlug sich zur Tribüne durch und setzte sich zu ein paar der alternativeren Kids, die sie schon seit der Grundschule kannte. Jenn Matthias. Grace Sung. Sie unterhielten sich über die Bücher, die sie gerade lasen, und sahen den anderen bei ihrem Rumgehopse zu.

Hollis erinnerte sich nicht genau, wann es passiert war – es war auf jeden Fall schon später am Abend gewesen, und sie hatte gerade darüber nachgedacht, sich ein Taxi zu rufen. Aber dann hatte sie Malory Keener auf der Tanzfläche gesehen. Malory, die ein silbernes Paillettenkleid trug und dazu Weihnachtskugelohrringe, die im Dunkeln leuchteten. Ihre Arme lagen um Gunnar Motts Schultern und ihre Hüften schwangen langsam hin und her. Hollis wusste natürlich, wer Gunnar war. An einer Schule, an der König Football regierte, musste man ja schon taub und blind sein, um den Starquarterback aus der Zehnten nicht zu kennen. Gunnar Mott, die Nummer 24. Bei seiner Position auf der allgemeinen Beliebtheitsskala hätte er jedes Mädchen haben können, sogar ältere, und trotzdem hatte er Malory aus der Neunten zum Ball eingeladen. Hollis wusste nicht, warum sie das so fuchste, aber so war es nun mal. Als sie die beiden wie aneinandergetackert hin und her schwanken sah, gingen ihr immer nur diese Worte durch den Kopf: *Meine Mom sagt, deine Mom führt einen schändlichen Lebenswandel.* Dazu kam, dass ein paar Minuten zuvor, als Hollis sich was zu trinken geholt hatte, eine von Malorys Glitzerpüppchenfreundinnen sie höhnisch gemustert und »Schicke Schuhe« gesagt hatte.

»Schickes Gesicht«, hatte Hollis gekontert.

»Kampflesbe.«

Es war nicht Malory gewesen, aber sie hätte es genauso gut sein können, und die Beschimpfung löste einen Schwelbrand in Hollis' Brust aus. Und das Feuer begann zu knistern und Funken zu sprühen, je länger sie zusah, wie Malory sich an Gunnar klammerte. Nachdem das Lied zu Ende war, flüsterte er ihr etwas ins Ohr, Malory nickte, und Gunnar verließ die Tanzfläche.

Noch heute wusste Hollis nicht, was damals in sie gefahren war. Sie hatte nicht mal was getrunken. Oder gekifft, wie ein paar der Oberstufenschüler, die sie auf dem Parkplatz gesehen hatte, als ihre Mutter sie absetzte. Aber irgendetwas – eine fremde Macht – hatte sie dazu getrieben, von der Tribüne aufzustehen und Gunnar zu folgen. Den Flur runter, bis zur Jungentoilette. Dort wartete sie vor der Tür, bis er wieder herauskam.

Und dann sprach sie ihn an: »Hi, Gunnar.«

Er drehte sich um und zog die goldblonden Augenbrauen hoch. »Ja?«

»Ich bin Hollis«, sagte sie.

»Hi«, sagte er. Er ließ seinen Blick langsam an ihr herunterwandern.

»Hi«, sagte sie noch mal. Und dann: »Hast du Lust, eine Runde spazieren zu gehen?«

Falls das Angebot Gunnar überraschte, ließ er es sich jedenfalls nicht anmerken. Er schenkte ihr nur sein Wahnsinnslächeln und antwortete: »Klar.«

Hollis ergriff die Initiative und führte ihn ins Physiklabor. Dort knutschten sie wie zwei hormongesteuerte Teenager in einem Film und es machte richtig *Spaß*. Gunnar drängte sie gegen den Tisch mit den Bunsenbrennern, und obwohl er der erste Junge war, den Hollis verführte, oder vielleicht gerade deswegen, machte sie die ganze Situation unheimlich an, genau wie ihn, und so führte eins zum anderen. Na ja, nicht zu *allem* anderen. Aber zu manchem.

Und als sie später das Labor verließen, liefen sie am Trinkbrunnen Malory in die Arme, die dort mit der Glitzerpüppchenfreundin stand, die Hollis eine Kampflesbe genannt hatte. Gunnar war noch dabei, sein Hemd zurück in die Hose zu stopfen, während Hollis ihre Haare glatt strich, und Malorys Gesichtsausdruck, als sie sie miteinander sah, war einfach perfekt. *Perfekt.* Dieser eine Moment hätte Hollis mehr als gereicht – aber dass Gunnar sich nun immer wieder Nachschlag holen kam, sich ständig heimlich mit ihr treffen wollte und sogar nachts in ihrem Garten auftauchte, obwohl er offiziell immer noch mit Malory zusammen war? Unbezahlbar.

»Stimmt«, sagte JJ, als sie zu Ende erzählt hatte. »Das ist echt beknackt.«

»Du wolltest es ja wissen.«

»Und jetzt knutschst du nur aus Rache mit diesem Typen rum? Weil diese Tussi mal gemein zu dir war, als ihr noch klein wart?«

»So klein waren wir da auch nicht mehr«, entgegnete Hollis. »Und sie hat viel mehr getan, als bloß gemein zu sein.«

»Okay.«

»Sie hat meine Familie beleidigt. Meine Mom quasi als widerlich bezeichnet, weil sie homosexuell ist. Nein – schlimmer als widerlich, *böse*. Und das so kurz nach Pams Tod. Ach, und wusstest du übrigens, dass ich im Krankenhaus nicht in ihr Zimmer durfte, um mich zu verabschieden? Denn – Überraschung! – nicht nur Malorys Mutter findet Homosexualität schändlich, und solche Leute lassen nicht mal eine Siebenjährige ins Krankenzimmer, weil der Mensch, der darin stirbt, kein *Verwandter* ist.«

»Okay«, beschwichtigte JJ sie. »Ich kapier's ja.«

»Bist du sicher?«

»Denke schon. Ja.«

Hollis seufzte. »Mir ist schon klar, dass das nicht sonderlich viel Sinn ergibt. Malory hatte wahrscheinlich überhaupt keinen Schimmer, was sie da geredet hat. Aber ich eben schon. *Ich* hab sie verstanden. Meine Mom war so traurig, und ich konnte Pam nicht zurückholen, und ich war auch so traurig, und diese ganze Traurigkeit, die … ich weiß nicht … die hat sich irgendwie in Wut verwandelt. Und diese Wut ist nie mehr weggegangen, die ganze Zeit nicht. Das mit Gunnar – okay, ja, am Anfang war das vielleicht bloß Rache, aber jetzt … bei ihm bin ich irgendwie …«

»Weniger wütend?«

»Ja.«

»Weniger einsam?«

»Mhm. Außerdem macht es Spaß.«

»Spaß«, wiederholte JJ.

»Sagen wir einfach, dass Gunnar Mott nicht gerade ein Grottenolm ist. Ich glaube, er hat als Baby gemodelt.«

»Als *Baby*?«

»Wenn die Gerüchte stimmen. Er war mit sechs Monaten wohl auf dem Cover von irgend so einer Elternzeitschrift.«

JJ schwieg lange. Zuerst dachte Hollis, er wäre vielleicht eingeschlafen, aber dann platzte es aus ihm heraus. »Ich war ein total hässliches Baby.«

»Was?«

»Ich war ein total hässliches Baby.«

»Quatsch.«

»Doch, ehrlich. Ich hab ausgesehen wie Winston Churchill.«

»Sehen nicht die meisten Babys aus wie Winston Churchill?«

»Ich mein's ernst. Ich hatte den riesigsten Kopf der Welt. Und ein Fünffachkinn.«

»Bestimmt warst du extrem niedlich.«

»Absolut nicht. Ich hab mich immer gefragt, ob meine leibliche Mutter mich vielleicht deswegen weggegeben hat. Weil sie so ein hässliches Baby nicht haben wollte.«

Hollis schluckte. Irgendwie schien ihre Kehle zuzuschwellen, als sie JJ so reden hörte. »Du weißt hoffentlich, dass das nicht stimmt.«

»Woher *soll* ich das denn wissen? Ist doch ein guter Grund.«

Hollis zögerte. »Ich würde gern irgendwas sagen, das dich vom Gegenteil überzeugt … aber ich weiß nicht, was.«

»Schon okay.«

»Ich mag jedenfalls, wie du aussiehst«, sagte sie.

»Danke. Ich mag auch, wie du aussiehst.«

»Ich würde dich nicht weggeben.«

»Ich dich auch nicht.«

Mit einem Mal wurde es ganz still, so als schliefe die gesamte Welt außer ihnen beiden.

»Ich hab das Gefühl, mit dir kann ich wirklich reden«, sagte Hollis.

»Geht mir genauso.«

Es war so still. Sie schloss die Augen und lauschte auf JJs Atem.

»Hello darkness, my old friend«, schmetterte er plötzlich los.

»Was soll das denn jetzt?«

»Ich vertreibe den *sound of silence* mit ›The Sound of Silence‹. Weißt schon, Simon and Garfunkel.«

»Du bist echt kauzig.«

Sie konnte ihn förmlich lächeln hören. »Du aber auch.«

»Das nehme ich als Kompliment.«

»Ich bitte drum«, sagte er. Mehr Schweigen, dann: »Fällt das auch unter kauzig, wenn ich sage, dass ich ein bisschen eifersüchtig auf diesen Gunnar bin?«

»Weil er Babymodel war?«

»Weil er heute mit dir rumknutschen durfte.«

Oh Gott, dachte Hollis.

»Ich wollte dich nämlich schon küssen, als ich dich zum ersten Mal gesehen habe.«

Oh Gott, oh Gott, oh Gott.

»Ups«, sagte JJ. »Hab ich das laut gesagt?«

»Mhm.«

»Ist so ein Problem von mir – ich muss immer gleich aussprechen, was mir in den Kopf schießt, ohne vorher nachzudenken … Soll ich es vielleicht zurücknehmen?«

»Nein … weiß nicht.« So ein Schwachsinn. Sie kannten sich ja kaum. Vor einer Stunde hatte sie noch mit Gunnar geknutscht. Und jetzt … Ja, und jetzt? Warum veranstaltete ihr Magen auf einmal solche Kapriolen?

»Oh Mann, jetzt komm ich mir blöd vor«, gestand JJ.

»Musst du nicht.«

»Lass uns einfach so tun, als hätte ich das nie gesagt.«

»Wenn du willst.«

»Ja.«

»Okay.«

»Sollen wir auflegen?«

»Nein.«

»Sicher?«

»Sicher.«

»Okay ...«

»Okay ...«

»Was sagst du zum letzten Mets-Spiel?«

Hollis musste lächeln. »Ich bin Twins-Fan.«

»Ah.«

»Außerdem haben wir Januar. Keine Baseballsaison.«

»Wo du recht hast ... Was sagst du zu dem Brief?«

Verdammt, dachte Hollis. »Welchem Brief?«

»Haha. Milo hat doch bestimmt erzählt, dass ich ihm beim Formulieren geholfen habe.«

»Nein.«

»Ich wollte, dass er William Bardo fragt, ob er seine Zunge zu einem vierblättrigen Kleeblatt falten kann, aber irgendwie ist er nicht drauf angesprungen.«

»Du redest wirr.«

»Zunge. Kleeblatt. Das ist ein genetisches Merkmal. Können nur ganz wenige Menschen. Ich hab geübt, aber bislang kein Erfolg.«

»Hm.«

»Jetzt findest du mich wieder kauzig.«

Hollis lächelte. »Schon möglich.«

»Und, kannst *du's*?«

»Die Zunge falten?«

»Ja.«

»Zweiblättriges, dreiblättriges und vierblättriges Kleeblatt, rollen *und* umdrehen.«

»Oh Mann«, stöhnte JJ. »Manche Leute sind einfach Glückspilze.«

»Ich hab wohl gute Gene.«

»Die hast du definitiv. Willst du noch mehr hören?«

»Ja.«

Hollis machte die Augen zu und lauschte JJs Ausführungen über spitze Haaransätze, Geldzähldaumen und angewachsene Ohrläppchen. Und nach einer Weile musste sie nicht mehr an den Brief denken. Oder vielleicht doch, aber er trat in den Hintergrund, wurde zu weißem Rauschen. JJs Stimme war tief und sanft. Jedes Wort rollte wie eine Welle auf sie zu und zog sich wieder zurück. Bald war sie zu müde, um noch etwas zum Gespräch beizutragen, und hörte nur noch zu. Welle kam, Welle ging. Welle kam, Welle ging.

»Hollis?«

»Hm?«

»Du schnarchst.«

»'snichwahr.«

JJ lachte. »Gute Nacht, Hollis Darby.«

Barnes, ergänzte Hollis tief unten am Meeresgrund. *Barnes.*

MILO

Ich habe mich sorglos verhalten

Milo las Hollis' Nachricht erst am Sonntagmorgen. Sie hatte sie mitten in der Nacht geschickt, und er hatte den Verdacht, dass es sich um eine »Gatsby«-Anspielung handelte, aber sicher war er nicht.

Wie jetzt, sorglos?, schrieb er zurück.

Drei Stunden später erhielt er die Antwort: **Schon gut. Alles ok**

Sicher?

Yep

Aber Milo war nicht blöd. Er wusste, dass Hollis Probleme hatte. Ihre tote Mom, die Suche nach ihrem Spender. Er hätte ihr gern ein *Ist doch in Ordnung, bin auch ziemlich neben der Spur* oder etwas in der Art zurückgeschickt. Aber Milo war nun mal nicht so für emotionale Geständnisse. Typisch Junge halt. Oder? Noah zum Beispiel schien keine Hemmungen zu haben, anderen sein Herz auszuschütten. Er hatte seine Sorgen über seinen Vater mit ihnen geteilt – seine Angst, dass Josh sowieso schon dessen Lieblingssohn war und dass die Sache mit ihrem Spender die Kluft zwischen ihm und seinem Vater nur noch vertiefen würde. Machte Milo sich nur was vor? War es ein Fehler gewesen, den Brief abzuschicken?

Tja. Zu spät.

Gestern beim Abendessen hatte er Suzanne und Frankie davon erzählt. »Wir haben William Bardos Adresse. Er wohnt in Eden Prairie. Minnesota.«

Frankie, der keine noch so winzige Bedeutungsnuance keines einzigen Worts entging, das aus Milos Mund kam, fragte: »Wir?«

»Mhm. Hollis, Abby, Noah und ich. Das war Gemeinschaftsarbeit.«

»Ah.«

»Wir haben – na ja, streng genommen habe *ich* ihm gerade einen Brief geschickt.«

»Gerade?«

Milo trank in aller Ruhe einen Schluck Wasser. »Heute Nachmittag.«

»Oh, Mi«, seufzte Suzanne und kam um den Tisch gestürmt, um Milo zu umarmen. »Herzlichen Glückwunsch!«

»*Glückwunsch?*«, wiederholte Frankie.

Suzanne fragte: »Nanu, haben wir hier neuerdings ein Echo?«

Frankie presste die Lippen zusammen.

»Ma«, sagte Milo vorsichtig, »das ist schon ein ziemlich wichtiger Schritt.«

»Meinst du, das ist mir nicht klar?«, fragte Frankie.

Gott, wie ihn das runterzog. Frankies Tonfall. Ihr Gesichtsausdruck, als hätte er ihr eine Ohrfeige versetzt. Sogar noch, nachdem sie ihn ebenfalls umarmt und sich für ihre Reaktion entschuldigt hatte.

»Vielleicht schreibt er ja nicht mal zurück«, beruhigte

Milo sie. »Vielleicht will er überhaupt nichts mit uns zu tun haben.«

»Erst mal abwarten«, sagte Suzanne.

Abwarten.

Am Sonntagnachmittag, vierundzwanzig Stunden nachdem er den Brief eingeworfen hatte, wartete Milo noch immer. Und wartete. Und wartete. Obwohl ihm klar war, dass er gestern die mittägliche Briefkastenleerung verpasst hatte und heute keine Post verschickt wurde. Er wusste einfach nicht, wie er sich die Zeit vertreiben sollte. Das Internet half auch nicht. Jeder Link war entmutigender als der davor.

Neue Studie zeigt: Kinder aus Samenspenden leiden
Samenspender-Kids arm dran
Kinder aus Samenspenden oft Mobbingopfer

»Hör dir das mal an«, sagte Milo, als JJ anrief, »›Ungeachtet ökonomischer Verhältnisse geraten Kinder aus Samenspenden doppelt so oft mit dem Gesetz in Konflikt wie solche, die bei ihren leiblichen Eltern aufgewachsen sind.‹«

»Ach«, sagte JJ.

»›Sie werden mehr als doppelt so oft drogensüchtig und klagen etwa anderthalbmal so oft über Depressionen oder andere psychische Probleme –‹«

»Alter.«

»Echt, oder? Wer sind denn bitte diese Leute? Denken die vielleicht auch mal daran, dass welche von diesen

Kindern ihren Blog lesen könnten? Ehrlich, Mann. Die haben doch –«

»*Alter.*«

»Ja?«

»Wie lange liest du diesen Scheiß schon?«

»Keine Ahnung. 'ne Weile.«

»Bleib, wo du bist.«

»Was?«

Aber JJ hatte schon aufgelegt.

Zwanzig Minuten später stand er vor Milos Tür.

»Ich brauche keinen, der mich rettet«, protestierte Milo.

Aber JJ drängelte sich kurzerhand an ihm vorbei in die Küche, wo Frankie an der Theke das Kreuzworträtsel der New York Times löste und Suzanne sich gerade eine Tasse Kaffee einschenkte.

»Hallo, Milos Moms«, grüßte er. »Ich nehme Milo jetzt mit zum Eislaufen.«

Frankie sah JJ ausdruckslos an. »Eislaufen?«

»Genau. Am Rockefeller Center.«

»Oh«, sagte Suzanne und trank einen Schluck Kaffee. »Das wird sicher lustig.«

»Lustig und vollkommen gesetzeskonform.« JJ nickte. »Keine illegalen Substanzen.«

Frankie fand das offenbar so gar nicht witzig.

JJ hob feierlich drei Finger. »Großes Pfadfinderehrenwort.«

Oh Gott, dachte Milo. *Bitte nicht.* Er wappnete sich schon mal für Frankies gewohnte Tirade über die amerikanischen Pfadfinderorganisationen und ihre berüchtigt homophobe Einstellung, aber Suzanne kam ihr zuvor.

»JJ«, sagte sie. »Frankie und ich wollten schon lange mal deine Eltern zum Essen einladen. Wir würden sie gern kennenlernen.«

Frankie warf Suzanne einen finsteren Blick zu.

»Cool.« JJ grinste.

Suzanne legte Frankie die Hand auf die Schulter. »Dann rufen wir deine Mom mal an und machen einen Termin aus. Oder, Schatz?«

Frankie grunzte unverbindlich.

Auf dem Weg zur Tür sagte JJ zu Milo: » Gib's zu, so langsam wachse ich den beiden ans Herz.«

Sie liehen Milo Schlittschuhe aus, und JJ hielt ihn an seiner Kapuze aufrecht, denn alleine wäre er sofort zu Boden gegangen. JJ, der früher mal Eishockey gespielt hatte, gab Milo eine kleine Kostprobe seines Könnens.

»Wow«, staunte Milo, als JJ eine Vollbremsung hinlegte, dass das Eis nur so spritzte. »Du bist echt gut.«

»Ich war bei den NYC Cyclones«, erklärte JJ. »Erste Jugendliga. Rechter Außenstürmer.«

»Und wieso hast du aufgehört?«

Er zuckte mit den Schultern. »Bin aus der Mannschaft geflogen.«

»Warum?«

Wieder Schulterzucken.

»Gras?«

»So was in der Art.«

Milo kam der Gedanke, dass JJ ein komplett anderes Leben hätte führen können, wenn er kein Kiffer gewesen wäre. Dann wäre er noch auf die Buckley School gegangen. Und hätte Hockey gespielt. Wahrscheinlich hätte er eine Freundin gehabt, denn – nicht dass Milo selbst Interesse gehabt hätte oder so – JJ sah ziemlich gut aus. Und dumm war er auch nicht. Seine Noten spiegelten bei Weitem nicht sein Potenzial wider, sondern eher seine Neigung, jeden Tag nach der Schule einen Joint zu rauchen.

»Auf die Gefahr hin, dass ich mich anhöre wie dein Dad«, sagte Milo, »meinst du nicht, du solltest mal die Finger vom Kraut lassen?«

»Du hörst dich nicht an wie mein Dad.«

»Nicht?«

»Mein Dad hat keine Ahnung.«

Milo nickte, was ihn sofort aus dem Gleichgewicht brachte. Hastig klammerte er sich an der Bande fest.

»Wir reden eigentlich nie so wirklich miteinander. Und wenn doch mal, dann … kapiert er eben nichts.«

»Hm.«

»Aber mach dir keine Sorgen«, fuhr JJ fort. »Ich hab schon mit Hollis drüber geredet.«

»Mit Hollis?«

»Ja. Wir haben einen Deal.«

»Du hast einen Deal … mit Hollis.«

»Ja.«

»Hab ich irgendwas verpasst?«, fragte Milo.

Woraufhin JJ berichtete, wie Hollis ihn letzte Nacht angerufen hatte und wie lange sie geredet hatten und wie er sie dann morgens zurückgerufen hatte und sie noch länger geredet hatten. Und wie sie, unter anderem, ihre jeweiligen »Selbstbetäubungstaktiken« erörtert hatten – bei JJ war es das Kiffen und bei Hollis Gunnar Mott, der Footballer, mit dem sie seit einem Monat immer wieder rumknutschte.

»Gunnar Mott«, wiederholte Milo.

»Ja.«

»Sie hat was mit einem Typen namens *Gunnar Mott*.«

»Genau das hab ich auch gesagt. Na, jedenfalls haben wir einen Deal. Sie hält sich von ihm fern und ich mich vom Gras.«

»Einfach so?« Milo war skeptisch, nicht weil er JJs guten Willen anzweifelte, sondern weil er in Bio so einiges über Drogen gelernt hatte. Ein kalter Entzug war kein Kindergeburtstag.

»Wir sind dabei, einen Plan aufzustellen«, sagte JJ.

»Einen Plan …«

»Einen vierwöchigen *Ent*täubungsplan. Wir passen aufeinander auf.«

»Aha.«

Während der gesamten Unterhaltung waren sie Schlittschuh gelaufen. Nein: JJ war Schlittschuh gelaufen und Milo unsicher neben ihm hergewankt, eine Hand immer an der Bande. Da legten ja Vierjährige mehr Eleganz an den Tag. Warum hatten seine Mütter ihm nie Schlittschuhlaufen beigebracht? Oder bowlen? Oder irgendwas, was auch nur im Entferntesten mit Sport zu tun hatte?

»Und?«, fragte JJ.

»Und was?« Milo klammerte sich fest, als ginge es um sein Leben.

»Was denkst du?«

»Ich denke, du bist in Hollis verknallt.«

JJ wirbelte abrupt herum und lief ein Stück rückwärts, ein dümmliches Grinsen im Gesicht. »Ich denke, da könntest du recht haben.«

Hollis und JJ, dachte Milo. Irgendwie passte das ja, ein bisschen seltsam waren sie schließlich beide. Ein bisschen vorbelastet. Und wenn gemeinsam seltsam und vorbelastet zu sein JJ dabei half, mit dem Kiffen aufzuhören, und Hollis, von einem Typen loszukommen, der hieß wie ein Seifenopernschurke, was sollte Milo dagegen einzuwenden haben?

JJ sah ihn mit hochgezogenen Augenbrauen an.

Es dauerte ein paar Sekunden, bis Milo kapierte. *Er will mein Einverständnis. Er will, dass ich ihnen meinen Segen gebe.* Also nickte er. »Cool.«

»Sie ist schon ein bisschen meschugge.« JJ vollführte eine Art Pirouette. »Aber ich ja auch.«

»Könnte man so sagen«, bestätigte Milo.

»Und sie ist klug. Aber so was von. Sie hat mir erzählt, was sie schon alles gelesen hat.«

»Ja, sie liest ziemlich viel.«

»Ich steh total auf sie, Mann. Ich weiß, es ist noch zu früh, um das beurteilen zu können, aber ich glaube, sie steht auch auf mich.« JJs Grinsen wurde noch breiter. »Sie ruft heute Abend wieder an.«

»Das ist doch schon mal vielversprechend.«

Als er nach Hause kam und Suzanne und Frankie aneinandergekuschelt auf der Couch liegen sah, ging Milo etwas auf. Alle hatten jemanden, außer ihm. Suzanne hatte Frankie. Hollis hatte JJ. Noah und Abby – auch wenn die Beziehung zu ihren Geschwistern bestimmt nicht immer einfach war – hatten Josh und Becca.

»Wie war's?«, wollte Suzanne wissen und klopfte einladend auf den freien Platz neben sich. »Komm, erzähl doch mal.«

»Beschissen«, sagte Milo. »Warum habt ihr mir eigentlich nie eislaufen beigebracht? Ich war der Einzige im ganzen Rockefeller Center, der das nicht konnte.«

Das war absolut kindisch und außerdem auch gar nicht wahr. Um ihn herum hatten sich mindestens ein Dutzend indischer Studenten in NYU-Sweatern ständig langgelegt. Aber Milo wollte sich nun mal in seinem Selbstmitleid suhlen. Er ließ sich auf den Sessel gegenüber der Couch fallen und pfefferte seine Messenger-Bag – mitsamt dem dämlichen EpiPen und dem dämlichen Antihistaminikum darin – auf den Boden. Warum musste er gegen alles allergisch sein? Warum musste er so dürr sein? Warum bemerkten Mädchen wie Hayley Christenson ihn nur, wenn Jungs wie JJ Rabinowitz sie herwinkten und um Hilfe bei einem dämlichen Bioprojekt baten? In Milos Magen brodelte es.

»Dann gehen wir doch demnächst mal zusammen auf die Eisbahn«, schlug Frankie vor.

Milo schnaubte. »Genau, und dann nehmt ihr mich beide ans Händchen, weil ich nämlich sechs bin.«

»Hey.« Suzanne musterte ihn. »Was soll denn dieser Ton?«

»'nen anderen hab ich nicht, Suzanne.«

»Seit wann bin ich denn bitte ›Suzanne‹?«

»Mi.« Frankies Stimme war jetzt sanft. »Was ist denn passiert?«

»Gar nichts ist *passiert.* Es war halt einfach blöd da.«

Was noch nicht mal stimmte. Es war überhaupt nicht blöd gewesen; er hatte bloß miese Laune, weil er eifersüchtig war. So, jetzt war es raus. Er war eifersüchtig auf JJ und Hollis, weil die beiden – irgendwann innerhalb der letzten vierundzwanzig Stunden, bevor Milo auch nur die Gelegenheit gehabt hatte, auf Hollis' Nachricht zu antworten – anscheinend eine Bindung zueinander entwickelt hatten, die ihn ausschloss. Kindisch? Klar. Logisch? Nein. Aber so war es eben.

»Willst du darüber reden?«, bot Frankie mit ihrer Immer-ein-offenes-Ohr-Sozialarbeiterinnen-Stimme an. »Wir sind für dich da.«

Milo sagte nichts. Natürlich wollte er nicht darüber reden. Wann wollte er jemals mit seinen Müttern über irgendetwas reden?

»Dir geht gerade einfach viel durch den Kopf«, sagte Suzanne. »Wir verstehen das.«

»Nein, tut ihr nicht«, erwiderte Milo, so leise, dass er es selbst kaum hörte.

»Was sagst du, Schätzchen?«, fragte Frankie.

»Ihr versteht es nicht.«

»Was denn genau?«

»Was, wenn er nicht zurückschreibt?« Er hatte es gar nicht aussprechen wollen, hatte nicht mal bewusst darüber nachgedacht. Die Frage war ihm einfach so rausgerutscht. »Was, wenn er nichts mit mir zu tun haben will?«

»Ach, Mi«, seufzte Suzanne.

Er schüttelte den Kopf. »Ich hätte diesen Brief nicht schreiben dürfen. Das war bescheuert.«

»War es nicht«, widersprach Frankie. »Das war sehr mutig. Was Mutigeres habe ich noch nie gehört.«

»Im Ernst?«

»Ja.«

Das sagte sie wahrscheinlich nur so, damit es ihm besser ging. Wie mutig war es denn schon, ein paar Zeilen zusammenzutippen und in den Briefkasten zu werfen, damit jemand anders sie auslieferte? Schließlich hatte er nicht gerade vor William Bardos Tür gestanden und geklingelt. Oder ihn auch nur angerufen. Trotzdem ebbte Milos Selbstmitleid ein wenig ab. Dann war er eben der unsportlichste Junge unter der Sonne. Dann hatte er eben niemanden. Als Suzanne fragte, ob er Fleischklößchen zum Abendessen wolle, sagte er Ja. Fleischklößchen klangen gut.

HOLLIS

»Zeig mal deine Zehen«, sagte JJ.

»Meine *Zehen*?«

»Ja.«

»Warum?«

»Zeig einfach.«

Hollis zog die Socken aus und hob die Füße auf den Schreibtisch vor ihren Computer.

JJ kniff die Augen zusammen. »Mm-hmm.«

»Was?«

»Dein zweiter Zeh ist kürzer als der große.«

»Na und?«

»Guck dir mal meine an.«

JJ verschwand aus dem Blickfeld. Kurz darauf füllten seine Riesenfüße den kompletten Bildschirm aus.

Hollis musste lachen. »Ich seh gar nichts außer deinen Fersen.«

»Moment.« Er rückte ein Stück nach hinten. »Und jetzt?«

»Besser.«

»Mein zweiter Zeh ist länger als der große, siehst du das?«

»Ja.«

»Genetik, Baby. Der längere zweite Zeh ist dominant, der kürzere ist rezessiv.«

»Aha.« Sie musterte JJs Füße. »Welche Schuhgröße brauchst du eigentlich für diese Monster?«

»Achtundvierzig.«

»Musst du dafür in einem Spezialgeschäft einkaufen? Oder kennst du ein paar Wichtel, die dir was zurechtschustern?«

»Du weißt ja, was man über Männer mit großen Füßen sagt …«

»Hör bloß –«

»Die haben ein großes Herz.«

Hollis bemühte sich, das Lächeln zu unterdrücken, aber es gelang ihr nicht ganz.

Es war Mittwochnachmittag und sie videochatteten. Nicht zum ersten Mal. Sie hatten ein paar Abende zuvor damit angefangen, mitten in einem ihrer Marathontelefonate.

»Ich will dein Gesicht sehen«, hatte JJ mit einem Mal gesagt.

Hollis hatte gefragt: »Warum?«, worauf er geantwortet hatte: »Darum.«

Also waren sie auf FaceTime umgestiegen, von Schlafzimmer zu Schlafzimmer, was viel persönlicher war, als einfach nur zu telefonieren. Sie führten virtuelle Besichtigungstouren durch. Zeigten einander ihre Sachen. Wie JJs Vintage-Hockeyposter (die der Inneneinrichter seiner Mom für ihn ausgesucht hatte, was Hollis ziemlich seltsam fand) und sein Mobile in Form des Sonnensystems (das er als kleiner Junge in seiner Astronautenphase gebaut hatte, was Hollis ziemlich süß fand).

Hollis erzählte ihm von ihren Lieblingsbüchern. Er erzählte ihr von den Fernsehserien, nach denen er süchtig war. (Wie konnte es sein, dass sie nicht eine einzige Folge von »Breaking Bad« gesehen hatte? Die reinste Blasphemie!)

Hollis wusste nicht, warum es ihr so leichtfiel, mit JJ zu reden. Lag es daran, dass er so ein Kasper war? An seiner völligen Uneitelkeit? Oder seiner tief verwurzelten Unsicherheit? *Meine Mutter hat mich weggegeben. Ich war ein total hässliches Baby.* Es schien, als wären im Laufe der letzten Woche irgendwelche Wände eingestürzt, die es nun zuließen, dass sie sich einander anvertrauten. Was immer das zwischen ihnen war, es war noch sehr klein und zart – wie ein frisch geschlüpfter Schmetterling oder ein Mungbohnenkeimling. Hollis erinnerte sich noch daran, wie sie mal mit Pam Mungbohnensprossen gezogen hatte. Es hatte ewig gedauert, so viele Schritte gebraucht. Und eine Art Stoffsäckchen hatte dabei eine Rolle gespielt.

»Aaahhh, Beinkrampf.« JJ zog die Füße an und stellte sie zurück auf den Boden. »Gelenkig wie ein Neunzigjähriger.«

»Du müsstest Yoga machen.«

»Machst du Yoga?«

»Nein. Aber ich bin megagelenkig.« Hollis wollte gerade zu Demonstrationszwecken den Fuß hinter den Kopf heben, als ihr Handy *ping* machte. Sie griff danach.

Hast du die mail gesehen?

»Das ist jetzt aber hoffentlich nicht Gunnar Mott«, sagte JJ.

Hollis schüttelte den Kopf. »Milo. Er will wissen, ob ich die Mail gesehen habe.«

»Welche Mail?«

»Weiß ich nicht.«

Welche mail?, schrieb Hollis zurück. Sie hatte ein komisches Gefühl im Bauch. Hatte Milo etwa Antwort von William Bardo bekommen? Ging es jetzt los? Verdammt. Sie war noch nicht so weit.

Fast sofort machte ihr Handy wieder *ping*. **Von abby**

Von Abby. Hollis atmete auf. **Nö. Wasn los?**

Sie hat rausgefunden wo er arbeitet. Auf der website ist ein profil

Hollis holte abermals Luft.

»Alles in Ordnung?«, wollte JJ wissen.

»Abby hat rausgefunden, wo er arbeitet.« Sie ärgerte sich über ihre zitternde Stimme.

»Euer Spender?«

Hollis nickte. »Milo sagt, es gibt ein Profil von ihm auf der Website.«

»Hat Abby einen Link geschickt?«

»Ich weiß nicht.«

Gibts nen link?, schrieb sie.

Yep, kam zurück. **Gucks dir an**

Hollis wurde die Brust so eng, als säße jemand darauf.

»Geht's dir gut?«, fragte JJ.

»Ja.«

»Atmen.«

»Mach ich doch.«

»Willst du in deine Mails gucken?«

»Ich weiß nicht.«

»Soll *ich* in deine Mails gucken?«

»Ich weiß nicht.«

»Ich kann Milo anrufen«, schlug JJ vor. »Der sagt uns dann, was drinsteht.«

Hollis schloss die Augen. Bemühte sich, ruhig zu atmen. *Ein durch die Nase, aus durch den Mund. Ein durch die Nase, aus durch den Mund.*

»Oder wir legen auf und du rufst ihn selber an. Vielleicht ist es besser, wenn ihr zwei –«

»Nein!« Hollis riss die Augen auf. »Nicht auflegen. Ruf du ihn an.«

»Okay.« JJ griff zu seinem Handy und tippte auf dem Display herum. »Hey«, sagte er, als Milo ranging. »Ich quatsche gerade mit Hollis auf FaceTime. Sie hat deine Nachricht gekriegt – kannst du ihr vielleicht sagen, was in Abbys Mail steht?« Er schwieg kurz. »Nur weil sie gerade nicht so gut Luft kriegt.«

»Krieg ich wohl«, fauchte Hollis.

»Okay, kriegt sie wohl. Moment …«, sagte JJ. »Ich stell dich auf Lautsprecher. So.«

»Hallo?«

Hollis hörte Milos Stimme aus JJs Handy kommen, das er vor dem Computer hochhielt wie ein Feuerzeug bei einem Rockkonzert. Das war doch absurd. Das Ganze war einfach nur absurd.

»Hollis?«, sagte Milo.

»Ja, ich höre dich.«

»Okay. Also, er ist Lehrer.«

Lehrer. Es fühlte sich an, als würde ihr Inneres durch ein winziges Loch nach außen gequetscht.

»Er arbeitet an einer Montessorischule«, fuhr Milo fort. »Am Kooperativen Lernzentrum in Eden Prairie. Abby hat die Website entdeckt … Soll ich dir aus seinem Profil vorlesen?«

»Ja«, sagte Hollis überzeugter, als sie war.

JJ nickte ermutigend in die Webcam. Er sah so warm und urwüchsig aus in seinem Karohemd, wie ein Holzfäller, der sich nach einem langen, arbeitsreichen Tag entspannte. Auch wenn er nicht wirklich bei ihr war, war Hollis froh, dass sie ihn beim Zuhören vor sich sah.

»›Hi, ich bin Will‹,« fing Milo an.

»Will?«, unterbrach ihn JJ. »Was für 'ne Schule soll das denn –«

»Psst«, machte Hollis.

»'tschuldigung.«

»›… ich bin Will‹«, wiederholte Milo, »›und ich gebe jetzt schon seit über sieben Jahren Literaturunterricht hier im Kooperativen Lernzentrum. Aufgewachsen bin ich in einer Kleinstadt in Indiana, etwas außerhalb von Indianapolis, und habe zunächst Literaturwissenschaft am Macalester College in Minnesota studiert. Danach habe ich noch einen Master in Pädagogik an der Minnesota State University in Mankato draufgesetzt. Bevor ich als Lehrer nach Eden Prairie gekommen bin, habe ich in einem Abenteuercamp in Denver gearbeitet, wo ich auch meine Frau Gwen kennengelernt habe –«

»Er ist verheiratet?«, platzte es aus Hollis heraus.

»Wenn er sie als seine Frau bezeichnet, würde ich behaupten, ja«, entgegnete Milo.

Hollis hatte keine Ahnung, warum sie das so überraschte. Vielleicht weil sie sich William Bardo, seit sie ihn in dem Macalester-Jahrbuch gesehen hatte, immer als Collegestudenten vorstellte. Aber das war natürlich sechzehn Jahre her. Jetzt musste er – was, achtunddreißig sein? Mit achtunddreißig war man vermutlich verheiratet.

»Soll ich weitermachen?«, fragte Milo.

»Ja.«

»Okay. ›… wo ich auch meine Frau Gwen kennengelernt habe, die als Biologielehrerin und Erlebnispädagogin ebenfalls hier arbeitet. Wir beide fühlen uns sehr wohl an dieser Schule. Das Kooperative Lernzentrum ist eine wunderbare Gemeinschaft, in der Wert auf soziales Bewusstsein und Nachhaltigkeit gelegt wird …‹«

Fast hätte sie losgeprustet. *Eine wunderbare Gemeinschaft?* Aber irgendwie schaffte sie es, sich zu beherrschen und Milo zu Ende lesen zu lassen.

»›… was hervorragend unsere eigene Philosophie ergänzt, der zufolge ein Lehrer Kindern nicht nur Lesen, Schreiben und Rechnen beibringen sollte, sondern auch, wie man mit seinen Mitmenschen und seiner Umwelt umgeht. Gwen und ich haben ein kleines Haus ein paar Meilen von der Schule entfernt, mit einem Garten, der groß genug ist für drei Westafrikanische Zwergziegen, ein Dutzend Hühner und einen Irischen Wolfshund namens Max. In meiner Freizeit lese ich gern, fahre Mountainbike, hupe ein bisschen auf meinem Saxofon rum und spiele Ultimate Frisbee. Ich freue mich schon darauf, dieses Jahr *Dich* kennenzulernen, und bin gespannt, wie Du so tickst. Herzlich, Dein Will.‹«

»Stimmt, genau so klingt er«, bemerkte JJ.

»Wie?«, fragte Hollis.

»Herzlich.«

»Ja«, sagte Milo. »Scheint ein anständiger Kerl zu sein.«

Herzlich? Anständig? Hollis geriet völlig ins Schwimmen. Natürlich wusste sie, was diese Wörter bedeuteten, aber wie sollte sie sich jetzt fühlen? Den Großteil ihres Lebens hatte sie diesen Mann gehasst. Allein beim Gedanken an ihn war sie schon hochgegangen wie ein Pulverfass – er hatte von ihrer Zeugung profitiert, ohne auch nur ein Fitzelchen Verantwortung für sie zu übernehmen. Er war ein absolut mieser Typ. Ein sorgloser Mensch. Und jetzt … jetzt sollte er plötzlich ein herzlicher, anständiger Montessorilehrer, Zwergziegenbesitzer und Ehemann mit sozialem Bewusstsein sein? Schwachsinn! Dafür war es zu spät! Er konnte jetzt nicht einfach den Kurs wechseln und erwarten, dass Hollis ihm verzieh. So funktionierte das nicht!

»Guck dir das Profil mal selbst an«, meinte Milo. »Da ist ein Foto von ihm in seinem Garten.«

»Westafrikanische Zwergziegen?«, erwiderte Hollis schwach. »Im Ernst?«

»Klingt doch nach ’ner ziemlich coolen Socke«, sagte Abby.

»Definiere coole Socke«, erwiderte Hollis.

Jetzt hockte sie heute schon zum zweiten Mal vor FaceTime. Hollis brauchte dringend einen anderen Blickwinkel und hoffte, dass Abby Fenn – ihre Spermaschwester und angehende Memoirenschreiberin – ihr einen liefern würde. Abby Fenn mit den glänzenden Haaren und dem goldenen Kreuz um den Hals, die gerade auf einem rüschigen Himmelbett lag und mit einer Gabel einen Riesenbottich Joghurt in sich hineinschaufelte. Abby Fenn mit der Raucherstimme und den verstörend vertrauten Augenbrauen, die völlig ungerührt geblieben war, als plötzlich Hollis' Gesicht auf ihrem Bildschirm aufploppte.

»Coole Socke«, sagte Abby. »Umgangssprachlicher Ausdruck für jemanden, der gern auf seinem Saxofon rumhupt.«

»*Rumhupen*«, schnaubte Hollis. »Wer sagt denn so was?«

»Jazzmusiker. Sprachakrobaten.«

»Pfff«, machte Hollis.

»Ich muss dich ja wohl nicht drauf hinweisen, dass der sprichwörtliche Apfel nicht weit vom Stamm fällt? Hallo? Noahs Posaune? Meine Schreiberei? Deine und Milos Millionen Bücher? Der Mann sagt, er liest gern.«

Hollis grummelte etwas Unverbindliches vor sich hin.

»Puh«, sagte Abby. »Ganz schön krass.«

»Was?«

»Das hier.« Abby wedelte mit den Händen. »Alles. Dass wir uns gefunden haben. Diese ganzen verrückten kleinen Gemeinsamkeiten.«

Hollis konnte sich nicht entscheiden, ob sie Abby zustimmen sollte – was sie natürlich irgendwie tat – oder ihr gestehen, dass sie plötzlich alles, was sie über ihre Existenz zu wissen gemeint hatte, infrage stellte. Und dass ihr das einen Heidenschiss einjagte.

»Hollis?«, fragte Abby.

»Ja.«

»Ich glaube, dein Handy hat gerade Laut gegeben.«

Hollis sah runter auf ihren Schreibtisch. *Verdammt*, dachte sie.

»Vielleicht ist das Milo mit einem Update.«

Verdammt, verdammt, verdammt. Hollis kniff die Augen zu. *Ich bin noch nicht so weit.*

Sie zwang sich, nach dem Handy zu greifen. Zwang sich nachzusehen.

Nuttenschlampe. Lass die finger von anderer leute typen

»Ha!« Die Erleichterung überrollte sie wie eine Welle.

»Was ist?«, fragte Abby. »Milo?«

Hollis schüttelte den Kopf.

»Noah?«

»Nein.«

»Wieso denn das ›Ha‹?«

»Ach, nur 'ne witzige Nachricht.« *Nuttenschlampe.* Das war wirklich ziemlich witzig. Ein Beleidigungskompositum.

»Lies vor.«

»Das willst du nicht hören.«

»Doch«, widersprach Abby. »Will ich.«

Für die Malory-Story musste Hollis weit ausholen, bis

zurück zur zweiten Klasse. Bis zum Klettergerüst. Bis zu *Meine Mom sagt, deine Mom führt einen schändlichen Lebenswandel.* Sie erzählte Abby alles und Abby hörte zu. Hollis beschrieb Malorys Gesicht, als Gunnar und sie aus dem Physiklabor kamen. Und Malorys Gesicht, als Hollis vor der Aula ihren eigenen Lebenswandel als schändlich bezeichnet hatte. Und den Adrenalinschub, der sie jedes Mal erfasste, wenn sie sich an Gunnar presste, ihre Lippen auf seinen.

»Das ist echt daneben«, sagte Abby, als Hollis fertig war.

»Ich weiß«, erwiderte Hollis. »Ich kann's auch nicht erklären. Er ist halt heiß.«

Selbstbetäubung, hatte JJ das genannt. Als wäre Rumknutschen in der Abstellkammer auch nur annähernd dasselbe, wie im Keller zu kiffen.

»Ich meine nicht dich«, sagte Abby. »Das sind bloß die Hormone. Ich rede davon, was diese Mädchen machen.«

»Was?«

»Dich als Schlampe bezeichnen.«

»Hm. Aber ich hab ja wirklich was mit Malorys Freund.«

»Das ist noch lange kein Grund.«

Hollis zuckte mit den Schultern.

»Na, nennen sie *ihn* vielleicht Schlampe?«

»Ich glaube, zu Jungs sagt so was keiner.«

»Ganz genau«, triumphierte Abby. »Dich mitten in der Nacht anrufen, solches Zeug auf Instagram posten – das ist Mobbing.«

»Ich fühle mich aber gar nicht gemobbt.«

»Vielleicht solltest du das.«

»Die Genugtuung, mich über den Quatsch aufzuregen, werde ich ihnen bestimmt nicht geben. Außerdem …« Hollis zögerte.

Abby legte fragend den Kopf schief.

»Irgendwie find ich's sogar ganz lustig, Malory ein bisschen zu triezen. Immer wenn ich sie sehe, fällt mir ein, was sie damals, als ich sieben war, über Pam gesagt hat, und dann werde ich wieder stinksauer.«

»Hollis.«

»Ja.«

»Als du *sieben* warst.«

»Ja. Na und?«

Abby nahm die Gabel aus dem Joghurteimer und stach damit in die Luft. »Weißt du, was du brauchst?«

»Nein, was?«

»Ein anständiges Ende für diese Geschichte.«

»Weißt du, was *du* brauchst, Abby?«

»Nein, was?«

»Einen Löffel.«

Als Hollis schließlich den Computer ausschaltete, war es fünf Uhr. Ihre Mutter würde erst in einer Stunde zu Hause sein, also holte sie ihr Rad aus der Garage. Eigentlich war es zu kalt zum Fahrradfahren, aber die Luft schien ihr genau das zu sein, was sie jetzt brauchte. Wie wenn man einen Heulkrampf hatte und nur noch eine Ohrfeige half.

Ich fahre durch die arktische Tundra, dachte Hollis und trat kräftiger in die Pedale. *Ich fühle gar nichts. Nichts fühlen ist gut.*

War es wirklich. Bis sie in die Reeder Street einbog und Gunnar Mott sah, der vor Fitzys Haus ein paar Körbe warf.

Das Universum, dachte Hollis, *will mich wohl verarschen.*

Hollis wäre Gunnar gern aus dem Weg gegangen, aber gleichzeitig wollte sie, dass er sie bemerkte. Genau wie sie sich wünschte, dass die Nuttenschlampen-Nachrichten aufhörten, aber gleichzeitig Spaß daran hatte, Malory leiden zu sehen. Sie wusste, dass das Blödsinn war. Nichts als ein komischer, bescheuerter, widersinniger Drang, den sie immer noch mit Malorys Kommentar über Pam von vor einer Million Jahren rechtfertigte.

Komm, wir schließen einen Deal ab, hatte JJ gesagt. *Lass uns zusammen versuchen, unsere selbstzerstörerischen Gewohnheiten abzulegen.* Hollis hatte zugestimmt, wenn auch eher, um JJ zu helfen. Ganz überzeugt war sie nämlich nicht von seiner Theorie, dass Gunnar ihre Droge war. Hollis knutschte eben einfach gern. Es machte Spaß. War das wirklich so furchtbar?

Egal. Ihre Beine waren müde. Sie hatte wirklich ganz schön gestrampelt. Sie würde nicht anhalten. Nicht nach ihm rufen.

Aber er rief nach ihr. »Yo, Hollis!«

Sie wurde langsamer.

»Hollis!«

Den Basketball vor sich herdribbelnd, kam er auf sie zugerannt.

»Hey«, sagte sie, bremste und stellte einen Fuß auf den Boden.

»Wo warst *du* denn?« Trotz der Kälte schwitzte er leicht. Die Haare standen ihm in Büscheln vom Kopf ab.

»Hier und da.«

Er ließ den Basketball auf dem Zeigefinger kreisen. »Cool.«

Fand er es cool, dass sie hier und da gewesen war oder dass er das mit dem Basketball auf dem Finger konnte?

»Ich hab mit meinen Halbgeschwistern gesprochen«, sagte sie. Sie hatte gar nicht vorgehabt, ihm davon zu erzählen, es platzte einfach aus ihr heraus. »Wir haben rausgefunden, dass unser Spender Lehrer ist.«

Gunnar schnippte gegen den Ball, sodass er sich weiterdrehte.

»Du weißt schon, der Vater, den ich nicht kenne. Der arbeitet an so einer Hippieschule. Und er ist *verheiratet.*«

»Cool.«

Hollis starrte Gunnar an. *Cool?*

Gunnar fing den Ball auf. »Sollen wir …?« Er deutete mit dem Kinn zu einer kleinen Baumgruppe.

»Was?«

Er lächelte. Tolle Zähne. So strahlend. »Weißt schon.«

»Ob ich mit dir in dem Gestrüpp da rummachen will?«

Er zuckte mit den Schultern, lächelte weiter.

Oh Mann, dieses Lächeln. Ein Teil von Hollis hätte ihn sich am liebsten geschnappt und gleich hier auf der

Straße geküsst. Aber ein anderer Teil von ihr redete weiter. »Hast du mir eigentlich zugehört?«

»Was?«

»Mein *Vater.* Wir haben ihm einen Brief geschickt. Vor fünf Tagen oder so. Wir könnten jeden Moment eine Antwort bekommen. Und ich weiß noch nicht so ganz, wie ich mich dabei fühle.« Mit einem Mal geriet Hollis richtig in Fahrt. Die Worte sprudelten nur so aus ihr heraus. Mehr Worte, als sie je mit Gunnar Mott gewechselt hatte.

»Dafür weiß *ich*, wie du dich *an*fühlst«, sagte er und warf seinen Basketball ins Gras.

»Was?«

Gunnar zog Hollis mitsamt ihrem Rad an sich.

»Mhmmm.« Seine Lippen legten sich auf ihre. »Weich.«

Hollis wich zurück. »Dafür bin ich gerade echt nicht in –«

»Und warm.« Seine Hände schoben sich unter ihr Shirt. »So schön warm.«

»Hey«, rief Hollis scharf. *Das* hier machte alles andere als Spaß. Es machte sie wütend.

»Was denn?«

»Ich versuche hier gerade, dir was zu erzählen«, sagte Hollis. »Wenn du zuhören willst, super. Wenn du einen Rat für mich hast, auch super. Aber wenn du mir nur unters Shirt willst … dann setze ich mich lieber wieder aufs Fahrrad.«

»Ach so.« Gunnar trat einen Schritt zurück. Er wirkte

verlegen – ob über ihr Verhalten oder sein eigenes, war schwer zu beurteilen.

Zu seinem Glück rief in diesem Moment Fitzy über die Straße: »Ey, Mott, spielen wir bald mal weiter oder was?«

»Okay«, sagte Gunnar und hob den Basketball wieder auf. »Ich muss wieder.«

»Ich auch.«

»Wir sehen uns ja sicher.«

»Klar«, sagte Hollis. »Wir sehen uns.«

MILO

Will Bardo unterrichtete Literatur.

Will Bardo stammte aus Indiana.

Will Bardo besaß einen halben Streichelzoo.

Will Bardo spielte Ultimate Frisbee.

Will Bardo war verheiratet.

Will Bardos Frau war eine Granate.

Auf Letzteres hatte ihn Noah aufmerksam gemacht, der sich anscheinend Gwen Bardos Profil auf der Seite der Schule angesehen und dann eine Nachricht geschickt hatte: **Guckt euch mal WBs frau an**

Milo klickte auf den Link, und da war sie, Gwen Bardo, im Surfanzug, ihr Board unter den Arm geklemmt. Ihr nasses Haar war aus dem Gesicht gestrichen und reichte ihr fast bis zur Taille. Ihre Beine waren lang und gebräunt. Sie lachte in die Kamera.

Darauf gab es nur eine Antwort: **Wow**

Sag ich doch, schrieb Noah.

Und Abby schrieb: **Wo surft man denn in minnesota?**

Und Hollis schrieb: **Nirgends**

Und Noah schrieb: **Darum gehts doch gar nicht**

Und Abby schrieb: **Worum dann?**

Dass sie aussieht wie ein supermodel, schrieb Milo.

Und Hollis schrieb: **Hallo, sie hat auch was im kopf**

Womit sie nicht unrecht hatte. Ihrem Profil zufolge

hatte Gwen in Dartmouth Geowissenschaften und Chemie studiert und anschließend ihren Master am Trinity College in Dublin gemacht. Besonders interessierte sie sich für Biodiversität und Naturschutz.

Danke, hollis, schrieb Abby.

Und Hollis schrieb: **Ist ja nicht so als würden sich gutes aussehen u köpfchen ausschließen**

Und Noah schrieb: **WB hat den jackpot geknackt**

Und Milo schrieb: **Amen**

Wenn ein Mann mit Milos Atompilzfrisur und Augenbrauen wie explodierten Raupen so eine Frau abbekommen hatte, dann bestand noch Hoffnung.

Wenn Will Bardo zurückschreibt, dachte Milo, *frag ich ihn, wie er das angestellt hat.*

Wenn Will Bardo zurückschreibt.

Sieben Tage waren vergangen und bis jetzt war noch nichts passiert. Kein Brief. Keine E-Mail. Nada.

»War die Post schon da?«, fragte Suzanne Milo am Freitagnachmittag.

»Mhm«, machte er.

»Irgendwas Interessantes dabei?«, erkundigte sich Frankie so lässig, als wollte sie bloß wissen, ob die neue National Geographic schon gekommen war.

Milo schüttelte den Kopf.

Und? Schon was gehört?, schrieb Noah am Samstagnachmittag.

Nö, schrieb Milo zurück.

Vielleicht ist was schweres auf ihn draufgefallen u er steckt fest, schrieb Abby.

Hollis schrieb: **Vielleicht hupt er die ganze zeit auf seinem saxofon rum u kommt nicht zum antworten**

Noah schrieb: **Vielleicht hat eine westafrikanische zwergziege seinen brief gefressen**

Und Milo schrieb: **Vielleicht hat er dic antwort per brieftaube geschickt**

Oder per briefhuhn

Vielleicht ist sein haus abgebrannt u der brief mit

Vielleicht wurde er von aliens entführt

Vielleicht ist er im zeugenschutzprogramm u hat ne neue identität

Vielleicht gibts ihn gar nicht

Vielleicht ist er nur ein kollektives hirngespinst von uns

Vielleicht gibts uns alle auch nicht

Vielleicht besteht der mond aus käse

Von da an gab es kein Halten mehr.

Am Sonntagabend kamen JJ und seine Eltern zum Essen. Milo hatte keinen Schimmer, warum Suzanne und Frankie sie unbedingt einladen mussten, aber sie hatten darauf bestanden.

Roz und Abe Rabinowitz standen pünktlich um halb acht auf der Matte – sie in hautenger Lederhose und Wolkenkratzer-Highheels, eine Topfpflanze vor sich hertragend, er mit schwarzer Jeans und T-Shirt und einer Flasche in den Händen. Hinterhergeschlurft kam JJ in seinem unvermeidlichen Karohemd, die Miene gequält.

Er war gut und gerne einen Kopf größer als seine Eltern. Und ungefähr zwanzigmal blonder.

»Willkommen, willkommen«, rief Suzanne. Sie trug eine bunte Tunika, in der sie aussah wie ein exotischer Fisch.

»Kommen Sie rein, kommen Sie rein«, fügte Frankie hinzu.

Milo hatte keine Ahnung, warum seine Mütter immer alles doppelt sagen mussten. Genauso wenig kapierte er, warum Frankie ein Regenbogensweatshirt anhatte – als wäre es nicht offensichtlich, dass sie und Suzanne lesbisch waren.

»Wir haben Ihnen eine Bambuspalme mitgebracht«, verkündete JJs Mutter und streckte ihnen die Pflanze hin. Ihre Fingernägel waren lang und violett lackiert.

»Wie hübsch!«, freute sich Suzanne.

»Und einen Glenmorangie Single Malt«, ergänzte JJs Vater gut gelaunt und hob die Whiskyflasche. Er war komplett kahlköpfig und seine Glatze glänzte unter der Deckenlampe.

»Das wäre doch wirklich nicht nötig gewesen«, sagte Frankie.

»Ach, machen wir doch gern.«

Ging es vielleicht noch krampfiger?, fragte Milo sich, während sie sich zu sechst um den Wohnzimmertisch gruppierten, wo schon die allergikerfreundlichen Häppchen bereitstanden. Spießchen mit Korianderhuhn, vietnamesische Salatrollen, Spargel im Schinkenmantel.

»Wir haben gehört, Sie arbeiten beide in der Filmbranche«, fing Frankie an, während sie sich einen Spieß nahm. »Das ist sicher spannend.«

Milo stöhnte innerlich auf, aber JJs Dad nickte und dippte seine Salatrolle in sojafreie Süßsauersoße. »Das stimmt.«

»Erzählen Sie doch mal – woran arbeiten Sie denn gerade?«, erkundigte sich Suzanne und stellte noch ein Schälchen Oliven auf den Tisch.

»Tja.« Abe Rabinowitz räusperte sich. »Vor ungefähr einem Jahr ist mir ein wahres Juwel von Drehbuch in die Hände gefallen …«

Und JJs Dad erzählte von seinem Juwel von Drehbuch. Suzanne schenkte Wein und Gingerale aus. Sie tranken. Sie aßen. Na ja, zumindest die meisten von ihnen. Roz Rabinowitz – oder, wie man sie aus ihren Filmen kannte, »Roz Rabin« – biss einmal in ihr Spargelröllchen und legte es dann auf ihren Teller. Auf der Leinwand wirkte man schließlich zehn Kilo schwerer! Milo aß weiter. Er hätte zehn Kilo zusätzlich gut gebrauchen können. JJ sah auf die Uhr. Dann noch mal. Dreimal. Viermal.

Nach einer Weile zogen sie um an den Esstisch. Sprachen weiter über Filme. Die Gläser wurden aufgefüllt. Mehr hypoallergene Köstlichkeiten verspeist. Suzanne und Frankie hatten wirklich ganz schön aufgefahren. Es war toll, mal was anderes zu probieren, ach was, es war *genial.* Brief? Kein Brief? Wen interessierte das schon? Diese gefüllten Paprika waren der Knaller. Milo hätte den ganzen Abend weiteressen können. Von ihm aus durfte Will Bardo sich ruhig Zeit lassen und die Eltern konnten sich bis zum Sankt-Nimmerleins-Tag über die Feinheiten des Film noir, Produktionsbudgets und digitale Cinematografie unterhalten. Milo würde sich unterdessen noch mindestens sechs von diesen leckeren Teilen reinpfeifen.

»Wissen Sie, wer für die Leinwand wie gemacht wäre?«, verkündete Abe Rabinowitz mit seiner sonoren Stimme und hob das Glas. »Jonah. Wenn er denn mal auf seinen alten Herrn hören und der Schauspielerei eine Chance geben würde.«

Milos Blick wanderte zu JJ, der wiederum seinen Dad anstarrte, als wollte er sagen: *Davon träumst du wohl.*

JJs Mom drückte seinen Arm und gab ihm einen Kuss auf die Wange. »Sehen Sie sich dieses Gesicht an. Das ist doch unglaublich, oder?«

»Mom«, flüsterte JJ. »Ich bin gerade beim Essen.«

»Er ist gerade beim Essen.« Roz Rabin lächelte. Der Wein hatte ihren Zähnen einen leichten Lilastich verpasst. »Aber wann ist er das mal nicht?«

»Genau wie er«, sagte Frankie und ruckte mit dem Kinn in Milos Richtung. »Ein Fass ohne Boden.«

»Mein Bruder und ich«, erzählte JJs Dad, »haben als Teenager manchmal einen kompletten Laib Brot zum Frühstück verputzt. Und dazu ein Glas Erdnussbutter. Unsere Mutter hat sich immer beschwert: ›Wo ist denn schon wieder das ganze Essen hin? Ich war doch gerade erst einkaufen.‹«

Die Eltern schmunzelten. Die Chemie schien zu stimmen.

»Tut mir leid«, sagte JJ später.

Sie hatten sich in Milos Zimmer verzogen, während Abe, Roz, Frankie und Suzanne am Kamin einen »Digestif« tranken.

»Was?«

»Wegen meinen Eltern.«

»Was ist denn mit denen?«

JJ runzelte die Stirn. Dieser sonst so fröhliche Golden Retriever von einem Jungen runzelte die Stirn. »Die sind so … ich weiß auch nicht.«

»Ich finde sie eigentlich ziemlich cool.«

JJ schüttelte den Kopf. »Ach. Sie verstehen's einfach nicht.«

»Was?«

»Alles. Das echte Leben, das sich außerhalb von ihren Filmsets abspielt. Mich. Wir sind … einfach viel zu unterschiedlich.«

»Und …?«, fing Milo an. »Meinst du wirklich, mit deinen leiblichen Eltern wäre das anders? Meinst du, die würden dich besser verstehen, weil sie eins neunzig große Schweden wären und keine eins fünfzig kleinen Juden?«

»Vielleicht. Schon, ja.«

Solche Überlegungen waren Milo nicht fremd. Er hatte ja lange Zeit ganz ähnlich gedacht, obwohl es bei ihm weniger um Gene ging, sondern mehr ums Geschlecht. *Suzanne und Frankie verstehen mich einfach nicht. Mein Vater würde mich verstehen, weil er ein Mann ist.* Aber wie gut konnte Will Bardo ihn schon verstehen, wenn er sich nicht mal die Mühe machte zurückzuschreiben? Wie gut verstand Noahs Vater Noah? Wie gut verstand Leigh Hollis?

»Keiner von denen versteht uns, Mann«, sagte Milo zu JJ. »So sind Eltern halt.«

HOLLIS

Seit sie nicht mehr mit Gunnar Mott rumknutschte, hatte Hollis plötzlich richtig viel Zeit. Sie aß wieder mit Shay und Gianna zu Mittag. Sie ging nicht mehr während des Unterrichts auf die Toilette, um sich heimlich mit Gunnar zu treffen, oder lungerte nach der Schule hinter der Sportplatztribüne rum, bis er endlich mit dem Training fertig war. Die gute Nachricht war also der freie Terminkalender.

Die schlechte jedoch lautete: Sie langweilte sich. Shay und Gianna redeten über nichts anderes als Schule. Und die endlosen Stunden ohne eine einzige Knutschpause konnten einem den letzten Nerv rauben. Hollis verfiel in ungesunde Grübeleien.

Zehn Tage. Zehn Tage, seit Milo den Brief an Will Bardo abgeschickt hatte, und immer noch keine Reaktion. Sie wusste nicht, wie ihr dabei zumute war. Wenn er nie zurückschrieb, tja, dann war er wohl einfach der Idiot, als den sie ihn immer betrachtet hatte, und sie durfte mit Fug und Recht wieder genauso wenig von ihm halten wie vorher.

Aber durfte sie das wirklich? Schließlich hatte sie jetzt *nähere Informationen* über ihn. Inklusive *Anschauungsmaterial.* Will Bardo in seinem Garten, mit seinen dämlichen Ziegen. Wanderstiefel, Jeans, graue Kapuzenjacke.

Locken. Die Augen gegen die Sonne zusammengekniffen, schiefes Grinsen.

Mist. Hollis wünschte, Abby hätte niemals herausgefunden, wo er arbeitete. Hollis wünschte, sie hätte seine Profilseite nie gesehen. Jetzt war er zu Realität geworden. Eine Realität, die einfach nicht zurückschrieb.

»Wie hättest du es denn gern?«, hatte JJ gestern Abend beim Telefonieren gefragt. »Wenn er zurückschreiben würde, was würdest du dann von ihm lesen wollen?«

Hollis wusste es nicht.

Sie wusste nicht, wie ihr bei der Sache mit Will Bardo zumute war, und sie wusste auch nicht, wie ihr dabei zumute war, dass ihre Mutter ein Date hatte.

Ein Date, dachte Hollis, als sie in der Mathestunde saß und so tat, als interessierte sie sich für Logarithmen. *Meine Mutter hat ein Date.*

Sonntagnachmittag war es passiert. Tania Kosiewicz vom Absolventensekretariat hatte angerufen, vorgeblich, um nach Neuigkeiten über William Bardo zu fragen, aber dann, als sich herauskristallisierte, dass es keine nennenswerten gab, hatte sie Leigh eingeladen. Abendessen und Kino. Und hinterher vielleicht noch eine Bar mit Livemusik.

Hollis' Mutter war völlig aufgekratzt, nachdem sie aufgelegt hatte. Sie redete so schnell, dass Hollis sie daran erinnern musste, zwischendurch mal Luft zu holen. *Gaaanz ruuuhig.* Nach Pams Tod hatte Leigh sich selbst das Versprechen abgenommen, sich erst dann wieder mit einer Frau einzulassen, wenn es »funkte«. Und nun gestand sie

Hollis, sie habe es direkt gespürt, damals an dem Tag am College, als Tania Kosiewicz sie angelächelt hatte. Peng.

»Funken?«, fragte Hollis.

»Funken.«

Hollis wusste nicht, wie ihr bei der Sache mit den Funken zumute war. Und bei der Sache mit Will Bardo. Und dabei, dass JJ so lieb war. Und dabei, dass Gunnar sie heute Morgen auf dem Schulflur ignoriert hatte. Alles, was Hollis wusste, war, dass sie nicht eine Sekunde länger auf Logarithmen starren konnte.

Sie meldete sich und bat um Erlaubnis, auf die Toilette zu gehen.

Doch über die leeren Flure zu wandern, verschaffte Hollis nur noch mehr Zeit zum Grübeln. Na super. Sie überlegte, ob sie zum Sprachlabor gehen, wo Gunnar gerade Spanisch bei Señora Lopez hatte, und ihn durch die Türscheibe rauswinken sollte. Nein. Verdammt noch mal, nein. Was war denn los mit ihr? Hollis machte auf dem Absatz kehrt.

Als sie am Informatikraum vorbeischlenderte, schlenderte ein Gedanke durch ihren Kopf. Wenn Jonah Jedediah Rabinowitz auf ihre Schule ginge, würde sie dann jetzt durch die Gegend schleichen und nach *ihm* Ausschau halten?

Doch bevor sie zu einer Antwort kommen konnte, bog plötzlich der stellvertretende Direktor um die Ecke und marschierte direkt auf sie zu. Das fehlte noch, dass sie zum Nachsitzen verdonnert wurde. Schnell verschwand sie auf der Mädchentoilette. Und wer stand dort am Waschbecken und tuschte sich die Wimpern, als gäb's kein Morgen? Malory Kenner.

Hm. Damit hatte Hollis nicht gerechnet. Genau wie offenbar Malory, dem kleinen o nach zu schließen, das ihr Mund im Spiegel formte.

Hollis sah sich argwöhnisch um. Wartete auf das Rauschen der Toilettenspülung, darauf, dass eins von Malorys Size-zero-Girls einer der Kabinen entschlüpfte. Aber nichts.

»Okay«, sagte Hollis. »Leg los.«

Malorys Spiegelbild starrte sie an. »Was?«

»Nenn mich Schlampe. Oder Hure. Oder Oberhurennuttenschlampe. Was dir halt gerade so einfällt.«

Malorys Mascarabürstchen hing in der Luft und ihr Gesicht verzog sich. Sie sah aus … ja, wie eigentlich? Unsicher. Seit Hollis sie kannte, also mehr oder weniger seit dem Kindergarten, war Malory Keener nie etwas anderes als ein Ausbund von Selbstbewusstsein gewesen. Sie war immer von einem schützenden Kreis aus Freundinnen umgeben. Dieser untypische Gesichtsausdruck, begriff Hollis jetzt, war ihr Stichwort.

»Was ist los?«, fragte sie und machte einen Schritt nach vorn. »Kannst du's mir nicht ins Gesicht sagen? Brauchst du dein Handy dafür?«

Besagtes Handy in seiner knallpinken, strassbesetzten Hülle lag auf dem Waschbeckenrand. Instinktiv griff Malory danach und presste es sich an dic Brust, als wollte Hollis ihr den rettenden Anker entreißen. Sie spähte über

Hollis' Schulter, vermutlich auf der Suche nach einem Fluchtweg.

»Sag mir doch mal eins«, fuhr Hollis fort, die sich nun breitbeinig vor Malory aufbaute. »Macht es eigentlich Spaß, mich zu beschimpfen?«

»Macht es eigentlich Spaß, mit meinem Freund rumzuknutschen?«

»Um ehrlich zu sein, ja. Das kann er echt gut.«

Malorys hübsches Gesicht verzerrte sich zu einer Grimasse. »Gott, du bist echt das Letzte.«

»*Ich* bin das Letzte?«

»Ja.«

Erst jetzt, als sie direkt voreinander standen, fiel Hollis etwas auf. Malorys unerhört blaue Augen wirkten gerötet. Und verquollen.

»Stimmt was nicht mit dir?«, fragte Hollis.

»Wenn hier mit jemandem was nicht stimmt, dann ja wohl mit dir.«

»Nein, ich meinte … du siehst verheult aus.«

»Was interessiert dich das?«

Gar nicht, dachte Hollis. *Ich mache mir keine Sorgen um dich, Malory Keener, weil du nämlich eine sorglose Person bist.* Trotzdem … ach je, da wurden die babyblauen Glotzerchen ja schon wieder feucht.

»Lass mich raten.« Hollis riss ein Papiertuch aus dem Spender und reichte es Malory. »Doch nicht etwa Ärger mit dem Süßen?«

»Halt die Klappe«, fauchte Malory, die jetzt ihre Wimperntusche weglegte und sich mit einem Eckchen des

Tuchs die Augen betupfte. »Ich hatte Streit mit meiner Mom.«

»Findet sie etwa, du führst einen schändlichen Lebenswandel?«

»Was?«

»Ach, nichts.« Hollis schüttelte den Kopf. »Erzähl.«

»Sie findet, ich werde zu dick. Heute Morgen, als ich runtergekommen bin, meinte sie, diese Jeans sitzt wie eine Wurstpelle.«

Hollis musterte Malory. Sie war groß. Und kurvig, klar. Aber fett? Kein bisschen. »Im Ernst jetzt?«

»Ich hab letztes Jahr fünf Kilo zugenommen.«

»Na und?«, erwiderte Hollis. »Das nennt sich Pubertät.«

Malory schüttelte den Kopf. »Sie sieht das aber anders. Meine Mom kann … ziemlich engstirnig sein.«

»Was du nicht sagst.«

Malory zog fragend die Augenbrauen hoch.

»Das ist mir bestens in Erinnerung.«

»Was ist dir in Erinnerung?«

»Zweite Klasse? Auf dem Klettergerüst?«

Malory guckte verständnislos.

»Meine Mom war gerade gestorben«, erklärte Hollis. »Wir sind geklettert, und ich habe geweint, und da hast du dich in deinem karierten Kleidchen zu mir umgedreht und verkündet: ›Meine Mom sagt, deine Mom führt einen schändlichen Lebenswandel.‹«

Malorys hübsche Stirn legte sich in Falten. »So was hab ich gesagt?«

»Ich zitiere nur.«

»Das wusste ich gar nicht mehr.«

»Na klar«, erwiderte Hollis sarkastisch, als glaubte sie Malory kein Wort. Aber ganz sicher war sie sich nicht. Es war schließlich lange her.

»Wirklich nicht«, beteuerte Malory.

»Tja, ich schon. Du hast so überzeugt gewirkt. Als wäre Lesbisch-Sein ein Verbrechen gegen die Menschheit.«

»Das denke ich echt nicht.«

»Aber in der zweiten Klasse hast du es gedacht.«

»Da war ich sieben.«

»Na und?«

»Ich hab doch nur nachgeplappert, was meine Mutter gesagt hat!«

Hollis wusste, dass das stimmte, aber sie hatte nicht vor, jetzt klein beizugeben. »Du kannst deine Mutter nicht für alles verantwortlich machen.«

»Mach ich doch gar –«

»Ich habe um Pam getrauert! Und mich deinetwegen beschissen gefühlt! Aber genau darauf legst du's ja heute noch an!«

»Moment …« Malory blinzelte. »Hast du dich deswegen an Gunnar rangemacht? Wegen etwas, was ich mit sieben Jahren gesagt habe?«

Hollis zuckte mit den Schultern. »Na, was denkst du denn?«

Malorys Mund ging auf, klappte zu, ging wieder auf.

»Ich glaube, das Wort, nach dem du suchst, ist ›Nuttenschlampe‹.«

Malorys Unterlippe zitterte. »Nur damit das klar ist, *ich* hab dich nie so genannt.«

»Nein. Du hetzt bloß deine Bluthunde auf mich.«

»Das sind meine Freundinnen.«

»Aha. Würde es dir was ausmachen, sie zurückzupfeifen?«

»Würde es dir was ausmachen, die Finger von meinem Freund zu lassen?«

Hollis schüttelte entgeistert den Kopf. »Wieso bleibst du eigentlich mit einem Typen zusammen, der dich hintergeht?«

Malory starrte Hollis an. »Ich liebe ihn halt.«

»Ehrlich jetzt?«

»War mir klar, dass *du* das nicht kapierst. Aber ja.«

Hollis musste die Zähne zusammenbeißen, damit ihr nichts Fieses rausrutschte. Was wusste Malory Keener schon von Liebe?

Dann schnäuzte Malory sich mit dem Papiertuch die Nase, ein lautes, feuchtes Tröten, und mit einem Mal, entgegen jeder Vernunft, hasste Hollis sie nicht mehr. »Nur damit eins klar ist …«

»Ja?«

»… du bist nicht dick.«

Malory sah sie überrascht an. »Danke.«

Hollis drehte sich um. Das war das perfekte Schlusswort.

Ein Date. Meine Mutter hat ein Date.

Leigh wusste nicht, was sie anziehen sollte. Schließlich

war Dienstag, nicht Wochenende. Also eher was Lässiges? Sie wollte es nicht übertreiben.

Hollis schwankte zwischen himmelhoch jauchzend und zu Tode betrübt. Ihre Mutter hatte ein Date! Andererseits hing da noch immer Pam über dem Kamin und sah zu, wie Leigh ihre Palazzohose und den Jeansrock mit dem Fransensaum bügelte. Rock oder Hose? Rock oder Hose? Sie konnte sich nicht entscheiden.

Hollis starrte in Pams große haselnussbraune Augen und sagte: »Mom.«

»Ich weiß«, sagte ihre Mutter.

Meinst du?, dachte Hollis.

»Pam und ich haben darüber geredet. Nachdem sie ihre Diagnose bekommen hatte und klar war, dass es nicht wieder gut werden würde. Sie wollte, dass ich mich neu verliebe.«

Hollis musste schlucken. »Das hat sie gesagt?«

»Na ja, um sie trauern sollte ich natürlich schon – mit Tränen, zu viel Wein und fettigem Käse. Aber irgendwann, meinte sie, sollte ich mich wieder verlieben und heiraten. Weil wir es nie konnten. Sie hat immer daran geglaubt, dass das Gesetz sich eines Tages ändern würde.«

Hollis konnte sich noch ganz genau erinnern. Es war in den Sommerferien gewesen, kurz bevor die sechste Klasse losging. Sie war Fahrrad gefahren und in der Einfahrt hingefallen. Als sie ins Haus lief, um sich ein Pflaster für ihr aufgeschlagenes Knie zu holen, saß ihre Mutter weinend auf der Couch.

»Was ist denn?«, fragte Hollis damals. Und Leigh deutete auf den Fernseher, in dem eine Videomontage lief. Von Pärchen, die sich küssten, miteinander lachten und triumphierend die verschlungenen Hände in die Luft reckten. Dann kam der Nachrichtensprecher. Ein Typ mit Föhnfrisur und Tipp-Ex-Zähnen, der auf den Stufen vor dem Senatsgebäude stand und verkündete, dies sei ein historischer Tag für den Staat Minnesota. Gleichgeschlechtliche Ehen seien nun vollends legal, nicht nur in den Twin Cities, sondern in jeder Stadt, ob groß oder klein, von Owatonna bis Roseau.

Ihre Mutter war von Weinen zu Lachen übergegangen. Von Lachen zu Jubelrufen. Von den Jubelrufen dazu, die Champagnerflöten aus dem Schrank zu holen und mit Gingerale zu füllen. Sie prostete Pams Bild über dem Kamin zu. *Wir haben es geschafft, Pammy.* Genau das waren ihre Worte. *Wir haben es geschafft.*

Und jetzt … jetzt sah ihre Mutter vom Bügelbrett hoch, und zwar nicht zu Pam, sondern zu Hollis. »Rock oder Hose? Sei ehrlich.«

»Willst du sie denn heiraten?«, platzte es aus Hollis heraus.

»Was?«

»Tania Kosiewicz. Willst du sie heiraten?«

Ihre Mutter lachte auf, ein einzelnes »Ha!«.

»Was ist denn daran so lustig?«

Es war ja schön und gut, dass ihre Mutter heute Abend ein Date hatte, aber wenn daraus etwas Ernstes wurde, würde sich dadurch schließlich nicht nur Leighs Leben verändern. Was, wenn Tania Kosiewicz bei ihnen einzog?

Was, wenn sie Kinder wollte? Was, wenn sie schon Kinder *hatte*?

»Hollis«, sagte ihre Mutter, »wir haben uns doch gerade erst kennengelernt.«

»Ich weiß, aber –«

Leigh hob die Hand, um sie zu unterbrechen. »Jetzt mach erst mal halblang. Okay? Ich habe sieben Jahre gebraucht, um so was wie ein Date überhaupt auch nur in Betracht zu ziehen. Außerdem, wer weiß, ob wir überhaupt zueinanderpassen.«

»Auf jeden Fall.«

»Glaubst du?«

Hollis sah ihrer Mutter ins Gesicht – las die Mischung aus Zweifel und Hoffnung darin. Ihre Mutter hatte ein Date und sie war nervös. Sehr seltsam, das alles.

»Hose«, sagte Hollis. »Dadrin fühlst du dich wohler.«

»Hast recht«, stimmte ihre Mutter zu. Erleichtert hielt sie die Palazzohose hoch und nickte. »Danke.«

»Gerne.«

Ihre Mutter ging nach oben, um sich umzuziehen, und Hollis blieb allein mit Pam im Wohnzimmer zurück. Sie spürte, wie Pam sie beobachtete. Was sie auch tat, ihr Blick folgte ihr. Hollis war nie so durchgeknallt gewesen, sich mit einem Porträt zu unterhalten. Sie hatte schließlich keinen Dachschaden. Und jetzt damit anzufangen, wäre einfach bescheuert, völlig unnormal. Aber da stand sie nun und guckte Pam an. Und da hing Pam und guckte zurück.

Hollis räusperte sich.

»Mom hat ein Date«, sagte sie leise.

Pam antwortete nicht.

Hollis versuchte es erneut, lauter diesmal. »Ich habe meinen Vater gefunden. Er wohnt in Eden Prairie und heißt Will.«

Und dann: »Ich hasse Malory nicht mehr.«

Nichts.

Natürlich nichts; Pam war nichts als ein Bild an der Wand. Aber Hollis sah ihr trotzdem fest in die Augen. Nur für einen Moment. Auch wenn sie sich absolut blöd dabei vorkam.

MILO

Milo und JJ waren in Milos Zimmer und arbeiteten an ihrem Biopalooza-Projekt. Frankie brachte ihnen Snacks. Zuerst Reischips mit Bohnendip. Und zwanzig Minuten später Birnenschnitze und Kirschsaftschorle. Vielleicht tat sie das alles aus reiner Herzensgüte. Vielleicht hoffte sie aber auch – trotz Milos Beteuerungen, dass JJ mit dem Kiffen aufgehört hatte, und ungeachtet dessen, dass sie selbst JJs Eltern als »anständige Leute« eingestuft hatte –, JJ auf frischer Tat beim Drehen eines Joints zu ertappen. Milo wusste nicht, was Frankie dachte. Er wusste nur, dass JJ ihre ganze Präsentation mit Reischips vollkrümelte.

»Ey«, sagte Milo und wischte die Krümel weg.

»'tschuldigung«, mümmelte JJ und setzte damit einen neuen Sprühregen frei. »Wie viele Bilder haben wir?«

Milo zählte. Ein Foto von ihm, eins von Suzanne und eins von Frankie. Dann die drei, die Hollis von sich, Leigh und Pam geschickt hatte. Die vier Fenns: Abby, ihre Mom, ihr Dad und ihre Schwester Becca. Die vier Resnicks: Noah, seine Mom, sein Dad und sein Zwillingsbruder Josh, der überraschend blauäugig und hellhaarig war. Und sie hatten zwei Fotos von Will Bardo: das Porträt aus dem Macalester-Jahrbuch von 2000 und sein Profilbild von der Website des Kooperativen Lernzentrums in Eden Prairie. Gestern Abend hatte Milo sie alle auf Suzannes Computer neu skaliert und in Farbe ausgedruckt. Nun lagen sie in Reihen angeordnet wie für ein Kartenspiel neben dem großen Pappplakat auf dem Boden. Sechzehn Stück.

»Meinst du, das reicht?«, fragte JJ.

»Keine Ahnung.«

JJ nahm das Bild von William Bardo im Garten zur Hand. »Es wäre viel besser, wenn wir eine Nahaufnahme hätten.«

»Haben wir doch.« Milo deutete auf das Jahrbuchporträt.

»Eine *aktuelle*. Um ihn mit den anderen Eltern vergleichen zu können.«

Milo zuckte mit den Schultern. »Ist ja nicht so, als hätten wir uns nicht drum bemüht.«

Zwei Wochen und zwei Tage. Es war zwei Wochen und zwei Tage her, dass er den Brief an Will Bardo abgeschickt hatte, und immer noch nichts. Die einzig neue Entwicklung war, dass Noah Wills Namen auf der Website der Twin-Cities-Ultimate-Frisbee-Liga entdeckt hatte. Offenbar traf sich Will Bardo allsamstäglich mit einem Trupp anderer Typen, die sich die »Floppy Discs« nannten. Okay, ganz interessant, aber: Na und?

Er schreibt nicht zurück, dachte Milo. *Er schreibt nicht zurück, und ich werde nie erfahren, warum.* Und dann dachte er: *Scheiß drauf*, kippte einen Schluck Kirschsaftschorle hinunter und stopfte sich einen turmhoch mit Bohnendip beladenen Chip in den Mund. Wenigstens konnte er, sobald er die Fotos auf das Plakat geklebt hatte,

Hayley Christenson zu ihrem Einsatz rufen. Er könnte sie zu sich einladen und –

»Pass auf.« JJ deutete auf den Teppich, wo soeben ein Klecks Bohnendip gelandet war.

Milo klaubte die Schweinerei mit einer Serviette auf. *Hayley Christenson.* Allein beim Gedanken an sie vollführte sein Magen einen Salto.

»Vielleicht sollten wir ein paar Attrappen dazwischenmogeln«, schlug JJ vor. »Leute, die mit keinem von euch verwandt sind. Wie mich. Oder Wills Frau.«

»Warum nicht?«, brummte Milo. Ihm war es so was von egal, welche Fotos sie verwendeten. Er griff nach seinem Glas, trank noch einen Schluck Saft.

Da klopfte es an der Tür. »Mi?«

Milo fuhr herum. Frankie. Schon wieder. Spätestens jetzt war wohl klar, dass sie dem Braten nicht traute. Und genau das wollte er ihr gerade an den Kopf werfen, als sie sagte: »Das Ding hier explodiert gleich.«

»Was?«

Sie hielt ihm sein Handy hin, das er zum Aufladen auf der Küchentheke liegen gelassen hatte. »Du bist heute anscheinend heiß begehrt.« Sie kam zu ihm und drückte es ihm in die Hand. »Ping, ping, ping.«

»Danke«, sagte er.

Milo wartete, bis Frankie wieder weg war. Dann sah er aufs Display und sein Magen machte einen weiteren Salto. Einen doppelten. Es gab Hayley-Christenson-Saltos und dann gab es Halbgeschwister-Gruppennachrichten-Saltos.

Habt ihr die mail gesehen???

Ich sag nur: pfft

Was denn für familienkram?

Sind wir kein familienkram?

Nichts gegen einen zukünftigen kontakt einzuwenden

Ui danke

Reifen lassen???

Sind wir Käse oder was?

Aber echt

Milo bist du da??

Milo guck in deine mails!!!

In Milo herrschte heller Aufruhr.

»Hallo?« Ein Reischip traf seinen Ellbogen. JJ. »Alles in Ordnung?«

Milo nickte knapp. »Ich muss kurz Mails checken.«

»Okay …«

»Ich glaube, er hat zurückgeschrieben.«

Von: 873rt0sjo2908dklsklmw3@reply.ProjektSamenspenderkinder.org
An: MiloRobClark@brooklynIDS.org; HollisDarbs@MNPSmail.org; AbsofSteel3@sheboygancountryday.edu; NoahZark.Rez@techHSmail.com
Datum: Montag, 1.2., 15:13 Uhr
Betreff: Entschuldigt, dass es so lange gedauert hat

Hi, Milo, Hollis, Abby und Noah,

es tut mir wirklich leid, dass ich nicht eher geantwortet habe. Meine Frau Gwen und ich hatten einiges an Familienkram zu erledigen und waren verreist. Aber jetzt sind wir wieder da, und ich wollte Euch sagen, dass ich, erstens, Euren Brief bekommen habe und, zweitens, tatsächlich Spender № 9677 bin.

Wow. Mir war klar, dass das eines Tages passieren könnte, aber trotzdem – ganz schön abgefahren. Ich freue mich wirklich, dass Ihr Euch bei mir gemeldet habt, und ich habe auch nichts gegen einen zukünftigen Kontakt einzuwenden, aber wenn das in Ordnung ist, würde ich das Ganze gern erst noch ein bisschen reifen lassen. Ich lasse dann von mir hören.

Alles Liebe
Will

***

Wortlos reichte Milo JJ das Handy und wartete ab, bis er alles gelesen hatte.

»›... nichts gegen einen zukünftigen Kontakt einzuwenden‹«, zitierte JJ. »Das klingt doch ganz vielversprechend.«

Milo sagte nichts.

»Er lässt von sich hören, schreibt er. Nachdem er seine Gedanken mit Salzlake eingepinselt und ihnen einen schönen Schimmelpelz wachsen lassen hat.«

Ein bisschen reifen lassen, dachte Milo. Wie lange war denn ein »bisschen«? Eine Woche? Ein Monat? Ein Jahr? Ein »bisschen« reichte nicht.

»Hey«, sagte JJ, »war doch nur ein Scherz –«

Milo hob die Hand. In seinem Kopf machte sich gerade eine Idee breit. Eine ziemlich durchgeknallte Idee.

HOLLIS

»Jetzt noch mal langsam«, sagte Hollis und presste sich das Telefon ans Ohr. »Du willst, dass Abby und Noah am Präsidententag auch kommen?«

»Ja«, antwortete Milo.

»Unter dem Vorwand eines Halbgeschwistertreffens.«

»Kein *Vorwand*. Es wäre doch wirklich eins.«

»Bei dem es aber eigentlich darum geht, unseren Samenspender zu stalken.«

»›Stalken‹ finde ich jetzt schon ein bisschen heftig.«

»Okay …«

»Wir wollen ihn nicht stalken, sondern bloß ein bisschen in seinem natürlichen Lebensraum beobachten.«

Hollis schnaubte. »Was wird das – eine Tierdoku?«

»So hat JJ das ausgedrückt«, sagte Milo.

»Du hast es JJ schon erzählt?«

»Ja, und er findet meinen Plan genial.«

Hollis dachte an JJ, wie er vor Milos Wohnung gestanden und ihrem Taxi salutiert hatte. Sie dachte an seine riesigen nackten Füße auf ihrem Computerbildschirm. »Und du meinst, JJ Rabinowitz ist der Richtige, um so was zu beurteilen?«

»Warum denn nicht?«, fragte Milo.

»Er ist …« Hollis zögerte.

»Was?«

»JJ macht, was er will. Was andere Leute denken, interessiert ihn nicht die Bohne.«

»Was *du* denkst, interessiert ihn«, erwiderte Milo. »Und wie.«

Hollis fühlte, wie ihre Wangen heiß wurden. »Klappe. Das meinte ich nicht.«

»Was denn dann?«

Das, dachte Hollis, war immer die schwerste aller Fragen. »Ich meine nur … ach, komm. Sollen wir etwa einfach bei unserem Samenspender zu Hause aufschlagen und durchs Fenster glotzen?«

»Nein«, antwortete Milo. »Wir schlagen im UMN Dome auf und glotzen ihn beim Ultimate-Frisbee-Spielen an.«

Hollis blinzelte. »Ist nicht dein Ernst.«

»Doch, da ist an dem Wochenende ein Indoor Hat Tournament.«

»Was?«

»Na, irgend so ein Turnier eben. Jedenfalls war ich auf der Website und die Floppy Discs sind dafür angemeldet. Dreizehnter Februar. Zugänglich für die Öffentlichkeit und das schließt uns ja wohl mit ein.«

»Okay«, sagte Hollis gedehnt. »Aber findest du nicht, wir sollten ihn … ich weiß auch nicht … irgendwie vorwarnen?«

»Hat er uns vielleicht vorgewarnt, als er sein Sperma gespendet hat? Hat er uns die Gelegenheit gegeben zu sagen: *Hey, weißt du, was, N⁰ 9677, eigentlich würde ich lieber nicht auf diese Art gezeugt werden*? Er hat kein bisschen Rücksicht auf unsere Gefühle genommen. Warst das nicht du, die mir das so bildhaft vor Augen geführt hat?«

»Möglicherweise«, gab Hollis zu.

»Hollis«, fuhr Milo fort. »Wir wollen ihn da doch nicht überfallen. Wir gucken ihm nur ein bisschen beim Frisbeespielen zu. Er wird nicht mal mitkriegen, dass wir da sind.«

Hollis schüttelte den Kopf. Das war absolut lächerlich. Eine totale Schnapsidee. Wollte sie da wirklich mitmachen? War sie so leicht zu beeinflussen? »Von mir aus.«

»Von dir aus was?«

»Ich frage meine Mutter, ob Noah und Abby auch kommen dürfen. Wahrscheinlich macht sie sowieso Luftsprünge vor Freude.«

»Meinst du?«

»Sie ist im Moment ziemlich nostalgisch und schwärmt ununterbrochen von den Partys, die sie und Pam früher immer gegeben haben. Sie findet, es ist zu still hier im Haus.«

»Okay«, sagte Milo. »Frag aber nur wegen Noah und Abby, ja? Nicht das mit Will erwähnen.«

»Wieso nicht?«

»Wenn du deiner Mom sagst, dass wir ihm beim Frisbeespielen zugucken wollen, tratscht sie es an Suzanne und Frankie weiter, und dann will Frankie garantiert mitkommen. Sie wird ihn anquatschen wollen, ein Gespräch unter vier Augen führen. Und damit verscheucht sie ihn dann hundertpro.«

»Na schön«, sagte Hollis. »Ich frage nur wegen Noah und Abby.«

»Danke.«

»Kein Ding.«

»Ach so, und JJ möchte auch mit.«

»*Was?*« Mit einem Mal war Hollis' Kehle ganz trocken.

»Du hast schon richtig verstanden. Er will den rasenden Reporter geben.«

»Den rasenden –«

»Na, für dieses Schulprojekt, an dem wir arbeiten. Das, wofür du mir die Fotos geschickt hast, weißt du noch? Genetische Merkmale. Er will unsere spitzen Haaransätze dokumentieren, unsere Kleeblattzungen und … was weiß ich, behaarten Fingerknöchel. Aber eigentlich glaube ich, das ist alles nur vorgeschoben, weil er dich wiedersehen will.«

»Hm.« JJ kam nach Minnesota. Um sie wiederzusehen.

»Überleg's dir«, sagte Milo. »Aber fühl dich nicht unter Druck gesetzt.«

»Schon klar.« Hollis verdrehte die Augen.

Wie vermutet, willigte ihre Mutter sofort ein. Hollis fragte sie am nächsten Morgen beim Frühstück, gleich nachdem Leigh ihr Bericht über ihr zweites Date mit Tania Kosiewicz erstattet hatte, denn das hatte natürlich Priorität. Nicht dass Hollis besonders fasziniert von den Details gewesen wäre – wie gut die Spaghetti Bolognese gewesen waren, dass die beiden den ganzen Film hindurch gequatscht hatten, dass Tania Jazz liebte. Aber dafür vom Gesichtsausdruck ihrer Mutter.

Hollis versuchte, sich zu erinnern, wann sie ihre Mutter zum letzten Mal glücklich erlebt hatte. Irgendwann in der Zeit vor Pams Krankheit – bevor die Magenschmerzen anfingen, bevor überall Tablettenschachteln herumlagen, bevor Pam ganze Tage auf der Couch verschlief. Wieder sah Hollis ihre beiden Mütter an der Küchentheke sitzen, wie sie Pressfilterkaffee tranken, Pams Zitronen-Mohn-Scones aßen und lachten. Pam hatte ihre Mutter immer zum Lachen gebracht.

Jetzt, als sie Hollis von ihrem zweiten Date berichtete, lachte Leigh zwar nicht, aber immerhin lächelte sie, und das war fast genauso gut.

»Freut mich, dass du Spaß hattest«, sagte Hollis. Sie aßen Tiefkühlwaffeln aus dem Toaster, was Hollis irgendwie beruhigend fand. Ihre Mutter und kochen, das passte einfach nicht.

»Mich auch.«

»Und, glaubst du, du gehst noch mal mit ihr aus?«

Ihre Mutter lächelte. »Ich hätte nichts dagegen.«

»Mom … « Hollis räusperte sich. »Ich muss dich mal was fragen.«

Leighs Gabel verharrte über ihrem Teller. »Was denn? Ist das irgendwie komisch für dich, dass ich jemanden kennengelernt habe?«

»Nein. Das heißt, doch, schon ein bisschen – aber die Frage hat damit nichts zu tun. Es geht um den Präsidententag.«

»Was ist damit?«

»Milo und seine Moms kommen doch an dem Wochenende. Und da hab ich mich gefragt … na ja, Milo und ich … ob wir vielleicht auch Noah und Abby einladen könnten. Es müssten ja nicht alle hier wohnen, sie könnten sich auch Zimmer im Hotel nehmen. Wir dachten einfach, es sind ja ein paar Tage frei, und nachdem wir vier uns jetzt so oft geschrieben haben –«

»Ach, Schätzchen«, seufzte ihre Mutter.

»Was ist?«

Leighs Augen glänzten feucht. Ihre Lippen waren leicht mit Nutella verschmiert. In ihren Wimpern hingen noch Mascaraklümpchen vom Vorabend. »Das wird toll. Wir machen eine richtige Party draus!«

»Hm, es muss ja nicht gleich 'ne *Party* –«

»Pam wäre sicher begeistert. Hast du eine Vorstellung davon, wie begeistert sie wäre?«

»So ungefähr«, sagte Hollis.

»Gib mir doch mal ihre Nummern. Also, die von Noahs und Abbys Eltern. Sie müssen ja Flugtickets besorgen. Wann ist das noch gleich?«

»Am zwölften.«

»Zwölften … *Februar*?«

»Bis zum fünfzehnten.«

Ihre Mutter riss die Augen auf. »Das ist ja in zehn Tagen!«

»Ich weiß«, sagte Hollis.

»Oh Gott. Da müssen wir ja schleunigst anfangen zu planen.«

MILO

Hollis hatte alles in die Wege geleitet. Wenn jemand Milo vor sechs Wochen hätte weismachen wollen, dass Hollis Darby-Barnes bei sich zu Hause ein Halbgeschwistertreffen zwecks Samenspenderobservierung organisieren würde, hätte er laut gelacht. Aber jetzt war der zwölfte Februar da. Und sie – Milo, Suzanne, Frankie und JJ – saßen im Flugzeug nach Minnesota.

Auf eine Art war Milo ganz froh, dass seine Moms ihn begleiteten. So konnte er sich einbilden, sie wären auf einer ganz normalen Urlaubsreise – wie der auf die Bahamas, als Milo zehn war. Oder als sie über Frankies fünfundvierzigsten Geburtstag in Vail Ski fahren gegangen waren. Seine Moms verliehen ihm ein Gefühl von Sicherheit. Gleichzeitig jedoch wünschte er sich, sie könnten einfach nur zu viert sein: Hollis, Noah, Abby und er.

Na ja, oder zu *fünft*, wenn man JJ mitzählte. JJ Rabinowitz, Samenbruder ehrenhalber oder, wenn man Frankie fragte, die »verlorene Seele«. So hatte sie ihn nämlich bezeichnet, als Milo seinen Müttern erzählte, dass JJ gern mitwollte.

»Der arme Junge«, hatte Frankie geseufzt, gleich darauf in den Sozialarbeiterinnen-Overdrive geschaltet und einen Vortrag über Identitätsbildung bei adoptierten Kindern im Besonderen und die Turbulenzen der Pubertät im

Allgemeinen gehalten, in denen die Ich-Wahrnehmung komplexen Veränderungen unterworfen sei.

Milo hätte ihr am liebsten erklärt, dass das alles Quatsch war. *Bindungstheorie? Selbstidentifikation?* JJ kam nicht mit nach Saint Paul, weil er eine neue Familie suchte – er suchte nur nach einer Möglichkeit, an Hollis ranzukommen! Aber Milo ließ Frankie reden. Denn ehrlich gesagt hatte er ein schlechtes Gewissen. JJ war immerhin in den Plan eingeweiht, was man von seinen Moms nicht behaupten konnte.

Milo fragte sich, was der morgige Tag wohl bringen würde. Wenn er Will Bardo im UMN Dome sah, würde ihn dann der ununterdrückbare Drang überkommen, auf ihn zuzugehen und ihn anzusprechen? Und was würde passieren, wenn er das tatsächlich machte? Würde Will Bardo ausflippen wie einer dieser Meth-Junkies aus Polizeidokus? *Ich hab doch gesagt, ich will das reifen lassen, Mann!* Würde er einfach abhauen? Das Frisbee nach ihm schleudern wie einen Ninjastern? Milo schwirrte der Kopf. Puh, er musste sich echt mal zusammenreißen.

»Meine Damen und Herren, herzlich willkommen am Flughafen Minneapolis-Saint Paul. Ortszeit ist 16:22 Uhr.«

HOLLIS

Oh Gott, oh Gott, oh Gott, oh Gott.

Das war in etwa alles, was Hollis durch den Kopf ging, als sie mit ihrer Mutter an der Gepäckausgabe stand und ein albernes Schild hochhielt, auf dem mit schwarzem Filzstift »Robinson, Clark, Resnick, Fenn« geschrieben stand.

Jetzt war es also so weit. Sie war mit alldem einverstanden gewesen. Das heißt nein, sie, Hollis Darby-Barnes, hatte dieses Wochenende überhaupt erst *möglich* gemacht. Was hatte sie sich nur dabei gedacht?

Hollis sagte sich, dass sie das alles nur aus halbgeschwisterlicher Liebe zu Milo tat. Wenn sie ihren Spender höchstpersönlich vor Augen hatten, würden sie ihn vielleicht näher kennenlernen und eine Beziehung zu ihm aufbauen, die irgendwann zu einem Gentest führte und dann – auf verschlungenen Wegen, die Hollis noch nicht ganz ersichtlich waren – möglicherweise zu einer Heilung für Milos Allergien. Sie sagte sich, dass sie hier etwas Gutes tat. Sie sagte sich, dass sie das Atmen nicht vergessen durfte.

»Nervös?«

Hollis sah zu ihrer Mutter hoch. »Warum sollte ich nervös sein?«

»Du ziehst so ein finsteres Gesicht.«

»Na und?«

»Das machst du immer, wenn du nervös bist.«

»Das mache ich vor allem dann, wenn man mir dämliche Fragen stellt.«

Ihre Mutter lächelte. Schon wieder! »Wart's nur ab, das wird alles prima.«

Hollis glaubte noch nicht recht daran, dass alles prima werden würde. Aber dann landeten die nächsten Flugzeuge, Menschenmassen schoben sich die Rolltreppe runter, und plötzlich war sie mittendrin. Alles geschah auf einmal. Abby – Hollis erkannte sie an ihrem T-Shirt mit der Aufschrift »Pass auf, was du sagst, sonst landest du in meinen Memoiren« – kam angerannt, umarmte sie und zog beinahe zeitgleich ein kleines Spiralnotizbuch aus der Tasche.

»Sag mir, wie du dich fühlst, jetzt, in diesem Moment«, forderte sie Hollis auf.

Noah, der fast im selben Augenblick eintraf, war eine größere, kräftigere, kurzhaarigere Version von Milo, worauf Hollis' Mutter ihn natürlich direkt hinweisen musste.

»Du bist kleiner, als ich dachte«, verkündete er und hakte einen Arm um Hollis' Hals. Er roch nach Rasierwasser.

»Und du größer, als ich dachte.«

»Nettes Shirt«, sagte Noah dann zu Abby, während er sie mit dem anderen Arm in denselben Quasi-Schwitzkasten nahm.

»Pass auf, was du sagst«, erwiderte Abby, »sonst landest du in meinen Memoiren.«

Leigh begrüßte die beiden und stellte sich vor. Abby bot allen Kaugummi an. Leigh erkundigte sich nach Noahs und Abbys Eltern, mit denen sie mehrfach telefoniert hatte, und schlug vor, dass die beiden sie nun anriefen, um sie wissen zu lassen, dass sie wohlbehalten gelandet waren.

Ein Pfiff gellte durch die Luft. Hollis hob den Kopf und sah Suzanne am oberen Ende der Rolltreppe stehen und winken. Krauses Haar, langer Häkelpulli. Flankiert wurde sie von Milo und Frankie – Jeans, abgetragene Lederjacke –, und dann waren sie auch schon unten, was natürlich eine Reihe tränenreicher Mom-Umarmungen und erstaunter Ausrufe bezüglich diverser Gesichtsmerkmale nach sich zog. »Guckt euch diese Augenbrauen an! Und dieses Kinn!«

Mit einem Mal war Hollis umringt von Menschen. Noah und Milo begrüßten sich mit Gettofaust und jeder Menge Rückengeklopfe. Frankie drückte Hollis' Arm. Suzanne gab ihr einen Kuss auf die Wange. Hollis wollte einfach nur atmen und reckte gerade den Hals, um ein bisschen Sauerstoff zu erhaschen, als sie JJ entdeckte, der sich einen Weg durch die Menge bahnte.

»JJ Rabinowitz«, stellte er sich vor und schüttelte Noah überschwänglich die Hand. »Mit keinem hier verwandt.«

Hollis beobachtete, wie er sich von Noah über Abby zu Leigh vorarbeitete. Sein karierter Arm ruckte unermüdlich auf und ab, das blonde Haar fiel ihm in die Augen. »JJ Rabinowitz, Samenbruder ehrenhalber.« »JJ Rabinowitz, rasender Reporter.«

Gott, was für ein Kauz. Hollis sah zu, wie er sich den anderen vorstellte, und musste daran denken, dass er nichts von dieser ganzen Aktion hatte, dass er seine leiblichen Eltern selbst nicht kannte – er wusste weder, wo sie wohnten, noch, ob sie auch nur am Leben waren. Er wusste nicht, ob er Geschwister hatte, und falls ja, ob er sie jemals kennenlernen würde. Für ihn musste das alles hier seltsamer sein als für sie alle zusammen.

Und dann hörte sie sich sagen: »Ach nee, wen haben wir denn da?«

Als er sich zu ihr umdrehte, grinste er und schüttelte den Kopf, als traute er seinen Augen nicht. Als wäre es ein Wahnsinnszufall, dass ausgerechnet sie ihm am zwölften Februar am Flughafen Minneapolis-Saint Paul über den Weg lief.

»Hollis Darby«, sagte er.

»JJ Rabinowitz.«

»Ich bin hier, um deine Kleeblattzunge fotografisch festzuhalten.«

»Soso.«

»Und deine Geldzähldaumen.«

»Damit kann ich nicht dienen.«

»Beweis es.«

Hollis gab ihm ein doppeltes Daumen-Hoch und JJ ergriff sie beide mit seinen großen, warmen Händen. »Schön, dich zu sehen«, sagte er.

»Gleichfalls.«

Und so standen sie neben dem Gepäckband, grinsend wie die Honigkuchenpferde, und hielten Däumchen, bis

Milo kam und Hollis auf den Rücken klopfte. »Na, alles gut?«

Hollis dachte kurz nach. »Ganz okay.«

»Prima.« Klopf, klopf. »Dann holen wir jetzt den Mietwagen ab.«

Es war seltsam, das Haus so voller Leute zu haben. Sie hockten auf Stühlen, lehnten an der Küchentheke und knabberten Snacks, die Hollis' Mutter überallhin gestellt hatte.

Aber es hätte noch seltsamer werden können, rief sich Hollis in Erinnerung, während Suzanne herumlief und Getränkewünsche aufnahm. Abby und Noah hätten ihre Eltern und Geschwister mitbringen können. Becca und Josh kennenzulernen – Hollis' Schwiegerhalbgeschwister oder Schwippgeschwister oder wie auch immer. *Das* wäre seltsam gewesen. Wenn sie recht darüber nachdachte, war sie ziemlich beeindruckt von Noah und Abby, die ganz allein hergekommen waren.

Hollis war in ihrem Leben erst ein einziges Mal allein verreist, in ein Ferienlager in Iowa. Damals war sie elf gewesen. Sie hatte es grauenhaft dort gefunden – was ihre Mutter anscheinend nicht mehr wusste, denn an diesem Morgen hatte sie gerufen: »Das wird wie im Ferienlager!«, während sie die Schlafsäcke für die anderen ausrollte. Suzanne und Frankie sollten Hollis' Zimmer bekommen und die fünf Jugendlichen den Keller – ganz für sich allein. Besser ging's ja wohl nicht!

»Ich hab das Ferienlager gehasst«, hatte sie sich veranlasst gefühlt, ihre Mutter zu erinnern. »Ich hatte da überhaupt keine Freunde.«

»Das hier ist aber doch was ganz anderes.« Ihre Mutter hatte abgewinkt. »Da sind die Freunde schon inklusive.«

Da sind die Freunde schon inklusive.

Bis zu diesem Moment hatte Hollis ihre Halbgeschwister noch nie als Freunde betrachtet. Aber vermutlich sollte sie das. Im letzten Monat hatte sie jedenfalls öfter mit Milo, Abby und Noah geredet als mit Shay und Gianna.

Was die Frage aufwarf … zählte JJ Rabinowitz, Samenbruder ehrenhalber, auch als Freund? Die Vorstellung, mit ihm im selben Zimmer zu schlafen, war … Sie konnte es nicht benennen. JJ und sie telefonierten – und videochatteten und whatsappten – jetzt schon seit fast vier Wochen. Sie hatten sich noch nie geküsst. Noch nicht mal umarmt. Aber das bedeutete nicht, dass zwischen ihnen nichts war.

»Was meint ihr?«, rief Leigh in den allgemeinen Trubel hinein. »Sollen wir Pizza bestellen?« Sie hatte – in Absprache mit Suzanne und Frankie – ein Restaurant in Saint Paul ausfindig gemacht, das eine gluten-, laktose- und sojafreie Pizza anbot, sodass Milo auch etwas davon hatte.

Alle waren sich einig. Pizza!

Die Pizza wurde bestellt. Die Pizza wurde geliefert. Die Pizza wurde verspeist. JJ verdrückte ganz allein eine riesige Hawaii.

»Wo lässt du das denn alles?«, fragte Hollis.

»Na, hier«, antwortete JJ und tätschelte sich den Oberschenkel. »In meinem hohlen Bein.«

Milo, der auf JJs anderer Seite saß, klopfte ihm an den Kopf. »Und was ist hiermit? Wenn der nicht hohl ist, dann weiß ich auch nicht!«

»Harharhar.«

»Wie wär's mit einem Spiel?«, schlug Hollis' Mutter vor.

Ein Spiel? Fast hätte Hollis aufgestöhnt. Aber Noah hatte Trivia Crack auf seinem iPad, und Abby behauptete, darin sei sie unschlagbar.

»Das werden wir ja sehen«, entgegnete Noah.

Und Abby sagte: »Na, dann versuch's doch.«

Sie versammelten sich um den Couchtisch. Team Darby-Resnick-Rabinowitz gegen Team Robinson-Clark-Fenn. Es wurde ein erbitterter Wettkampf. Abby erwischte Noah in der Küche dabei, wie er heimlich seinem Bruder Josh wegen einer kniffligen Basketballfrage schrieb.

»Der mogelt!«, schrie sie und zerrte Noah am Ellbogen zurück ins Wohnzimmer. »Ich verlange seine Disqualifizierung!«

»Nur zu meiner Verteidigung«, wandte Noah ein, »wenn Josh so nett gewesen wäre mitzukommen, um seinen Bruder zu unterstützen, dann wäre er ja wohl sowieso in meiner Mannschaft gewesen.«

»Nee, nee, nee«, protestierte Abby. »Auf die Tränendrüse drücken gilt nicht.«

Später, als das Licht aus war und alle fünf in ihren Schlafsäcken im Keller lagen, aber niemand schlief, kam das Thema erneut auf. Noah hatte Josh eins von JJs Fotos der vier Halbgeschwister auf der Couch geschickt. Josh schrieb nicht zurück.

»Vielleicht ist er schon im Bett«, mutmaßte Abby.

»Der ist nicht im Bett«, sagte Noah. »Bloß stur.«

»Meinst du, er wünscht sich jetzt, er wäre auch mitgekommen?«, fragte Milo.

»Insgeheim bestimmt.«

»Weiß er, was wir morgen vorhaben?«

»Ja.«

»Und was hält er davon?«, wollte Abby wissen.

»Er hält uns für bescheuert.«

»Ganz unrecht hat er nicht«, sagte Hollis. »Wer kommt schon auf die Idee, seinen Samenspender bei einem Ultimate-Frisbee-Turnier zu stalken?«

»Nur Bescheuerte«, antwortete Noah.

Abby sagte: »Ich glaube nicht, dass ich schlafen kann.«

»Ich auch nicht«, sagte Milo.

Sie waren alle zu aufgedreht zum Schlafen. Hollis knipste das Licht an und sie machten sich über die verbliebenen Snacks her.

»Dieser Boden«, bemerkte Milo, der sich, auf einen Ellbogen gestützt, ein paar Babykarotten nahm, »ist härter, als er aussieht.«

»Erstaunlich hart«, pflichtete JJ bei und knurpste eine Handvoll Chips.

»Ob ich dieses Mountain Dew mit seinen fünfundfünfzig Milligramm Koffein wirklich trinken sollte?«, fragte Abby sich laut. »Wohl eher nicht.«

»Sind das Chipskrümel überall in meinem Schlafsack?«,

fragte Noah. »Die einen erholsamen Schlaf in noch weitere Ferne rücken? Scheint so.«

»Hier auch«, sagte JJ. »Krümel, so weit das Auge reicht.«

»Und wem ist dieser überaus traurige Zustand vorzuwerfen?«, fragte Abby.

»Ich würde sagen, Milo«, antwortete Hollis.

»Hey.« Milo warf ihr eine Babykarotte an den Kopf. »*Ich* hab die Chips nicht angeschleppt. Ich bin allergisch gegen Kartoffelchips.«

Hollis warf die Karotte zurück. »Wenn du nicht wärst, Bilbo Beutlin, dann wären wir heute gar nicht hier und würden uns mit Chips vollstopfen.«

»Milo ist ein Hobbit?«, fragte Noah.

»Jawohl«, antwortete Hollis. »Und morgen führt er uns alle zu Smaug, dem Drachen, damit wir ihn in seinem natürlichen Lebensraum beobachten können.«

»Ihr könnt mir später danken«, sagte Milo.

Es war kurz vor ein Uhr. In wenigen Stunden würden sie Will Bardo zum ersten Mal sehen. Sie würden ihm beim Frisbeespielen zugucken.

»Oh Mann!«, rief Abby plötzlich. »Das hätte ich ja fast vergessen. Ich hab euch doch was mitgebracht!«

Sie wühlte in ihrer Reisetasche und zog eine Papiertüte hervor, die sie über dem Boden ausleerte. Zum Vorschein kamen Plastiknasen, Hüte und Brillen neben etwas, was aussah wie eine Ansammlung flauschiger Raupen.

»Was ist das denn für ein Zeug?«, wollte Hollis wissen.

»Tarnung!«

»Tarnung«, wiederholte Milo.

»Damit wir morgen inkognito sind.« Abby schnappte sich eine der Raupen und klemmte sie sich zwischen Oberlippe und Nase. »Wir haben Schnurrbärte.« Sie kramte in dem Haufen. »Bärte … dunkle Sonnenbrillen … falsche Zähne.«

»Zeig mal her«, forderte JJ. Er steckte sich die Zähne – gelb und verfault – in den Mund und grinste verführerisch.

Hollis lachte. Sie nahm sich eine platinblonde Perücke und versteckte ihre Locken darunter. »Sehe ich jetzt aus wie Lady Gaga?«

»Besser«, sagte JJ.

»Milo«, rief Abby und wedelte mit irgendetwas durch die Luft.

»Was ist?«

»Probier mal den hier.«

Milo tat wie geheißen. Der lange, buschige Bart ließ ihn wie einen amischen Bauern aussehen.

»Dir ist aber schon klar, dass wir damit nur noch mehr Aufmerksamkeit auf uns ziehen, oder?«, merkte er an.

»Hast du denn gar keinen Sinn für dramatische Ironie?«, entgegnete Abby.

»Das ist keine dramatische Ironie. Dafür müssten die *Zuschauer* den Witz kapieren, die Figuren auf der Bühne aber nicht.«

»Ja, aber in diesem Fall sind ja wir die Zuschauer und Will steht auf der Bühne.«

»Wir sehen aus wie ein Haufen Bekloppter.«

»Sind wir doch auch«, sagte Noah.

»Ihr vielleicht«, widersprach Hollis und fluffte ihre Perücke auf. »Ich bin Lady Gaga.«

Um vier Uhr morgens weckte JJ sie.

»Hollis«, flüsterte er ihr ins Ohr. Er war mit seinem Schlafsack neben ihren gerückt.

»JJ«, flüsterte sie zurück.

»Bist du wach?« Sein Atem war warm – und etwas abgestanden, aber nicht schlimm.

»Jetzt schon.«

»Ich muss dir was erzählen«, sagte er.

»Okay.«

»Am Flughafen wollte ich dich küssen.«

»Echt?«

»Ja.«

»Und warum hast du nicht?«

»Weiß nicht. Ich war nervös.«

»Wieso?«

»Da waren so viele Leute um uns rum, die alle geguckt haben … und ich war mir auch nicht sicher, ob du es auch willst. Darum hab ich nur deine Daumen gehalten.«

»Aha.«

Schweigend lagen sie da und sahen sich an. Es fiel gerade genug Mondlicht durch das Kellerfenster, dass Hollis JJs Gesicht erkennen konnte. Seine flächigen Wangenknochen, das geschwungene Kinn. Hollis musterte ihn eine Weile. Sie dachte an das Telefonat, bei dem er plötzlich einen Kloß im Hals gehabt hatte, als das Gespräch auf seine leibliche Mutter kam, und daran, wie er am Flughafen allen die Hand geschüttelt hatte. Sie dachte an das, was Milo gesagt hatte – dass JJ nur einen Vorwand gesucht habe, um sie wiederzusehen. Ihr war klar, worauf Jungs meistens aus waren und dass sie so ziemlich alles taten, um es zu bekommen, aber wenn Hollis ganz ehrlich war, müsste sie wohl selbst der ganzen Welt verkünden: *Ich mache auch gern rum. Na und?*

»Jetzt guckt keiner«, flüsterte Hollis.

»Was soll das denn heißen?«

»Was meinst du denn, was es heißt?«

JJ lächelte. »Komm her.«

Seine Arme, kräftig und warm, zogen sie an ihn, und sie spürte, wie er seine warmen Lippen auf ihren Scheitel presste. Ihren Scheitel! Was für eine zärtliche, unerwartete Geste.

»Das ist süß«, murmelte Hollis.

»Du bist süß.«

»Nein, bin ich nicht.«

»Was bist du denn dann?«

Hollis lächelte und zog ihn zu sich runter.

JJ küsste sanfter als erwartet – also, nicht dass sie überhaupt erwartet hatte, dass er sie küsste. Andererseits hatte er schließlich mal gesagt, er sei eifersüchtig auf Gunnar Mott, und zwar schon vor Wochen, als das mit ihren Telefonaten gerade erst losgegangen war, darum: Was hatte sie denn geglaubt, was dieses Wochenende passieren würde? Trotzdem war es ein bisschen eigenartig, JJ hier zu küssen, auf dem Kellerboden, während direkt neben ihr ihre drei

Halbgeschwister schliefen. Aber das Ganze lief ziemlich unschuldig ab. Sämtliche Klamotten blieben an. Keine Körperteile außer Lippen, Zungen, Nasen und Wangen berührten sich.

»Ich mag dich, Hollis Darby«, flüsterte JJ, als sie schließlich Luft holen mussten.

Da war es wieder, das altvertraute Ziehen in ihrer Brust. »Barnes«, flüsterte sie zurück.

»Was?«

Sie bat JJ, mit ihr nach oben zu kommen, und führte ihn zu der Couch vor dem Kamin.

»JJ Rabinowitz«, sagte sie, nachdem er Platz genommen hatte, und deutete auf die Wand vor ihnen, »Pam Barnes. Pam, das ist JJ.«

Dann setzte sie sich zu ihm und erzählte ihm von Pam. Dass sie sich jeden Tag nach dem Aufstehen als Erstes ein Glas heißes Wasser mit Zitrone zubereitet hatte. Dass sie ewig lange Kopfstand machen konnte. Dass sie die Beatles geliebt hatte und Butter und Barfußlaufen. Die Erinnerungen brachen nur so aus ihr heraus, eine nach der anderen. Ein paarmal spürte sie, wie ihr Tränen in die Augen traten, aber sie weinte nicht. Hauptsächlich jedoch spürte sie JJs Hand, warm und tröstlich auf ihrer. Und als sie fertig mit Erzählen war, zog diese Hand sie von der Couch und zurück in den Keller, wo sie sich noch ein bisschen küssten.

MILO

Beim Aufwachen spürte er einen Energieschub, als hätte er gerade eine Dose Red Bull geext. Heute war es so weit!

Milo sah sich im Keller um. Hollis und JJ schlummerten aneinandergekuschelt wie zwei Welpen. Wann war das denn passiert? Waren die beiden nicht auf gegenüberliegenden Seiten des Raums eingeschlafen? Abby war nichts als eine Beule im Schlafsack. Noah schnarchte vor sich hin. Am liebsten hätte Milo sie alle geweckt. *Raus aus den Federn! Heute ist Samenspendertag!* Aber vielleicht war das keine so gute Idee, überlegte er. Besser, wenn sie ausgeruht waren. Und außerdem hatten sie ja massig Zeit. Das Turnier dauerte den ganzen Tag.

Milo schlich nach oben und drückte leise die Kellertür hinter sich zu. In der Küche saß Hollis' Mom allein am Tisch, eine geblümte Tasse in der Hand.

»Morgen.«

»Morgen.« Leigh lächelte. Sie sah besser aus als bei ihrem und Hollis' Besuch in Brooklyn, aber Milo wusste nicht so recht, woran es lag. Neue Frisur? Anderes Make-up? »Ist da unten sonst schon jemand wach?«, erkundigte sie sich.

»Noch nicht.« Milo setzte sich.

»Möchtest du einen Tee? Das Wasser ist noch heiß.«

»Nein danke.«

»Kein Teetrinker?«

»Kein Teetrinker.«

»Hast du Hunger? Ich habe Reismehlwaffeln da, deine Mütter haben gesagt, die darfst du essen. Ansonsten gäbe es noch Obst und …«

»Danke«, sagte Milo. »Aber ich warte lieber, bis alle auf sind.«

Leigh nickte und trank einen Schluck Tee. Milo ließ den Blick durch die Küche schweifen. Die Wände waren in einem sanften Gelb gestrichen, die Vorhänge rot kariert, die Arbeitsplatten blitzsauber. Das alles war quasi das Gegenteil von Hollis' Zimmer, das mit seinen Wandbehängen, Wasserspeiern und dem Schwarzlicht geradewegs aus einem Tim-Burton-Film zu stammen schien. Der Goth-Stil erstreckte sich sogar bis ins Badezimmer, wie Milo gestern bei der Hausführung aufgefallen war. Hollis wusch sich die Hände mit schwarzer Seife in Form zweier Rabenflügel.

»Danke, Milo«, sagte Leigh ganz unvermittelt.

Milo sah sie an.

»Hollis würde das selbst nie sagen und wäre vermutlich stinkwütend, wenn sie wüsste, dass ich es tue … aber dieses Wochenende … dass ihr alle hier seid … das bedeutet ihr wirklich sehr viel.«

Er nickte. »Mir auch.«

Es gab Wahrheiten und Halbwahrheiten. Sie frühstückten alle zusammen (wahr). Die Reismehlwaffeln waren lecker (halb wahr). Abbys Prä-Föhn-Frisur war noch wilder als Hollis' (wahr). Nach dem Essen wollten die fünf einen »Geschwisterbindungsausflug« unternehmen (halb wahr).

»Geschwisterbindung?«, wiederholte Suzanne und sah Milo verständnislos an.

»Genau.« Er trank einen Schluck Apfelsaft.

»Wir wollen ein bisschen Zeit miteinander verbringen, um uns besser kennenzulernen«, erklärte Abby.

Hollis fügte hinzu: »Ich dachte, ich zeige ihnen ein paar Sehenswürdigkeiten.« Sie wandte sich an ihre Mom: »Du weißt schon … die Peanuts-Skulpturen im Rice Park. Den Elfenbaum am Lake Harriet. Und zum Mittagessen könnten wir vielleicht in die Mall of America.«

»Klingt super«, befand Frankie und erhob sich. »Ich gehe mir nur kurz die Zähne putzen und dann –«

»Ma«, sagte Milo.

»Was?«

»Schatz«, meinte Suzanne und legte Frankie die Hand auf den Arm. »Die Kinder wollen allein losziehen.«

»Allein?«, wiederholte Frankie. »Aber wie sollen sie denn so irgendwohin kommen?«

»Ich habe den Führerschein«, sagte Noah (wahr). Und: »Ich bin ein sehr guter Fahrer« (halb wahr). Gestern Nacht im Keller hatte Noah erzählt, wie er den Volvo seiner Mom rückwärts aus der Einfahrt gefahren und vor einen Laternenpfahl gesetzt hatte.

Frankie schüttelte den Kopf. War ja klar. »Den Mietwagen dürfen nur Suzanne und ich fahren. Nicht dass wir dir nicht vertrauen würden, Noah, aber wenn es einen Unfall gibt …«

Genau, dachte Milo, *immer gleich das Schlimmste annehmen.*

»Sie können mein Auto haben«, sagte Leigh.

Hollis' Mom war ihre Rettung (wahr).

Als sie schließlich den UMN Dome betraten, wo sie zum ersten Mal Will Bardo sehen würden, hätte Milo alles Mögliche durch den Kopf gehen können, aber aus irgendeinem Grund dachte er an Hayley Christenson. Vermutlich, weil ihnen am Eingang zwei Mädchen entgegenkamen, und eins davon lange blonde Haare hatte. Und tolle Beine. Und ein noch tolleres Lächeln. Was Milo alles an Hayley erinnerte und ihn darüber hinaus kurz vergessen ließ, dass er sich einen buschigen grauen Bart angeklebt hatte. Dabei war der natürlich der Grund, warum ihn das Mädchen überhaupt angelächelt hatte: weil er absolut bescheuert aussah.

Aber damit war er nicht allein.

Hollis mit ihrer platinblonden Perücke. Noah mit der Groucho-Marx-Brille, komplett mit Nase, Augenbrauen und Schnurrbart. Abby mit Filzhut und einer Plastiknase, die sie klingen ließ, als hätte sie schlimmen Schnupfen. Auch JJ, der sich ja eigentlich gar nicht hätte verkleiden müssen, hatte auf seinen falschen Zähnen bestanden, die im Neonlicht des Domes sogar noch widerlicher aussahen.

»Hm«, machte Hollis und sah sich um. »Komischer Laden.«

Sie hatte recht. Es wirkte, als wären sie geradewegs in

eine riesige weiße Blase spaziert, ein Paralleluniversum. Der Rasen war unnatürlich grün. Mitten auf dem Spielfeld prangte ein riesiges M in Bordeauxrot und Gold. Männer aller Formen und Größen rannten durch die Gegend und jagten Frisbees nach, also nahm Milo an, dass das Turnier schon in vollem Gange war – aber der Dome platzte nicht gerade aus allen Nähten vor Zuschauern.

»So viel zum Thema ›unters Volk mischen‹«, brummte Noah, während sie so unauffällig wie möglich am Rand der Blase entlangliefen und sich in einer Ecke neben einem versprengten Trüppchen anderer Zuschauer postierten.

»Welche Trikotfarbe haben sie wohl?«, fragte Abby.

Milo schüttelte den Kopf. »Keine Ahnung. Ich weiß nur, dass sie ›Floppy Discs‹ heißen.«

»Ihr sucht die Floppy Discs?«, fragte eine Frau. Sie trug ein blaues Bandana um den Kopf und ein zappeliges Kleinkind auf der Hüfte.

»Ja«, antwortete Noah.

»Da drüben.« Sie deutete ans andere Ende der Blase. »Feld Nummer vier. Die in den Batikshirts. Mein Mann hat mit seiner Mannschaft gerade gegen sie gespielt.«

Milo bedankte sich.

Die Frau lächelte. »Und ihr, gehört ihr zu einer Studentenverbindung?«

»Wie bitte?«, fragte Milo.

»Wegen der Kostüme. In meiner Schwesternschaft sind wir ständig in den verrücktesten Verkleidungen rumgelaufen.«

»Ja, genau«, meldete sich JJ mit seinen fiesen Zähnen zu Wort. »Ist so eine Art Aufnahmeprüfung.«

Die Frau hob ihr Kind auf die andere Hüfte. »Na, dann viel Spaß! Das ist die beste Zeit eures Lebens.«

Sie nickten unter ihrer Tarnung und kamen sich allesamt ziemlich blöd vor.

Sobald die Frau weg war, wandte Milo sich zu den anderen um. »Was meint ihr? Sollen wir rübergehen oder von hier aus zugucken?«

»Rübergehen«, bestimmte Abby.

Und Noah bekräftigte: »Los geht's.«

HOLLIS

Feld vier. Batikshirts. War er das da – der Große in den gelben Shorts? Hollis kniff im Gehen die Augen zusammen, fühlte, wie ihr Puls beschleunigte. Oder doch der Typ in der Jogginghose?

Wie, schoss es ihr auf einmal durch den Kopf, würde sie wohl in zwanzig Jahren an diesen Tag zurückdenken? Würde das alles dann bloß ein Kapitel ihrer bunten Lebensgeschichte sein – eine Anekdote, die man auf Partys erzählte oder den eigenen Kindern? *Euer Großvater war ein frisbeespielender Hippie.*

»Alles okay?«, flüsterte JJ.

Hollis nickte und bemühte sich, nicht auszusehen, als würde sie jeden Moment aus den Latschen kippen. JJ ergriff ihren Daumen. Das beruhigte sie ein wenig.

Aber jetzt standen sie vor Feld vier, nur wenige Meter von den Floppy Discs entfernt. Hollis schloss die Augen, als würde sie das unsichtbar machen. Sie lauschte. Alles flüsterte durcheinander.

»Ich seh ihn nicht.« (Abby)

»Der in den gelben Shorts?« (Noah)

»Nee.« (Abby) »Zu glatte Haare.«

»Vielleicht war er gerade beim Friseur.« (Milo) »Meine Haare sind auch immer glatter, wenn ich frisch vom Friseur komme.«

»Meine auch.« (Noah)

»Okay, aber guckt euch doch mal seine Nase an.« (Abby) »Viel zu groß.«

»Was ist mit dem Typen in der Jogginghose?« (Milo)

»Der hat keine Augenbrauen.« (Noah)

»Im Ernst?« (Milo) »Kann ich nicht erkennen.«

»Klar hat der Augenbrauen.« (JJ) »Halt nur ziemlich mickrige.«

»Da.« (Abby)

»Oh Gott.« (Milo)

Hollis fühlte, wie jemand ihren Ellbogen packte, und riss die Augen auf. Das grelle Licht ließ sie blinzeln. »Was ist?«

»Da ist er«, sagte Abby. »Kommt gerade von den Toiletten.«

Hollis spähte hinüber. Ein Mann, verschwitzt und mit roten Wangen, joggte im Laufschritt in ihre Richtung. Sie hielt die Luft an. Das war er wirklich, oder? Andererseits hatten so viele Männer dichte Augenbrauen. So viele hatten dunkles, krauses Haar. Na schön, dann trug er eben ein Batikshirt. Die trugen hier doch alle –

»Hey, Bardo!«, rief jemand. »Du wirst eingewechselt!«

Hey, Bardo.

Hollis bekam plötzlich Puddingknie. Das Herz schlug ihr bis zum Hals. Er war *hier*, rannte in drei Metern Entfernung an ihr vorbei aufs Spielfeld. Wenn sie ein Frisbee gehabt hätte, hätte sie ihm den an die Birne schleudern können.

»Oh Gott«, murmelte Milo wieder.

Hollis fühlte Abbys Hand heiß und feucht an ihrem Ellbogen, sah, dass Noah Tränen über die Wangen liefen. Milos Mund stand sperrangelweit offen. Einzig JJ war nicht völlig paralysiert. Er hatte seine Kamera gezückt und knipste fröhlich drauflos.

Während JJ sich dem Spielfeld näherte, rückten die anderen unbewusst näher zusammen, bis sie dastanden wie ein Rudel Rehe im Scheinwerferlicht. Schweigend atmeten sie ein und aus, beobachteten, wie ihr Samenspender über den Rasen hopste und stolperte. Es sah so albern aus. Später würde Hollis vielleicht darüber lachen können. Über das alles, sobald sie nur hier raus war.

»Wow«, sagte Noah schließlich kopfschüttelnd. »Der ist ja so was von unkoordiniert.«

»Aber trotzdem überraschend effizient«, meinte Milo.

»Findest du?«, zweifelte Abby.

»Guck doch mal. Jetzt passt er gleich …«

Hollis sah zu, wie Will Bardo mit einer Hand von oben und einer von unten auf das Frisbee patschte und dann mit vollem Körpereinsatz dem Typen in den gelben Shorts einen extrem wackeligen, aber zugleich erstaunlich gezielten Pass zuwarf. Dann strauchelte er, fing sich jedoch gleich wieder.

»Jedes Mal«, kommentierte Milo. »Es sieht ständig aus, als wäre er drauf und dran, hinzuplumpsen wie ein nasser Sack.«

»Tut er aber nicht«, fügte Noah hinzu. »Er trotzt der Schwerkraft.«

»Ein echtes Stehaufmännchen«, sagte Abby.

»Tja.« Noah lächelte schwach. »Jetzt weiß ich auf jeden Fall, warum ich so eine Sportskanone bin.«

Zeit verging, niemand wusste, wie viel. Zwei Minuten? Oder zwanzig? Immer noch standen sie da, und Hollis gewöhnte sich langsam an den Gedanken, mit diesem Tollpatsch verwandt zu sein, der da das Spielfeld unsicher machte, als Milo eine neue Bombe platzen ließ.

»Ich will mit ihm reden.«

MILO

»Was?« Hollis starrte ihn an.

»Ich will mit ihm reden«, wiederholte er leise. »Wenn das Spiel vorbei ist. Ich gehe einfach hin und stelle mich vor.«

Noah schüttelte den Kopf. »Finde ich keine so tolle Idee.«

»Warum nicht?«

»Das war nicht geplant.«

»Pläne können sich ändern.«

»Ich finde die Idee super«, sagte Abby.

Hollis entgegnete: »Du willst nur was, worüber du schreiben kannst.«

»Ich will nicht *nur* was, worüber ich schreiben kann.«

»Ihr müsst ja nicht mitkommen«, erklärte Milo. »Zur Not mache ich es alleine.«

Erst als er es aussprach, wurde ihm klar, dass er es tatsächlich ernst meinte. Eine Welle von Mut hatte ihn ergriffen – oder vielleicht eher Entschlossenheit. Will Bardo war sein Vater. Er hatte ein Recht darauf, seinen Vater kennenzulernen, und würde es tun – mit oder ohne anderer Leute Zustimmung.

»Lass es lieber«, bat Noah.

»Warum? Nenn mir einen guten Grund.«

»Das könnte nach hinten losgehen.«

»Inwiefern?«

»Er hat doch gesagt, er ist noch nicht so weit.«

»Ich zitiere«, schaltete sich Hollis ein, »›wenn das in Ordnung ist, würde ich das Ganze gern erst noch ein bisschen reifen lassen‹.«

»Schon«, sagte Abby. »Aber er fand es auch schön, dass wir ihm geschrieben haben.« Sie machte Luftanführungszeichen. »›Ich freue mich wirklich, dass Ihr Euch bei mir gemeldet habt.‹«

»Aber das ist jetzt schon elf Tage her«, konterte Noah. »Wenn er von sich ›hören lassen‹ wollte, dann hätte er das ja wohl längst getan.«

»Bestimmt wieder ›Familienkram‹«, sagte Hollis.

»Familienkram haben wir ja wohl alle.« Milos Stimme war immer noch leise, aber seine Gestik wurde heftiger. »Das hier *ist* Familienkram.«

»Klar«, lenkte Noah ein. »Ich meine ja nur … was ist, wenn er sauer wird? Dann bricht er den Kontakt sicher komplett ab.«

»Und was ist, wenn er morgen einen Herzinfarkt hat?«, hielt Abby dagegen. »Das hier könnte unsere einzige Chance sein, ihn kennenzulernen.«

»Er kriegt keinen Herzinfarkt«, sagte Hollis.

»Woher willst du das wissen?«, fragte Milo. »So was kann schnell gehen.«

»Ja, besonders wenn wir einfach zu ihm hinmarschieren und uns vorstellen«, sagte Noah.

»Leute.« JJ kam mit seiner Kamera zurück. »Das müsst ihr euch angucken.«

»Ein Herzinfarkt, das wäre tatsächlich mal dramatische Ironie«, bemerkte Abby.

»Können wir jetzt bitte mal aufhören, über Herzinfarkte zu reden?«, bat Noah. »Ich meinte bloß –«

»Ich weiß, was du meinst«, unterbrach Milo ihn. »Und du musst ja nicht –«

»Warum streiten wir uns jetzt eigentlich?«, fragte Hollis. »Eigentlich sollten wir –«

»Hey!«

Alles sah JJ an.

»Guckt euch mal Wills Frau an.«

HOLLIS

Wenn Hollis als unbeteiligte Beobachterin gesehen hätte, wie sie sich alle vier wie aufs Kommando umdrehten, wenn sie hätte hören können, wie sie im Chor nach Luft schnappten, und sehen, wie ihnen comichaft die Augen aus dem Kopf quollen, dann hätte sie vielleicht lachen müssen.

Aber sie war nun mal nicht unbeteiligt.

Sie steckte mitten im Geschehen und musste zugucken, wie Gwen Bardo – dunkle Jeans, hohe Stiefel, Haare wie Rapunzel – Will Bardo einen Kuss gab. Sie steckte mitten im Geschehen und musste zugucken, wie Will lächelte und Gwen eine Hand auf den Bauch legte.

»Was zum …«, stotterte Noah perplex. »Ist das … ist sie …«

»Tja, das ist dann wohl das, was man eine überraschende Wendung nennt«, sagte Abby.

Hollis blinzelte. Wills Frau war doch tatsächlich schwanger, oder? Sie hatte nicht bloß zu viel zu Mittag gegessen?

Nein. Hollis schüttelte den Kopf. Dieser Bauch war ja fast schon absurd rund. Im Gegensatz zum Rest von Gwen Bardo, der immer noch ziemlich genauso aussah wie auf ihrem Profilfoto für das Kooperative Lernzentrum, auf dem sie den Surfanzug anhatte. Es wirkte mehr, als hätte sie eine Wassermelone verschluckt. Eine gigantische Wassermelone. Eine gigantische Wassermelone, die Will nun völlig versonnen betrachtete, während er mit beiden Händen darüberrieb.

»Was *macht* er denn da?«, fragte Abby.

Und JJ – ausgerechnet JJ – antwortete: »Er kommuniziert mit dem Baby.«

Kommuniziert mit dem Baby.

Ein ungebetener Gedanke zuckte Hollis durch den Kopf. Pam hatte das auch gemacht. Als Leigh mit Hollis schwanger gewesen war. Irgendwo flog ein Foto herum, von Leigh in einer potthässlichen Umstandsbluse – oh Mann, was war da noch mal drauf gewesen? Cowboyhüte? Sombreros? Hollis konnte sich nicht mehr erinnern. Aber sie hatte das Foto trotzdem genau vor Augen: Pams Hände auf Leighs rundem Bauch, den sie beide lächelnd betrachteten.

»Wir können da nicht rübergehen«, platzte es aus Hollis heraus.

Milo sah sie an. Erst jetzt wurde ihr klar, dass er kein Wort gesagt hatte. Dass er immer noch nichts sagte.

»Ich meine nur …« Hollis zögerte. »Guckt euch die beiden doch mal an.«

Will und Gwen. Gerade drückte sie ihm etwas in die Hand. Eine Plastikdose.

»Oooch«, sagte Abby. »Sie hat ihm was zu futtern mitgebracht.«

Hollis stellte sich Gwen in der Küche ihres kleinen Häuschens vor. Wie sie Äpfel schnitt und Goldfischkräcker in ein Tütchen füllte. Und in diesem Moment gab etwas in ihr nach.

»Die haben ihr eigenes Leben«, sagte sie behutsam.

Milo nickte. »Ich weiß.«

»Da können wir nicht einfach –«

»Ich weiß.«

MILO

Sie gingen in das Diner vor dem Studentenzentrum der Uni – nicht etwa weil sie zu einer endgültigen Entscheidung zum Thema Will gelangt waren, sondern a) weil Abby der Meinung war, sie müssten sich »neu formieren«, und b) JJ Rabinowitz, der rasende Reporter, solchen Hunger hatte, dass er kurz davor war, »in die Kamera zu beißen«.

Milo war einfach nur froh, dass er den Bart abnehmen konnte. Mann, hatte der gejuckt. Schon die ganze Zeit im Dome hätte er ihn sich am liebsten vom Gesicht gerissen, aber jetzt war er froh, dass er es nicht getan hatte. Zum Glück war er inkognito gewesen, als Wills schwangere Frau aufgetaucht war.

Ein Baby, dachte Milo, als sie sich für ihre Bestellung anstellten.

Er wusste nicht, was er davon halten sollte. Gwen Bardos Bauch hatte alles zum Erliegen gebracht. Dieser Bauch war völlig unerwartet auf den Plan getreten, um der ganzen Welt zu verkünden, dass Will Vater wurde. Ein *richtiger* Vater. Ein Vater, der den Kinderwagen schob und Windeln wechselte und Basebälle warf und etwas verschämt die Sache mit den Bienchen und den Blümchen erklärte.

»Wie schwanger ist sie denn?«, fragte Noah. Sein Kopf

war gesenkt und seine Daumen huschten in Höchstgeschwindigkeit über sein Handydisplay. »Josh will das wissen.«

»*Sehr* schwanger«, sagte Hollis. »Du hast den Riesenbauch doch gesehen.«

»Wenn das Baby noch vor dem zwanzigsten Februar kommt«, überlegte Abby, »dann ist es Wassermann, genau wie ich.«

»Wassermann«, wiederholte JJ. »Und was heißt das, bitte?«

»Wir sind geistreich und klug. Und haben eine Abneigung gegen alles Gewöhnliche.«

»Offensichtlich«, sagte Hollis und schnipste mit dem Finger gegen Abbys Filzhut. Abby hatte als Einzige noch immer nicht ihre Verkleidung abgelegt.

»Glaubt ihr, er hat es ihr erzählt?« Noah sah von seinem Handy hoch. »Dass er mal Sperma gespendet hat? Glaubt ihr, sie hat überhaupt eine Ahnung, dass es uns gibt?«

»Das hab ich mich auch schon gefragt«, sagte Abby.

»Ich auch«, stimmte Hollis zu.

Die Grübeleien gingen weiter, während Milo schon mal bestellte. Großen Hunger hatte er nicht. Sein Magen war genauso in Aufruhr wie seine Gedanken. Eigentlich wollte er gar nichts, aber irgendetwas Tröstliches wäre jetzt schön. Kakao zum Beispiel.

»Haben Sie Reismilch?«, fragte er das Mädchen hinter der Theke, das eine Baseballkappe und ein Universitätssweatshirt trug.

»Klar«, antwortete sie.

»Und reines Kakaopulver – das ohne Milch?«

»Yep.«

»Können Sie mir dann einen laktosefreien Kakao machen?«

»Kein Problem.«

Der Kakao war zu heiß, um ihn sofort zu trinken. Milo saß neben JJ, der einen doppelten Cheeseburger mit Pommes und einen Erdbeermilchshake bestellt hatte, und pustete in seine Tasse.

»Wie geht's dir jetzt?«, erkundigte sich JJ, während er sich ein paar Pommes in den Mund stopfte.

»Ganz okay.«

»Willst du Fotos gucken?«

Milo war nicht ganz sicher, aber JJ wischte sich schon die Finger an seiner Serviette ab und griff nach der Kamera. »Ich hab ein paar ziemlich gute Nahaufnahmen von Will. Da kann man richtig super seine Knochenstruktur erkennen …«

»Zeig mal«, sagte Hollis, die gerade mit einem überbackenen Käsesandwich und Cola ankam, und spähte über JJs Schulter.

Gut, dachte Milo. Sollte doch Hollis Will Bardos Wangenknochen bewundern. Dann konnte er einfach dasitzen und nachdenken.

Gwen Bardo mit ihrem blöden Bauch. Milo trank vorsichtig einen Schluck Kakao. Er hasste diesen Bauch richtig dafür, wie er sich in den Mittelpunkt gedrängt und alles versaut hatte. Milo war *bereit* gewesen. Er hatte Will wirklich ansprechen wollen. Wollte es immer noch. Und wenn nicht heute, bei diesem dämlichen Frisbeeturnier, wann dann?

Milo trank noch einen Schluck, diesmal einen größeren. Er verbrannte sich ein bisschen die Zunge, aber das war ihm egal. Noch ein Schluck. Langsam wurde ihm warm.

»Ich erzähl euch noch was über Wassermänner«, sagte Abby, als Noah und sie sich mit ihrem Essen zu ihnen setzten. »Wir sind Rebellen.«

»Guck mal, du Rebellin«, sagte Hollis und streckte Abby die Kamera hin. »Wenn das nicht Milo in zwanzig Jahren ist, dann weiß ich auch nicht.«

»Wow.« Abby nickte. »Aber hallo.«

Sie reichte die Kamera an Noah weiter, der erstaunt den Mund aufriss – »Boah!« – und sie dann Milo vor die Nase hielt. »Na, Blick in die Zukunft gefällig?«

Milo blinzelte. Er konnte das Foto nicht klar erkennen, seine Augen juckten so. Er merkte, dass Noah etwas sagte, verstand aber nichts, weil er im selben Moment zu husten anfing und seine Arme brannten und sich auf einmal alles in Zeitlupe zu bewegen schien. Milo sah, wie ihm der Becher aus der Hand rutschte. Er sah, wie Hollis sich zu ihm umdrehte und auf ihn zeigte, wie JJ etwas rief und Noah irgendwelche wilden Zeichen gab, aber er konnte nichts hören, gar nichts, nicht mal seinen eigenen Atem, und er wunderte sich, warum das so war, versuchte nachzufragen, aber da waren keine Worte, weil da keine Luft war, und er brauchte doch Luft, aber, Mist, er bekam keine, und während er schon vom Stuhl kippte und sein Kopf mit einem Übelkeit erregenden Bums auf den Boden prallte, fiel ihm auf, dass jemand das Licht ausgeknipst hatte.

HOLLIS

Hollis brauchte einen Moment, um zu begreifen, was los war. Milo lag auf dem Boden, seine Lippen sahen aus wie aufgepumpt. Überall braune Flüssigkeit. Der Kakao. Der verdammte Kakao!

Ihr blieb keine Zeit, darüber nachzudenken, worauf genau er allergisch reagierte. Sie musste … sie brauchte …

Milos Rucksack! Hollis zeigte darauf und schrie. Der EpiPen! Frankies Anweisungen stürzten alle auf einmal auf sie ein, ein Tsunami an Instruktionen. *Orangefarbene Spitze nach unten Faust machen Aktivierungskappe abziehen Oberschenkelaußenseite Neunzig-Grad-Winkel halten halten halten.*

Sie reagierte zu schnell, um in Panik zu geraten. Sie rieb Milos Oberschenkel zu energisch, um es irgendwie seltsam zu finden, dass sie Milos Oberschenkel rieb.

Erst nachdem der Rettungswagen da gewesen war, nachdem JJ Frankie und Suzanne angerufen hatte, nachdem Milo mit Tatütata und einem Röhrchen im Hals zum nächsten Krankenhaus gebracht worden war, nachdem das Mädchen hinter der Theke einen Nervenzusammenbruch hatte, weil es Mandelmilch und Reismilch verwechselt hatte *(Die Packungen sehen genau gleich aus!*

Er hat laktosefrei gesagt! Ich hab immer nur laktosefrei gedacht!) – erst nachdem das alles ausgestanden war, sie im Wartezimmer saßen und endlich die Ärztin kam, um sie zu informieren, dass es Milo gut ging, fing Hollis an zu weinen.

MILO

Er wollte nicht aufwachen. Zuerst waren ihm alle möglichen verstörenden Bilder durch den Kopf geschwirrt. Fliegende Frisbees. Riesige Bäuche. Will Bardos spitzer Haaransatz, der, hundertfach vergrößert, auf ihn zukam. Aber jetzt sah er Hayley Christenson. Was machte sie denn hier – wieso schwebte ihr Gesicht über ihm wie eine Engelserscheinung? Er hatte keine Ahnung. Sie lächelte. Lächelte *ihn an*, kaum zu glauben. Und sie war so wunderschön. Dieser Seitenzopf, diese saphirblauen Augen, diese schimmernden Lippen. Sie streckte die Hand aus und lockte ihn zu sich … lockte …

Er wachte in einem Krankenhausbett auf, an seinem Arm ein Tropf. Das einzige Gesicht, das über ihm schwebte, war Frankies, stachelhaarig und bleich. Suzanne strich seine Decke glatt. Hollis, JJ, Abby und Noah saßen nebeneinander auf dem Fensterbrett.

»Milo«, sagte Frankie leise. Sie beugte sich vor, um ihm einen Kuss auf die Wange zu geben, und fing an zu weinen.

»Ma«, röchelte er. Er bekam kaum einen Ton raus, so sehr kratzte sein Hals. »Alles okay.«

Suzanne beugte sich ebenfalls vor und küsste ihn auf die andere Wange. Dann wischte sie sich mit ihrem Ärmel die Augen.

Hollis und Abby kamen durchs Zimmer an sein Bett gestürmt. »Du bist wach! Er ist wach!«

Gefolgt von JJ, der ihm die Hand auf die Schulter legte. »Alter. Das war echt nicht die feine Art, hier einfach den Abgang machen zu wollen.«

Sie alle umringten ihn wie ein Kraftfeld.

»Tut mir leid«, krächzte Milo.

»Jetzt entschuldige dich nicht noch«, schimpfte Hollis. »Wir sind bloß froh, dass es dir gut geht. Dir geht's doch gut, oder?«

Milo nickte. Er hatte Kopfschmerzen.

Noah tätschelte seinen Fuß. »Weißt du noch, was passiert ist?«

Milo nickte wieder, langsamer diesmal. Er erinnerte sich, wie ihm heiß geworden war. Wie alles sich in Zeitlupe bewegt hatte. Wie er zu Boden gegangen war.

»Diese Doofnuss hinter der Theke hat deinen Kakao mit Mandelmilch statt mit Reismilch gemacht«, berichtete Hollis.

Milo zog die Augenbrauen hoch.

»Sie meinte, die Kartons hätten gleich ausgesehen. Nicht zu fassen!«

»Du hättest Hollis mal in Aktion erleben müssen«, sagte JJ. »Sie hat das echt gerockt.«

»EpiPen?«, brachte Milo hervor.

»Jajaja«, sagte Abby. »Sie hat dir das Ding ins Bein gerammt und dein Leben gerettet und so weiter, aber als wir dann hier waren, *da* hättest du sie mal sehen sollen. Die Schwester meinte ›nur Familienmitglieder‹ und Hollis so:

›Das dadrin ist unser Bruder. Und das sind seine Mütter. Und wenn Sie uns nicht sofort zu ihm reinlassen –‹«

»Ach, komm.« Hollis grinste.

»Was denn?«, fragte Abby.

»Ich hab mich dabei ja wohl nicht angehört wie Darth Vader. ›Das dadrin ist unser Bruder‹«, wiederholte sie mit tiefer, dröhnender Stimme. »›Und das hier sind seine Mütter.‹«

Abby lachte. »Und ob. Die hätte sich fast in die Hose gepinkelt aus Angst vor der dunklen Seite der Macht.«

»Glaub ihr kein Wort«, sagte Hollis zu Milo. »Sie übertreibt hemmungslos.«

»Wenn du jetzt schon findest, sie übertreibt, dann warte mal ab, was in ihren Memoiren steht«, sagte Noah.

»So was nennt man dichterische Freiheit«, verteidigte sich Abby.

Hollis verdrehte die Augen. Und dann, völlig unvermittelt, beugte sie sich vor und küsste Milo auf die Nase. Schnell wie der Blitz.

Er starrte sie an.

»Was denn? Du wärst fast gestorben. Da darf ich dir ja wohl mal ein Küsschen geben.«

»Apropos Küsschen …« Milo versuchte, am Schmerz in seiner Kehle vorbeizuschlucken. Sein Blick wanderte von Hollis zu JJ und wieder zurück.

»Du siehst müde aus«, beeilte sich Hollis anzumerken. »Findet ihr nicht, dass er müde aussieht?«

JJ grinste. »Wir haben rumgeknutscht.«

»Hey!« Hollis versetzte JJ einen Knuff.

»Was denn?« JJs Grinsen wurde nur noch breiter. »Stimmt doch.«

Milo lächelte. »Gut.«

Frankie, die immer noch rote Augen wie ein Kaninchen hatte, aber wenigstens nicht mehr weinte, strich Milo das Haar aus der Stirn. »Du solltest dich jetzt wirklich ausruhen.«

Suzanne fügte hinzu: »Sie wollen dich noch ein paar Stunden zur Beobachtung hierbehalten. Nur für alle Fälle.« Sie drückte seinen Arm unter der Decke. »Schlaf eine Runde, Schätzchen. Wir kommen später wieder.«

»Danke«, murmelte Milo. Eigentlich gar keine schlechte Idee. Vielleicht tauchte Hayley wieder auf, wenn er die Augen zumachte.

»Wir haben dich lieb«, sagte Suzanne. »Aber das weißt du ja hoffentlich.«

»Ja, weiß ich.«

Als Milo wieder aufwachte, war nur Frankie da. Sie saß auf einem Stuhl neben dem Bett.

»Hey, Kumpel.« Sie hielt ihm einen Plastikbecher hin. »Hast du Durst? Du brauchst jetzt viel Flüssigkeit, haben die Ärzte gesagt.«

Milo trank. Und trank. Und trank.

»Noch mehr?«, fragte Frankie, als der Becher leer war.

Er schüttelte den Kopf. Sah sich im Zimmer um. »Wo sind denn die anderen?«

»Unten in der Cafeteria. Wie fühlst du dich?«

»Besser.«

Frankie seufzte. »Du hast uns echt einen Schreck eingejagt, mein Lieber.«

»War keine Absicht.«

»Das weiß ich doch.« Sie verzog das Gesicht. »Aber dieses Mädel gehört wirklich entlassen. Wer verwechselt denn Mandelmilch mit Reismilch? Wenn Hollis deinen EpiPen nicht gefunden hätte …«

»Hat sie aber.«

»Ja, aber wenn *nicht* … Wir wussten ja nicht mal, wo ihr wart … Ihr hättet überall sein können … Rice Park … Lake Harriet … die Mall of America –« Frankies Stimme brach.

Sie war so fertig, dass Milo sich ziemlich mies – nein, *grauenhaft* – fühlte, weil er sie angelogen hatte.

»Ma.«

»Was ist, Schätzchen?«

»Wir waren … Da waren wir überall gar nicht.«

»Was?«

Es dauerte eine Weile, bis er Frankie alles erzählt hatte, was sie noch nicht wusste. Über das Kooperative Lernzentrum in Eden Prairie. Über die Twin-Cities-Ultimate-Frisbee-Liga. Über Wills enttäuschende E-Mail, in der er verkündet hatte, die neuen Informationen noch etwas »reifen« lassen zu wollen. Über ihren Plan, ihn sich trotzdem ansehen zu gehen. Über Milos Plan, sich ihm im Alleingang vorzustellen.

Frankie schien ihren Ohren nicht zu trauen. Dazu sei Milo tatsächlich bereit gewesen? Trotz des Risikos, zurückgewiesen zu werden?

»Na ja«, sagte Milo. »Irgendwie schon.«

Und schließlich, Gwen Bardos Bauch – der Knalleffekt.

»Das hatte ich jetzt nicht erwartet«, sagte Frankie.

»Frag mich mal.«

Eine Weile schwiegen sie beide, dann sah Frankie ihn an. »Das muss ja ganz schön hart für dich gewesen sein, seine Frau so zu sehen. Ziemliches Gefühlschaos, oder?«

Milo nickte.

»Tut mir leid.«

»Mir auch … dass ich dir nicht die Wahrheit gesagt habe.«

Frankie legte den Kopf schief. »Warum eigentlich nicht?«

»Keine Ahnung. Ich hatte Angst, du würdest …« Milo zögerte.

»Was?«

»Ausflippen. Denken, dass ich dich nicht liebe oder so. Nur weil ich Will kennenlernen möchte, heißt das ja nicht, dass ich einen Ersatz für dich suche. Ich meine … du bist schließlich meine Mom.«

»Okay.« Frankie nickte und räusperte sich. »Weißt du … da war mal dieses Mädchen.«

»Was?«

»Ein Mädchen. Auf dem College.«

»Und der Preis für die zusammenhangloseste Überleitung geht an …«

»Hör einfach zu«, sagte Frankie. »Die Geschichte hat durchaus einen Sinn.«

»Sicher?«

»Halt durch, deiner alten Mutter zuliebe, ja?«

»Na gut.«

»Also, sie hieß Julie Catalano. Ich war in einem Soziologiekurs mit ihr und ziemlich verknallt in sie. Bis über beide Ohren. Sie war im letzten Studienjahr und hatte lange braune Haare. Große blaue Augen. Tolle Beine. Ich dachte, ich sterbe, wenn sie nicht mit mir ausgeht.«

»Mhm«, machte Milo und setzte sich etwas auf.

»Natürlich war sie völlig unerreichbar für mich. Studentenverbindung, reiche Eltern – ich glaube, ihr Vater hatte sogar einen Flügel der Bibliothek gestiftet. Die Liga halt. Und dagegen ich, mit meinem Stipendium – musste in der Cafeteria arbeiten, um meine Bücher bezahlen zu können, und konnte mir nur ein winziges Wohnheimzimmer leisten. Na, du kannst es dir vorstellen.«

»Ja.«

»Jedenfalls war ich das ganze Jahr schon heimlich in Julie Catalano verknallt, und dann kam der Frühling, und mir wurde klar … das war's. Sie stand kurz vor dem Abschluss, und ich musste was unternehmen, verstehst du, sonst hätte ich es mir nie verziehen.«

»Du musstest was unternehmen.«

»Genau. Und zwar was richtig Phänomenales – die berühmte große romantische Geste. Aber dafür musste ich sämtliche Register ziehen. Also bin ich zur Bank und hab mein komplettes Konto geplündert –«

»Im Ernst?«

»Allerdings. Und dann hab ich alles gekauft, was mir

auch nur im Entferntesten romantisch vorkam. Champagner, Rosen, Kaviar, französischen Stinkekäse. Ich hab mir das Auto meiner Zimmergenossin geliehen und bin mit Julie Catalano zu dieser einen wunderschönen Picknickstelle am Lake Harriet gefahren, ich hatte sogar die Marschkapelle engagiert –«

»Bitte was, die *Marschkapelle*?«

»Kein Scherz. Die sind aufgetaucht und haben ›Baby, Baby‹ von Amy Grant gespielt und ich hab dazu gesungen.«

»Nein.«

»Doch. Und dann, als ich den Champagner aufmachen wollte, hab ich ihr den Korken direkt ins Auge geschossen.«

»Nein«, wiederholte Milo hilflos lachend. Er konnte nichts dafür.

»Ich schwör's dir. Sie musste mit einem dicken Veilchen zu ihrer Abschlussfeier und hat nie wieder ein Wort mit mir geredet.«

»Mist«, sagte Milo.

»Yep.«

»Tut mir echt leid.«

»Mir nicht«, sagte Frankie. »Denn weißt du, wen ich an dem Abend kennengelernt habe?«

»Wen?«

»Erin Anderson. Die hat in der Marschkapelle getrommelt.«

»Die Erin Anderson, über die du Mom kennengelernt hast?«, fragte Milo.

»Genau die. Erin und ich haben uns angefreundet. Später haben wir sogar zusammengewohnt. Und dann … hat sie mir deine Mom vorgestellt.«

»Hm«, machte Milo.

»Die Liebe meines Lebens. Die Mutter meines Kindes. Kapierst du, was ich dir damit sagen will?«

»Äh …« Milo war mit den Gedanken schon wieder bei Rosen, Kaviar und französischem Stinkekäse. Er dachte an große romantische Gesten. An Hayley Christenson.

»Ich will sagen«, Frankie griff nach Milos Hand, »dass es sich manchmal, wenn man ein Risiko eingeht und sich was traut – auch auf die Gefahr hin, verletzt zu werden –, wirklich auszahlen kann. Nur vielleicht nicht immer auf die Art, die man sich vorgestellt hat.«

Milo nickte – kapiert. Er schluckte den dicken Kloß in seiner Kehle runter und fragte sich dabei, wo der überhaupt herkam. Na ja, die Antwort war wohl ziemlich offensichtlich: Er war immer noch ziemlich dehydriert und Frankie erzählte kitschige Storys.

»Was meinst du, wollen wir hier abhauen?«, fragte sie.

»Darauf kannst du wetten.«

HOLLIS

Milo schien okay. Abends um neun saß er auf der Couch in Hollis' Wohnzimmer und lachte über irgendeinen Witz von JJ. Noah schrieb sich mit Josh hin und her. Abby kritzelte in ihr Notizbuch. Material hatte sie jetzt auf jeden Fall genug. Sie hatten heute ihren *Vater* gesehen. Dessen Frau ein *Baby* erwartete. Milo wäre fast *gestorben*. Wenn Hollis daran dachte, wie er in dem Diner auf dem Boden gelegen und kaum geatmet hatte, wurde ihr immer noch schlecht. Milo fuhr ohne Sicherheitsgurt durchs Leben. Und das Schlimmste daran war, dass es jederzeit wieder passieren konnte. Wenn er etwas Falsches aß. Oder wenn –

Nein. Hollis zitterte. Darüber würde sie jetzt nicht nachgrübeln. Sie würde die Schüssel mit dem Popcorn, wie ihre Mutter sie gebeten hatte, vor Frankie und Suzanne auf den Tisch stellen, die gerade Hollis' Babyalbum durchblätterten. Gott, wie peinlich. Auf der Hälfte der Bilder war sie nackt. Nackt mit einer Kleenexschachtel auf dem Kopf. Nackt auf dem Dreirad.

»Du warst ja so niedlich!«, schwärmte Suzanne und strahlte Hollis an.

Sie konnte sich das Augenrollen gerade noch verkneifen. »Danke.«

Jetzt hockte sie sich auf die Armlehne der Couch neben JJ, der ihr die Hand aufs Knie legte. »Hallo, Hollis Darby-Barnes.«

»Hallo, JJ Rabinowitz.«

Er umfasste ihren Daumen.

Sie musste lächeln. Es ließ sich nicht unterdrücken.

Hollis sah sich um. *Alle sind hier*, dachte sie. *Bei mir zu Hause.* Eine seltsame Ruhe senkte sich über sie. Doch darunter lag noch etwas anderes. Fast schon Panik. *Lasst mich nicht wieder allein!*

Sie hatten nur noch einen Tag zusammen. Montagnachmittag würden alle wieder weg sein. Milo, Frankie und Suzanne. JJ. Abby und Noah. Was sollte Hollis dann machen? Ihr dämliches Leben wieder aufnehmen, als wäre nichts gewesen? Voller Hausaufgaben und zähen Mittagspausen mit Shay und Gianna? Das mit Gunnar war Geschichte. Und das mit der Schlampenpost auch. Seit der Toilettenbegegnung mit Malory hatte alles aufgehört. Die WhatsApps. Die Mailboxnachrichten. Die Instagramposts. Nicht dass Hollis gern mal wieder Hurenschlampennutte genannt worden wäre – *so* gestört war sie nun auch wieder nicht –, aber trotzdem. Jetzt war die Schule nur noch zum Gähnen. Vielleicht sollte sie sich ein paar neue Freunde suchen.

Ein Bild schoss ihr durch den Kopf, von Milo, JJ, Abby und Noah, die mit ihr zusammen den Schulflur entlanggingen – alle in einer Reihe, genau wie Malory und ihre Freundinnen –, sodass jeder ihnen ausweichen musste. Die Vorstellung versetzte Hollis einen Stich.

»Das ist doch scheiße«, verkündete sie.

»Was?«, fragte Milo.

»Wir haben nur noch einen richtigen Tag zusammen.«

»Ich weiß. Total blöd.«

Zieht nach Saint Paul, dachte Hollis. *Wechselt auf meine Schule! JJ und ich könnten in der Besenkammer rumknutschen! Und ihr könnt alle hier im Keller wohnen!*

»Dann müssen wir das Wochenende eben bald wiederholen«, sagte Abby.

»Ihr seid hier jederzeit willkommen«, sagte Hollis' Mom.

Noah meldete sich zu Wort: »Wenn wir uns noch mal treffen, will Josh auch mit.«

Alle starrten ihn an.

»Im Ernst?«, fragte Hollis.

»Ich glaube, mit den vielen Fotos hab ich ihn weichgekocht.«

»Ich weiß was«, verkündete Abby, die ihr Notizbuch zuklappte und sich den Stift hinters Ohr klemmte. »Kommt doch diesen Sommer alle nach Sheboygan. Wir haben da ein Häuschen am See.«

»Oder nach Brooklyn«, entgegnete Milo. »Da könnten wir schwitzend rumhocken und uns wünschen, wir wären in einem Häuschen am See.«

»Oder nach Chicago«, sagte Noah. »Wir können zu einem Cubs-Spiel gehen.«

Erst später, als alle schliefen und JJ schwer und warm neben ihr auf dem Kellerboden lag, dachte Hollis an Will Bardo. Über dem ganzen Drama mit Milo hatten sie völlig vergessen, sich neu zu formieren.

»Leute?«, flüsterte Hollis.

Keine Reaktion.

»Noch jemand wach?

Nichts. Nur Atmen, Schnaufen, leises Schnarchen. Hollis brachte es nicht übers Herz, sie zu wecken.

MILO

Beim Frühstück drückte Suzanne Milo geradezu peinlich lange an sich. Und als sie ihn endlich losließ, sagte sie: »Wir finden schon eine Lösung, ob mit oder ohne Will Bardo.«

»Lösung wofür?«

»Deine Allergien.«

Am Tag zuvor hatte sie sich im Krankenhaus mit einer der Ärztinnen unterhalten. Offenbar gab es eine neue Art von Hyposensibilisierung, mit der sie es versuchen konnten, wenn sie wieder zu Hause in New York waren. Dabei sollte Milo jedes seiner Allergene – ganz langsam, über Monate hinweg – in stetig steigenden Dosen zugeführt werden, bis sein Immunsystem, so zumindest die Hoffnung, begann, Antikörper dagegen zu entwickeln.

»Ein Allergen nach dem anderen?«, fragte Milo.

»Ein Allergen nach dem anderen«, bestätigte Suzanne.

»Und jedes davon mehrere Monate lang?«

»Mindestens. Es kann bis zu einem Jahr dauern.«

»Da bin ich meine Allergien ja erst als Methusalem los!«

»Hey, Methusalem, willst du deinen Bart wiederhaben?«, fragte Abby. »Sah doch scharf aus gestern.«

Milo lachte. »Das Ding zieh ich nie wieder an!«

Sie beschlossen, in den Freizeitpark der Mall of America zu gehen. Das war Milos Idee gewesen, und da er gerade erst dem Tod von der Schippe gesprungen war und damit allen bewusst gemacht hatte, wie vergänglich das Leben war, leisteten sie seinem Wunsch Folge.

Sie fuhren mit zwei Autos, Frankie und Leigh saßen am Steuer. Eine geschlagene halbe Stunde lang mussten sie nach Parkplätzen suchen. Dann schlenderten sie durch den Gastronomiebereich, vorbei an den Geschäften, fuhren Rolltreppen rauf, noch weiter rauf und wieder runter, während Hollis mit unnützen Fakten um sich warf: »Wusstet ihr, dass das Yankee-Stadion, siebenmal hier reinpassen würde? Wusstet ihr, dass die Mall of America ihre eigene Terrorismusabwehreinheit hat?«

Vor Rock Bottom Plunge, der Achterbahn, angelangt, bestand JJ auf einem Gruppenfoto. »Los, stellt euch alle zusammen. Auch die Mütter.«

Sie formten eine unregelmäßige Reihe.

JJ nahm die Kamera hoch. »Und jetzt sagt mal alle Sperma!«

»Sperma!«, sagte Milo.

»Sperma!«, sagte Abby.

»Sperma!«, sagte Noah.

»Sperma!«, sagten die Mütter.

JJ ließ die Kamera sinken. »Hollis?«

»Im Ernst jetzt?«

»Tu's dem rasenden Reporter zuliebe.«

»Sperma«, sagte Hollis.

JJ machte das Foto.

»Das«, befand er, »ist mal eine gut aussehende Familie.«

Die Mütter klinkten sich lieber von der Achterbahnfahrt aus, aber der Rest von ihnen bestieg im Gänsemarsch den vordersten Wagen. Milo und Hollis. Abby und Noah. JJ.

»Verdammt«, sagte Milo, als die Fahrt losging. »Ich hab ganz vergessen, dass ich Achterbahnen hasse.«

Hollis sah ihn an. »Das war doch dein Vorschlag. Und du wolltest ganz vorne sitzen.«

»Ich weiß.« Milo schüttelte ungläubig den Kopf. »Was hab ich mir bloß dabei gedacht?«

»Vielleicht wolltest du dem Sensenmann nach deiner Nahtoderfahrung mal so richtig ins Gesicht lachen?«

»So was in der Art«, stimmte Milo zu und klammerte sich an seinen Schulterbügel. »Tja, keine Ahnung, da blieb nur das hier oder ich hätte eine Erdnuss essen müssen.«

Hollis funkelte ihn an. »Darüber macht man keine Witze.«

Milo zuckte mit den Schultern. »Galgenhumor.«

Ein Ruck ging durch den Wagen und sie begannen ihre steile Fahrt nach oben.

»Leute«, rief Abby hinter ihnen über das metallische Quietschen hinweg. »Ich muss euch was sagen!«

»Was?«, fragte Hollis.

»Gestern Nacht, als ihr alle schon geschlafen habt, hab ich eine neue Nachricht an Will geschrieben!«

»*Was?*«, krächzte Milo.

Wieder ruckte der Wagen. Das Quietschen wurde lauter.

»Ich hab ihm geschrieben, dass wir noch bis morgen hier sind! Und ihm meine Handynummer gegeben! Er könnte jeden Moment anrufen!«

»Und das erzählst du uns erst jetzt?«

»Na, wegen des Spannungsbogens!«, rief Abby. »Ich arbeite auf den Höhepunkt hin!«

Sie zockelten jetzt so steil nach oben, dass sie ganz flach auf dem Rücken lagen und durch das Glasdach über ihnen in den geradezu erschreckend blauen Himmel sehen konnten.

Milo klammerte sich so fest an seinen Schulterbügel, dass seine Fingerknöchel weiß wurden.

»Ich dachte mir, nur zur Sicherheit!«, schrie Abby. »Falls wir alle auf dem Weg nach unten einen Herzinfarkt bekommen. Dann weiß er wenigstens, dass wir's versucht haben!«

»Jetzt fängt sie schon wieder von Herzinfarkten an!«, rief Noah.

Milos Rücken presste sich in den Sitz. Sein Herz vollführte wilde Sprünge.

»Hollis Darby-Barnes!«, brüllte JJ zwei Reihen weiter hinten.

»Ja?«

»Willst du dich nicht neben mich setzen?«

»Klar, warte, ich muss mich nur kurz abschnallen! Bin sofort da!«

»Darüber macht man keine Witze«, murmelte Milo

durch zusammengebissene Zähne. Und dann: »Oh, verdammt.« Der Wagen blieb ganz oben stehen.

Er sah Hollis an.

»Alles gut.« Sie lachte. »Wart's ab. Das geht einem so richtig schön durch und durch.«

Er konnte nicht sehen, was jetzt kam, aber er konnte es spüren: Die Luft unter ihnen, knisternd vor Möglichkeiten.

»Bereit?«, fragte Hollis.

Und dann ging es los.

DANKSAGUNG

An allererster Stelle möchte ich Jon Yaged danken, dem Präsidenten der Macmillan Children's Publishing Group, dafür, dass er mir das Samenkorn seiner Geschichte anvertraut hat, und Joy Peskin, meiner außergewöhnlichen Lektorin/literarischen Hebamme, die mir geholfen hat, dieses Baby zur Welt zu bringen.

Danke an Morgan Dubin, meine Pressereferentin, für ihre Begeisterung und harte Arbeit.

Ich danke Elizabeth H. Clark, die das spektakuläre Cover der Originalausgabe entworfen hat, sowie Maya Packard und Katie Cicatelli-Kuc, meinen Ausnahmekorrektorinnen, und Johanna Kirby, meiner wunderbaren Marketingmanagerin.

Außerdem bin ich Rebecca Sherman, meiner Agentin bei Writers House, dankbar dafür, wie sie sich stets für mich einsetzt und mich in allem unterstützt.

Mein ganz besonderer Dank gilt Dr. Jonathan Stein, der mir bei der Recherche zu Allergien und Genetik geholfen hat – hauptsächlich auf der Tribüne eines Kinderbaseballfelds.

Danke an Taco Pacifico, die so zuverlässig meine Kinder ernährt haben, wenn ich mal wieder zu beschäftigt mit Schreiben war, um zu kochen.

Eine dicke Umarmung an David Wick, der mir Sheboygan geschenkt hat, und einen Riesenapplaus für die richtige, echte Tania Kosiewicz, die weder am Macalester College arbeitet noch mit Hollis Darby-Barnes' Mutter zusammen ist, aber die ich voller Stolz meine Freundin und Inspiration für »Tania Kosiewicz vom Absolventensekretariat« nennen darf.

Last, aber mit Sicherheit nicht least geht meine ewige Liebe und Dankbarkeit an meine Familienbande: Jack, Ben, Emma, Kuj, Beckett, Bobo und Swish. Und natürlich an meine Eltern, Beebo und Geo, die schon fest an mich geglaubt haben, als ich noch über nichts anderes als Regenbogen schrieb.